Anne Sagner

Ottilie

Jugendroman

Bibliografische Information der Deutschen Nationalbibliothek: Die Deutsche Nationalbibliothek verzeichnet diese Publikation in der Deutschen Nationalbibliografie; detaillierte bibliografische Daten sind im Internet über http://dnb.dnb.de abrufbar.

1. Auflage

© 2022 Anne Sagner

Herstellung und Verlag: BoD – Books on Demand, Norderstedt

ISBN: 978-3-7568-4152-3

Für Hannah

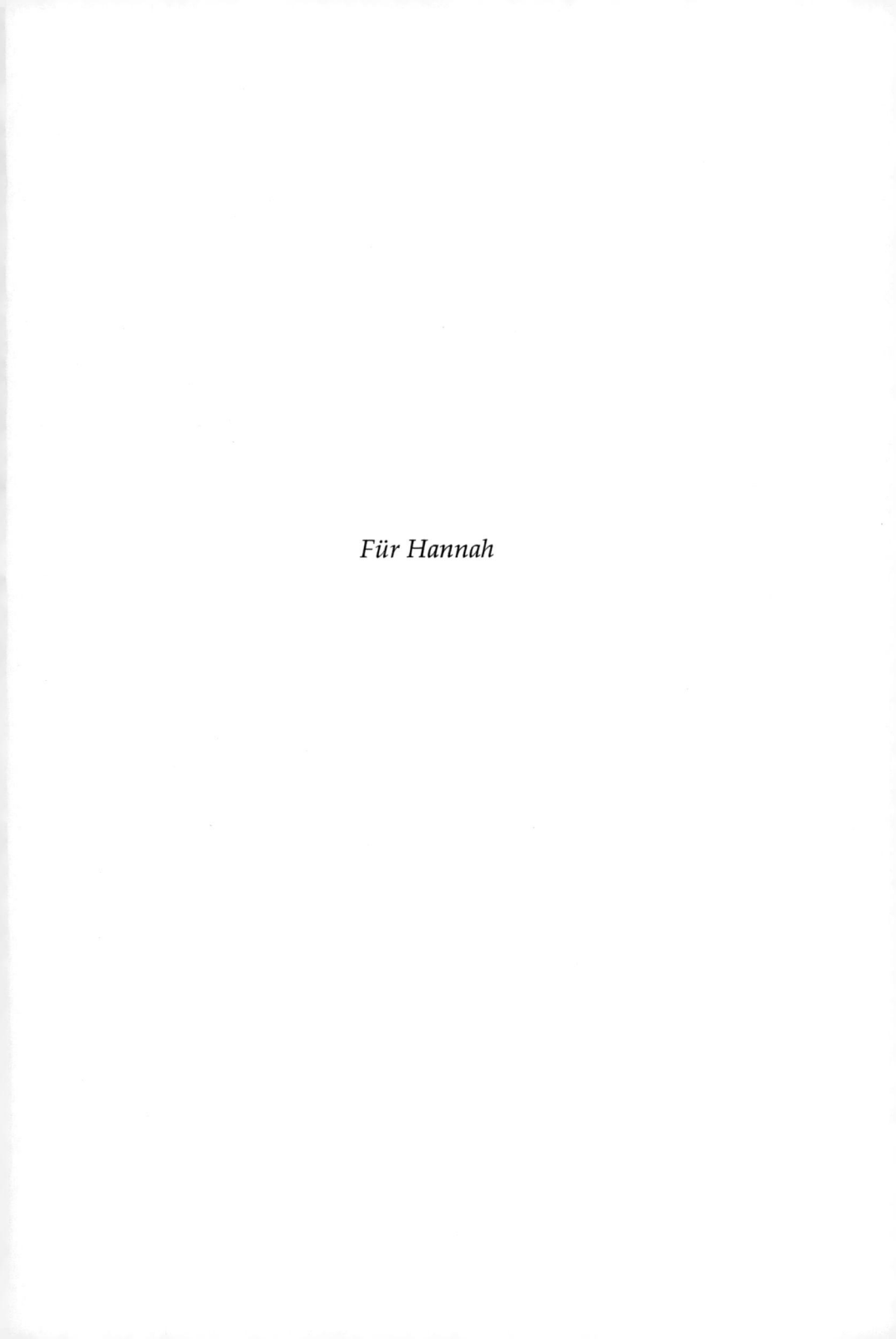

Danksagung

Ich danke Kathi, Ivonne und Tashina fürs Korrekturlesen und die konstruktive Kritik

Ich danke meiner Mama für ihre Geschichten, die Bilder und ihre Zeit mit mir am Küchentisch

Ich danke Jürgen für die Rettung mehrerer Kapitel von einem defekten USB-Stick

Ich danke Schinni, der mir viele Nachmittage zuhörte und mich bestärkte und unterstützte, das Buch zu schreiben.

-1- PFUI SPINNE

„Mama, ich will da nicht hin. Da ist nichts. Da gibt's noch nicht mal Internet oder Fernsehen." Sie saß auf dem Rücksitz eines alten VW-Käfers und zeterte vor sich hin. „Wir haben das jetzt doch schon mehrfach besprochen, Tilly", antwortete ihr ihre Mutter. „Ich muss arbeiten, die Kinderfreizeiten sind wegen Corona alle ausgefallen, Papa ist auf 'ner Geschäftsreise und deine Patentante war so nett anzubieten, die nächsten zwei Wochen auf dich aufzupassen." „Aber ich kenne sie doch gar nicht richtig", versuchte es Tilly erneut. „Jetzt sei nicht albern!" konterte ihre Mutter. „Natürlich kennst du deine Patentante. Ihr habt früher viel miteinander unternommen. Du mochtest sie sehr gern, als du klein warst." Tilly schnaufte und ließ sich zurück in den Sitz fallen. Sie hatten die Autobahn verlassen und fuhren jetzt auf einer Landstraße. Sie hatte den Eindruck, dass sie sich mit jedem gefahrenen Meter mehr von der Zivilisation entfernten. „Ich erinnere mich kaum mehr an sie! Und du wirst weit weg sein. Mama! Ich will nicht, dass du mich da hinbringst. Ich will nicht, dass du mich alleine lässt!" Sie fing an zu weinen. Sie wusste, dass ihre Mutter es nicht ertrug sie weinen zu sehen. Nicht, dass sie aus Berechnung geweint hätte. Ihr war wirklich zum Heulen zu mute. Aber anders als sonst, blieb ihre Mutter diesmal hart, auch wenn Tilly merkte, dass auch sie mit den Tränen kämpfte. „Ottilie! Jetzt reicht's!" Ihre Stimme klang wütend und etwas verzweifelt. „Jetzt mach hier nicht so ein Theater. Es gibt keine andere Möglichkeit. Ich hab wirklich alles versucht. Jetzt hör auf zu heulen und denk einmal bitte nicht nur an dich!". Tilly merkte, wie in ihr die Wut hochstieg. Sie hasste ihren Namen. „Nenn mich nicht so!" kreischte sie. „Warum habt ihr mir so einen schrecklichen Namen gegeben?" Aber auch bei ihrer Mutter kippte jetzt die Stimmung. „Ich weiß ja nicht, ob das jetzt gerade der geeignetste Augenblick ist, aber ich glaube das war Lottes Idee." Ihre Patentante Lotte. Als Kind war sie immer gerne bei ihr gewesen. Lotte war anders als andere Erwachsene. Manchmal kindlich, manchmal ernst, aber immer auf eine positive Art etwas verrückt. Sie hatten viel zusammen gespielt. Und es gab immer etwas zu entdecken bei ihr. Ihr Haus war voller Dinge, alter Dinge, und sie hatte immer damit spielen dürfen. Aber das alles war lange her. Und es war immer ihre Mutter dabei gewesen. Ihre Mutter sprach weiter. „Du hast ja jetzt alle Gelegenheiten, sie danach zu fragen, wie sie auf den Namen gekommen ist. Papa war erst auch nicht so begeistert. Aber wenn's nach ihm gegangen wäre hätten wir dich wahrscheinlich Mandy genannt. Dagegen klang Ottilie jedenfalls ziemlich ungewöhnlich." Sie konnte es nicht fassen. „Ungewöhnlich?" Ihre Stimme klang etwas schriller als beabsichtigt. „Der Name Ottilie ist ein Albtraum. Jeder, der ihn das erste Mal hört, findet ihn schrecklich." Ihre Mutter hatte jetzt wieder eine weichere Stimme. Es schien, sie war froh, dass das Thema nach zwei Stunden Fahrt eine andere Wendung genommen hatte. „Und jeder, der dich kennt, mag den Namen." „Jeder, der mich kennt, nennt mich Tilly!" antwortete sie genervt. Aber auch sie wurde es langsam leid sich mit ihrer Mutter zu streiten.

Die Landschaft veränderte sich wieder. Sie fuhren durch einen kleinen Wald und von weitem konnte man schon die Dächer des kleinen Dorfes sehen, in dem Lotte wohnte. Sie checkte ihr Handy. Kein Netz. Kein Internet, kein Computer, kein Netz. Eine einzige Katastrophe. Es wurde ihr wieder schwer ums Herz. „Und was soll ich den ganzen Tag machen?", jammerte sie erneut. Doch ihre Mutter lächelte nur. „Es ist Herbst Tilly! Schau dir all die Äpfel an, die schon unter den Bäumen liegen. Die müssen alle noch eingemacht werden. Und ihr müsst Holz machen. Das Haus hat ja nur einen Ofen. Da gibt es viel zu tun, bevor der Winter kommt." Tilly sackte in sich zusammen. „Na toll. Kinderarbeit!", kommentierte sie den letzten Satz ihrer Mutter. Doch die schien die Vorstellung blöde Äpfel einzukochen eher zu begeistern. „Mensch Tilly! Das wird ein großes Abenteuer. Leben und arbeiten wie deine Urgroßeltern." Tilly starrte aus dem Fenster. Ihre Urgroßeltern interessierten sie einen Scheiß.

Als sie die Straße zum Haus ihrer Patentante einbogen, sah sie seit langem wieder das kleine Haus, in dem Lotte lebte. Es war uralt, gut in Schuss und lag etwas eingeklemmt zwischen einer alten Scheuer und dem Berghang. Den steilen Weg schaffte der alte Käfer fast nicht. Tilly konnte das alte Auto nicht leiden. Im Sommer war es darin zu heiß, im Winter fror man sich was ab. Außerdem war das Auto richtig lahm. Sicher wurde es von den meisten als Verkehrsbehinderung angesehen. Aber ihre Mutter liebte das Auto. Und dank ihres Freundes, der gern an Autos schraubte, konnte sie sich den Karren auch leisten. Tilly stand eher auf die modernen Autos. Die, in denen hinten so kleine Bildschirme für die Kinder waren. Aber so eines hatte noch nicht mal ihr Papa.

Die Straße vor Lottes Haus war so eng, dass erst einmal nur Tilly aussteigen konnte. Lotte stand schon in der Eingangstür des kleinen Hauses. Aus Tillys Blickwinkel sah es so aus, als müsse sich Lotte bücken, um das Haus betreten zu können, so klein erschien die Tür. Lotte kam Tilly die drei Stufen entgegen. Als sie vor Tilly stand, zögerte diese. Früher hätte sich Tilly in ihre Arme geworfen. Sie erinnerte sich, dass Lotte sie durch die Luft gewirbelt hatte. Aber „früher" war lange her und auch Lotte schien zu zögern, wie sie sie begrüßen sollte. Schließlich hob Lotte die Hand, fast wie einen Indianergruß. „Sei willkommen, Ottilie!", sagte sie lachend. „Wo ist dein Gepäck?" Tilly nickte mit dem Kopf Richtung Vorderteil des

Käfers. Ihr Blick war missmutig. Lotte lief zum Kofferraum und lachte. „Na aus diesem Blick spricht ja die pure Vorfreude auf unsere gemeinsame Zeit. Kopf hoch, Kleine, in zwei Wochen willst du gar nicht mehr hier weg." Lotte holte die beiden kleinen Koffer, die gerade so in den Kofferraum gepasst hatten, aus dem Auto. Dann streichelte sie fast zärtlich über einen der beiden Scheinwerfer und verharrte für einen Augenblick. Ihr Blick war seltsam entrückt, als erinnere sie sich an alte Zeiten. Lotte winkte durch die Scheibe Tillys Mutter zu und wies sie dann auf Zeichensprache an, wo sie das Auto parken könne. Ihre Mutter nickte, lachte und formte mit der Hand ein O.K.. Dann fuhr sie davon. Tilly, Lotte und zwei Koffer blieben zurück. Lotte nahm den etwas größeren und trug ihn in ihr Haus. Tilly zögerte. Sie wollte auf ihre Mutter warten. Sie wusste, dass das albern war. Ihre Mutter würde in einer Stunde nach Hause fahren. Allein, ohne sie. Sie bekam wieder einen Kloß im Hals. Lotte erschien wieder in der Tür und hielt Ausschau nach ihrer Mutter. Als sie um die Ecke gebogen kam, lief sie lachend auf sie zu und umarmte sie innig. Beide Frauen liefen dann eingehakt ins Haus. Tilly schnappte ihren Koffer und folgte ihnen.

Das erste, was sie wahrnahm, als sie das Haus betrat, war der Geruch. Es roch nach Lagerfeuer. Der Geruch war so intensiv, dass er zunächst alles andere überdeckte. Erst nach einer Weile gesellte sich zu dem Geruch auch noch ein anderer. Keller, gemischt mit einem Hauch von…, ja was war das. Apfelkuchen! Sie betrat die Küche und an einem Tisch saß ihre Mutter vor einem gedeckten Kaffeetisch. Lotte holte schwatzend einen Kuchen aus einer kleinen Kammer, die direkt neben der Küche lag. Der Kuchen befand sich unter einem kleinen Schirm aus Stoff und sollte ihn wohl vor den Fliegen schützen, die in der Küche und in der kleinen Kammer umherflogen, um auch etwas von dem leckeren Gebäck zu ergattern. Die Gerüche weckten sofort Erinnerungen in ihr. An eine Zeit, als sie noch viel kleiner war und überwältigt davon, wie Äpfel riechen können. Ihre Mutter und Lotte waren jetzt schon dabei die letzten Neuigkeiten auszutauschen. Es ging um Papa, Mamas neuen Freund, Freunde von früher und natürlich um die Arbeit. Obwohl das Stück Apfelkuchen auf dem Teller sie fast magisch anzog, schaute Tilly sich zunächst erst noch mal im Raum um.

Die Küche war ein wildes Sammelsurium aus alt und neu. Mit Erleichterung stellte Tilly fest, dass es zumindest Strom gab. Neben einem modernen Gasherd stand ein altes Büfett, das Gläser, Tassen und Teller enthielt. Daneben befand sich ein elektrischer Wasserkocher und ein Kaffeevollautomat. Über dem Herd hingen neben Kellen und Schneebesen auch Knoblauch und verschiedene Kräuter. Auf der Fensterbank, die erstaunlich tief war, stand eine sonderbar sechseckige Milchkanne, daneben lagen bunte Steine. Von innen sah das

Häuschen noch kleiner aus, als von außen. Aber war hier nicht noch ein Raum gewesen? Ein Raum, mit einem Kamin und nahezu unendlich vielen Büchern? Tilly blickte sich irritiert um. Ihr Blick blieb an dem Bücherregal hängen. Hier! Hier war eine Tür gewesen, erinnerte sie sich.

„Tilly, setz dich doch noch mal zu uns", sagte ihre Mutter. „Der Kuchen ist sehr lecker, und Lotte hat dir extra einen Kakao gemacht." Kakao! Tilly mochte keinen Kakao. „Gibt's auch Cola?" murrte sie, ohne die beiden Frauen dabei anzuschauen. „Als ob du bei uns jeden Tag Cola trinken würdest", antwortete ihre Mutter. Tilly drehte sich betont gelangweilt um, schlurfte zu dem noch freien Stuhl und sagte mit etwas enttäuschter Stimme: „Dann halt Wasser. Gibt's wenigstens Sprudelwasser?" Sie hörte ein genervtes Schnaufen aus Richtung ihrer Mutter. Doch bevor diese was sagen konnte, antwortete Lotte. „Der Sprudler steht im Kämmerchen, direkt neben dem Kühlschrank." Und bevor Tilly sagen konnte, dass sie aber kaltes Sprudelwasser wollte, kam hinterher: „Aber im Kühlschrank müsste auch noch Kaltes stehen." Während Tilly ins Kämmerchen ging, stand Lotte auf und holte ihr ein Glas aus dem Büfett. Als Tilly das Kämmerchen betrat schlug ihr der Duft von reifen Äpfeln entgegen, die alle nebeneinander in einer Holzkiste lagen. Überhaupt war die Kammer vollgestopft mit Marmeladengläsern, eingelegtem Obst, aber auch großen, bauchigen Glasflaschen mit roter oder durchsichtiger

Flüssigkeit. Tilly holte sich den Sprudel aus dem Kühlschrank und wollte gerade das Kämmerchen verlassen, als sie im Augenwinkel eine Bewegung wahrnahm. Es war eine Spinne von wirklich beeindruckender Größe. Sie schrie. „Oh, sie hat Konstantin entdeckt," hörte sie Lotte belustigt sagen. „Es ist eine ziemlich beindruckende Hausspinne. Und zugegebenermaßen, ich schau auch immer erst mal, wo er ist, wenn ich den Raum betrete. Aber ich habe erstaunlich wenig Ärger mit Motten, seit er da ist." Und dann zu Tilly mit sichtlich schlechtem Gewissen. „Entschuldige Ottilie, ich hätte dich vorwarnen sollen." Obwohl sie ihr glaubte, dass es ihr leidtat, war das nun einfach zu viel für sie. „Nenn mich nicht Ottilie! Ich hasse dich, ich hasse dieses Haus!", schrie sie Lotte an und dann zu ihrer Mutter flehentlich: „Mama, ich will nicht hierbleiben. Bitte lass mich nicht hier."

Ihre Mutter stand auf und sagte: „Ich geh dann jetzt besser, Lotte. Solange ich hier bin, hört das Theater nicht auf. Gibst du mir noch einen Kuss, Tilly?" Doch Tilly schaute ihre Mutter nur fassungslos an, drehte sich um, stürmte die kleine Treppe hinauf, warf sich auf das Bett, was vor ihr stand und fing an zu weinen. Sie hörte, wie sich ihre Mutter von Lotte verabschiedete. Sie rief noch mal nach oben, dass sie sich in zwei Wochen wiedersehen würden und es bestimmt eine tolle Zeit würde, dann fiel die Tür ins Schloss und es war still.

-2- LIEBER DAS ENDE VON SCHNECKEN, ALS SCHNECKEN OHNE ENDE

Sie musste eingeschlafen sein. Es dämmerte schon. Lotte hatte sie wohl zugedeckt. Sie hörte Lotte unten in der Küche werkeln. Es roch gut. Lotte schien etwas zu kochen. Sie hatte etwas Angst nach unten zu gehen. Lotte war sicher sauer oder noch schlimmer, enttäuscht, nachdem, was sie vorhin gesagt hatte. Aber es half nichts. Sie musste tierisch aufs Klo und irgendwann musste sie ja mal nach unten gehen. Außerdem hatte sie Hunger. Also nahm sie all ihren Mut zusammen und schritt die steile Treppe hinab. Die Treppe endete quasi mitten in der Küche, so dass Lotte sie sah, als sie um die Ecke bog. Tilly zögerte kurz. Aber Lotte lief auf sie zu und sagte: „Entschuldige noch mal wegen der Spinne. Ich hatte gehofft, ich könnte euch in Ruhe bekannt machen." Sie lächelte. Tilly, wusste nicht was sie sagen sollte. „Wo ist hier das Klo?", fragte sie deshalb, ohne auf die Entschuldigung weiter einzugehen. Lotte deutete auf einen kleinen engen Gang, den Tilly zuvor gar nicht wahrgenommen hatte. Sie schlupfte hindurch und suchte nach dem Licht. Es wurde hell. Der Raum, in dem sich eine Toilette und eine Dusche befand, war nicht sehr hoch. Sie war sich nicht sicher, ob Lotte hier aufrecht stehen konnte. Zu ihrer Erleichterung waren hier keine weiteren Spinnen.

Überhaupt sah alles recht sauber und modern aus. Als sie fertig war, spülte sie, löschte das Licht und schlich in die Küche.

Auf dem Herd standen Bratkartoffeln. Sie rochen wunderbar. „Ich hab mich nicht getraut Zwiebeln reinzumachen", sagte Lotte. „Ich esse mittlerweile Zwiebeln," sagte Tilly etwas trotzig. Lotte schien sichtlich erleichtert. „Das ist gut zu wissen. Mit Zwiebeln schmeckt vieles gleich etwas würziger. Und wie sieht es mit Bratwürstchen aus? Dürfen die Mittlerweile auch grob sein, oder gehen da immer noch nur die Feinen?" Tilly musste schmunzeln. „Grob ist jetzt auch o.k.!", sagte sie. Sie musste das letzte Mal eine ziemliche Zicke gewesen sein. Lotte lächelte über beide Backen. „Et voilà!", sagte sie und holte hinter ihren Rücken eine zweite, kleinere Pfanne mit Bratwürstchen hervor. „Ansonsten hätte es halt nur Bratkartoffeln und Sauerkraut gegeben." „Ich hasse Sauerkraut!", sagte Tilly erschrocken. Sie setzten sich an den Tisch und aßen. Die Bratkartoffeln schmeckten einfach super.

„Wie soll ich dich jetzt eigentlich nennen?", fragte Lotte. „Ottilie scheinst du ja nicht sonderlich zu mögen." „Nenn mich Tilly.", sagte Tilly. Der Name schien Lotte sichtlich zu amüsieren. „Aber „Tante Tilly" muss ich dich nicht nennen, oder?" Sie prustete kleine Kartoffelstückchen auf den Tisch. Tilly zog eine Augenbraue hoch. „Was ist an dem Namen Tilly bitte so lustig?", fragte sie. Lotte säuberte den Tisch von

Kartoffelstückchen. „Es gab mal eine Spülmittelwerbung. Und in der badete eine ziemlich biedere Frau die spröden „Spülhände" ihrer Kundinnen immer in einer giftgrünen Brühe. Entschuldige, ich habe die biedere Frau und dich gerade nicht so richtig zusammenbekommen." Tilly piekte verdrossen in ihre Kartoffeln. „Na da hab ich aber Glück, dass meine Klassenkameraden diese Werbung nicht mehr kennen. Die lachen sich schon über „Ottilie" schepp." Und nach einer kurzen Stille: „Wie bist du bitte auf diesen furchtbaren Namen gekommen und wie konntest du meine Mutter davon überzeugen, dass er schön sei?" Lotte antwortete nicht sofort. „Das ist eine etwas längere Geschichte. Aber ich verspreche dir, dass du nicht von hier weggehen wirst, ohne, dass du den Namen mögen wirst." Tilly starrte Lotte an. „Das glaube ich nicht!", sagte sie. Doch Lotte wollte nicht weiter über den Namen reden.

„Du hast im übrigen Glück, dass du nicht vor 150 Jahren lebst", erzählte Lotte, als sie fertiggegessen hatten und das Geschirr abwuschen. „Damals gab es im Winter jeden Tag Sauerkraut. Ohne Sauerkraut war es fast nicht möglich den Winter zu überleben." Oh, wie sie diese Ansprachen hasste. „In Afrika verhungern die Kinder", „Andere Kinder wären froh" oder „Na dann scheinst du ja noch nie richtig Hunger gehabt zu haben". Sie mochte halt vieles nicht. Es schmeckte ihr nicht. Sollten die Anderen doch froh sein, dass sie es ihnen nicht wegaß. Aber sie wollte nicht mit Lotte streiten, deshalb antwortete sie nur. „Ja, da hab ich wohl Glück gehabt." Lotte plauderte weiter. „Ich hatte im Übrigen vor Sauerkraut anzusetzen. Wenn du Lust hast kannst du mir ja dabei helfen." Wieder so ein Erwachsenensatz. Warum sollte sie Lust haben Sauerkraut anzusetzen, was auch immer das bedeutete. Sie hatte Lust ihre Freundinnen zu treffen, oder fernzusehen. Auch smartphonedaddeln wäre eine Option. Sie verkniff sich ein: „Au ja, das wird ein Spaß!". Stattdessen fragte sie: „Was machen wir heute Abend noch?" Sie hätte nicht fragen sollen. Lottes Antwort überstieg alle schlechten Erwartungen. „Wir gehen raus in den Garten und wässern ihn ordentlich. Dann warten wir etwas und sobald die Dämmerung hereinbricht, sammeln wir Nacktschnecken." Tilly schaute sie fassungslos an. „Nacktschnecken!", wiederholte sie. „Willst du die auch ansetzten, um über den Winter zu kommen?" Schon allein die Vorstellung eine Nacktschnecke berühren zu müssen, ekelte sie. Bei der Vorstellung sie essen zu müssen, kämpfte sie mit einem Würgereiz. Aber Lotte lachte. „Nein, Nacktschnecken taugen leider nicht als Nahrungsquelle. Aber sie fressen mir meinen Kohl und meinen Salat weg." Und schon hielt Tilly sie eigentlich für sehr nützliche Tierchen. Was sie aßen, musste sie nicht essen. Lotte schien von ihrer Sympathie für diese Tiere nichts mitbekommen zu haben. Während sie die Pfanne abtrocknete und in den Schrank räumte erzählte sie weiter.

„Meine Urgroßmutter hat die Schnecken noch mit Spiritus bestrichen. Ein ziemlich grausamer Tod. Mein Opa hat sie mit der Gartenschere zerschnitten. Ich sammle sie ab, sperre sie in einen verschließbaren Eimer und ertränke sie in Bier. Auch nicht nett, aber ich bilde mir ein, dass es ein humanerer Tod sei, wenn es so etwas gibt. Ihre sterblichen Überreste vergrabe ich dann hinten im Garten. Man muss sie vergraben, da Igel gegen eine leckere Bierschnecke nichts einzuwenden haben und dann betrunken im Garten herumtorkeln."

Sie gingen in den Garten, der hinter Haus und Scheune lag. Sie mussten einige Stufen nach oben gehen, um ihn zu erreichen. Die Sonne war schon hinter dem Berg verschwunden, bestrahlte aber noch das vor ihnen liegende Dorf. Der Garten wirkte auf den ersten Blick nicht sehr ordentlich. Erst auf den zweiten Blick erkannte sie die Kohlköpfe, ein paar Salate und grüne Büschel, die an das Grün von Karotten erinnerten. Dazwischen blühten orange-rote Blumen. Unter einem Apfelbaum lagen Äpfel, teilweise schon etwas verfault. Die Tomaten, die noch immer voll von Früchten hingen, hatten schon bessere Tage gesehen. Ein Abschnitt war völlig kahl. Nur etwas vertrocknetes Kraut lag darauf herum. Tilly deutete mit einer Kopfbewegung in die Richtung. „Waren das die Schnecken?", fragte sie. Lotte folgte ihrem Blick und lachte. „Nein, das sind meine Kartoffeln. Ich lasse sie im Boden, bis das Kraut völlig abgestorben ist. Dann bilden sie eine feste

Schale und ich kann sie über den Winter lagern. Willst du pumpen oder den Schlauch halten?" Ohne auf ihre Antwort zu warten, ging sie zu einem gusseisernen Pfosten, der einen geschwungenen Arm hatte. Sie zog den Arm nach oben und drückte ihn wieder nach unten. Sofort kam Wasser aus dem Schlauch, der vor Tilly lag. Sie nahm ihn in die Hand und richtete den Wasserstrahl auf die Pflanzen vor ihr. Während Lotte pumpte, bewegte sie sich mit dem Schlauch durch den Garten. Als sie bei den Tomaten vorbeikam, stibitzte sie sich eine besonders rote. Sie schmeckte herrlich. „Vor hundertfünfzig Jahren sahen die Gärten noch ganz anders aus.", erzählte Lotte. „Wusstest du, dass viele Menschen damals glaubten, Tomaten seinen giftig? Nur reiche Leute hatten sie im Garten als exotische Zierpflanzen. Erst um 1900 fing man an sie in der Küche zu verwenden. Bis dahin kultivierte meine Ur-Ur-Ur-Großmutter hauptsächlich Kohl, Rüben und Kartoffeln. Also alles, was satt machte und gut zu lagern war. Und natürlich Kräuter, die man trocknete, um daraus Gewürze oder Tee zu machen." Tilly fragte sich, warum ältere Menschen immer von noch älteren Menschen erzählten. Ihre Mutter machte das auch andauernd. Tilly fand das eher etwas öde, auch wenn dann und wann ein paar lustige Geschichten ausgegraben wurden. Um abzulenken fragte Tilly: „Was ist eigentlich in der Scheune?" Lotte hörte auf zu pumpen. „Och, nur alter Kram. Zeug, dass ich nicht wegwerfen kann. Harry schimpft deswegen immer.", sagte sie lachend. Harald! Stimmt, den gab es ja auch noch. Es war Lottes Freund. Tilly hatte früher immer etwas Angst vor ihm gehabt. Er war so streng. Und auch nicht so lustig wie Lotte. Etwas ängstlich fragte sie: „Wo ist eigentlich Harry?" „Der ist in der Stadtwohnung. Muss arbeiten." Ihre Stimme klang etwas traurig. Sie schien ihn wohl zu vermissen. „Willst du meine Schätze mal sehen?", fragte sie abrupt. Tilly deutete ein leichtes Achselzucken an. „Klar!", sagte sie gedehnt und schupste mit ihrer Fußspitze eine große Nacktschnecke unter den Salat. Etwas angeekelt sah sie auf den Schleim, der danach an ihrem Schuh klebte. Alles war besser als Nacktschnecken einsammeln. Lotte lief zum Schuppen. Ihre Augen leuchteten, als sie die Tür öffnete. Der Schuppen stand voll mit Kartons. Dazwischen standen größere Gegenstände, die offensichtlich nicht in die Kartons gepasst hatten. Die Kartons waren mit Jahreszahlen beschriftet. 1912, 1857, 1932 und so weiter und sofort. Es waren wirklich viele. „Such dir einen aus!", strahlte Lotte sie an. Sie zog einen Karton aus dem Stapel, auf dem 1915 stand. Es waren Zinnsoldaten darin, kleine Kanonen, aber auch kleine Töpfe, Pfannen, Teller und Besteck. Alles in klein. „Damals wurden Kinder wie kleine Erwachsene behandelt. Die Jungs sollten Krieg spielen, die Mädchen Hausfrau. Aber meinem Großonkel und meiner Großtante haben die Sachen gefallen. Sie spielten gerne damit." Sie berührte die

Gegenstände und war kurz wie gebannt. Dann drehte sie sich zu Tilly um und lächelte aufmunternd. Tilly dachte an die Nacktschnecken. Sie deutete auf einen Gegenstand, der in eine Decke eingeschlagen an der Wand lehnte. „Gute Wahl!", sagte Lotte und steuerte darauf zu. Sie schlug die Decke beiseite und hervor kam ein altes Ölgemälde. Darauf zu sehen war eine Frau mittleren Alters. „Das ist Lisette, meine Ur-Ur-Ur-Ur-Großmutter. Sie musste Stunden dafür stillsitzen und hätte sich fast zu Tode gelangweilt. Aber damals 1859 gab es noch keine Fotographie. Und ihr Mann hatte sich das Bild so von ihr gewünscht." Tilly schaute erst auf Lisette und dann zu Lotte. Etwas zögerlich fragte sie: „Woher willst du wissen, was die Frau vor 170 Jahren fühlte?" Lotte zögerte kurz. „Tilly, was würdest du sagen, wenn ich dir erzählen würde, dass ich da war?"

-3- WENN EINE EINE REISE TUT, SO KANN SIE WAS ERZÄHLEN

Als Tilly am nächsten Morgen erwachte, musste sie erst einmal ihre Gedanken ordnen. Lotte hatte ihr nicht erzählt, wie sie es machte. Nur dass sie es machte. Lotte besuchte die Vergangenheit. Und das war durchaus wörtlich gemeint. Sie durchsuchte die Vergangenheit nach der perfekten Zeit zu leben.

„Ich stelle mir immer drei Fragen. Gefällt mir der Zeitgeist? Hätte ich als Frau in dieser Zeit leben können? Wäre ich zufrieden mit meinem Leben?", hatte sie gesagt. Tilly überlegte, ob sie selbst schon mal in einer anderen Zeit hatte leben wollen. Als sie noch kleiner war, hatten sie Dinosaurier fasziniert und sie hatte sich vorgestellt, wie es wohl gewesen wäre, wenn sie damals einem begegnet wäre. Oder sie hatte mit ihrer Freundin „Prinzessinnen" gespielt und sie hatten sich vorgestellt, auf einer Burg zu leben. Aber dass es möglich sein könnte die Vergangenheit wirklich zu erleben, das hatte sie nicht geglaubt. Und wenn sie ganz ehrlich war, glaube sie es auch jetzt nicht.

Sie verließ ihr Bett und ging die steile, alte Treppe hinunter. Lotte war schon am Werkeln. „Was willst du zum Frühstück?" rief sie ihr entgegen. „Cornflakes?", antwortet Tilly ohne große Hoffnung auf Erfolg. Lotte lachte auch nur. „Ich kann dir

Grießbrei oder Brot mit Butter und Marmelade anbieten." Lotte kannte Grießbrei nur als Nachtisch, den man wie Milchreis mit ein paar Früchten serviert bekam. Sie mochte diese Kombination nicht sonderlich. Ein ordentlicher Pudding oder eine Götterspeise waren da mehr ihr Ding. Zum Frühstück konnte sie sich alles drei nicht vorstellen. Sie antwortete nicht, war noch nicht mal ganz wach. Sie setzte sich an den Tisch und sah aus dem Fenster. Lotte stellte vor sie und an ihren Platz jeweils eine dampfende Schüssel mit Grießbrei. „Probier mal!", forderte sie sie auf. Der Dampf aus der kleinen Schüssel duftete nach Vanille. „Unsere Vorfahren aßen sehr lange Brei zum Frühstück. Sicher nicht so lecker, wie der den ich uns gerade gemacht habe, aber sicher auch mit Milch und Zucker, als es dann mal Zucker gab." Tilly war ein Zuckerjunkie. Die Vorstellung ohne Zucker leben zu müssen, schockierte sie fast. Als könnte sich Lotte es noch einmal anders überlegen mit dem Zucker im Brei, stopfte sie sich einen großen Löffel voll in den Mund. Er schmeckte gar nicht so schlecht. Eigentlich sogar ziemlich lecker. „Kein Zucker". Die Vorstellung ging ihr nicht mehr aus dem Kopf. „Wie hast du das gemeint: kein Zucker?" „Du kannst ja sprechen.", freute sich Lotte. Erst jetzt fiel Tilly auf, dass sie noch nicht einmal einen guten Morgen gewünscht hatte. Sie wurde etwas verlegen. „Aber, wenn es keinen Zucker gab, wie süßten die Leute dann ihr Essen?" sagte sie mit vollem Mund. Der Brei war wirklich nicht so übel. „Na mit Honig oder eingekochtem Apfelsaft." Tilly mochte keinen Honig, auch wenn sie fasziniert davon war. Besonders der Klare hatte es ihr angetan und sie bedauerte manchmal, dass er ihr nicht schmeckte. Sie durfte Mama manchmal ein Honigbrötchen schmieren. Lotte unterbrach sie in ihren Gedanken. „Das mit dem Zucker ist ja so ´ne Sache. Eigentlich kennen die Menschen den ja schon ewig. Aber hier in Europa war es für lange Zeit nur den reichen Leuten vorbehalten, Zucker zu haben. Am Anfang war es noch Rohrzucker, aus Zuckerrohr. Erst Mitte des 18ten Jahrhunderts, also 17-hundert und ebbes, konnte man auch Zucker aus der Zuckerrübe gewinnen. Aber es dauerte dann noch fast 100 Jahre, bis auch weniger gut betuchte Familien in ihrer Küche Zucker benutzen. Am Anfang gab es nur Zuckerhüte, von denen man sich Stücke abschlagen musste." „Wie machst du es?", fragte Tilly unvermittelt. Sie wollte nichts mehr von Zuckerhüten hören. Sie wollte sich vergewissern, dass sie das gestern nicht alles geträumt hatte. Lotte schaute sie fragend an. „Wie mache ich was?", fragte sie zurück. Tilly traute sich fast nicht zu fragen. Sie hatte immer mehr Zweifel, ob sie das gestern alles richtig verstanden hatte. Deshalb fragte sie sehr vorsichtig: „Na das mit der Vergangenheit!". Lotte strahlte. Ganz aufgeregt plapperte sie los. „Du meinst, wie ich dort hinkomme, was ich dort erlebe? Interessiert es dich wirklich?" Sie schien sich wirklich zu freuen. Und Tilly hatte sich wohl gestern auch nicht verhört.

„Hast du ein Raumschiff? Eine Zeitmaschine?" Lotte schüttelte mit dem Kopf. „Nein, ich bin technisch nicht so begabt und ganz ehrlich, ich bezweifle, dass es so was gibt. Nein, ich mache es hiermit." Sie deutete auf ihren Kopf.

Tilly sackte in ihren Stuhl zurück. Na klar, Lotte dachte sich die Geschichten aus. Das war das Geheimnis. Sie war enttäuscht. Sie hatte sich etwas Zauberhaftes, etwas Abenteuerliches erhofft. Und nun entsprang alles nur Lottes Phantasie. Lotte hatte ihre Enttäuschung bemerkt. „Nein, da liegst du falsch Tilly. Ich denke es mir nicht nur aus. Ich kann wirklich dorthin. Ich versuche es dir zu zeigen, o.k.?" Tilly nickte, aber sie war sich immer noch nicht sicher, was Lotte im Schilde führte. „Siehst du die vier Stühle hier?" fragte Lotte. Tilly wunderte sich etwas über die Frage. Um sie nicht zu sehen, musste man blind sein. „Schau sie dir genau an. Was fällt dir auf?" Auf den ersten Blick waren alle vier Stühle gleich, na ja, ähnlich. Eigentlich ziemlich unterschiedlich. Doch die Füße der Stühle endeten alle in der gleichen Wölbung und die Lehnen waren zwar nicht verziert, aber trotzdem etwas verspielt. „Sie sind alle unterschiedlich.", antwortet sie schließlich. Lotte ermunterte sie genauer hinzusehen. „Sie kommen alle aus der gleichen Zeit, standen aber bei unterschiedlichen Leuten. Es war der Jugendstil. Schau dir den mal genauer an." Sie deutete auf den Stuhl, auf dem gestern ihre Mutter gesessen hatte. „Du musst ihn berühren!", sagte sie und Tilly berührte vorsichtig die Lehne. „Der Stuhl stand bei einem Professor. Viele Besucher haben auf ihm Platz genommen." Die Luft flirrte etwas. „Der Herr Professor saß hinter seinem großen Schreibtisch. Der Besucher auf dem Stuhl davor." Wieder flimmerte die Luft und Tilly glaubte schemenhaft den riesigen Schreibtisch erkennen zu können. Der Raum war hoch und hatte große Fenster. Es sah ein bisschen so aus wie die Altbauwohnung, in der eine Klassenkameradin wohnte.

Dann verschwand die sirrende Luft und Tilly saß wieder in Lottes Küche. „Ach das war zu schwer", sagte Lotte, etwas verärgert über sich selbst. Aber Tilly war immer noch fasziniert von dem, was sie kurz gesehen hatte. Mehr zu sich selbst als zu Tilly sagte Lotte: „Wir brauchen erst einmal eine Orientierung. Bist du gut in Geographie? Ich meine, wenn ich dir jetzt eine Deutschlandkarte hinlegen würde, wüsstest du wo die wichtigsten Städte liegen?" Tilly schnaufte. „Nein, wüsste ich nicht, aber was hat das…" mit Zeitreisen zu tun, wollte sie eigentlich sagen. Aber Lotte plauderte weiter. „Geht mir genauso, ich muss erst an einem Ort gewesen sein, um ihn auf einer Landkarte zeigen zu können. Aber mit Geschichte ist das nicht viel anders." Sie lief auf das Bücherregal zu, griff nach einem Buch, doch anstatt das Buch aus dem Regal zu nehmen, machte es Klack und das Bücherregal schob sich wenige Zentimeter nach vorne. Lotte schob das Regal bei Seite und es wurde ein Türrahmen sichtbar und dahinter ein zweiter Raum.

Lotte lief hinein und kam wenig später mit einem Zeichenblock hinaus. Tilly starrte auf die Tür. Lotte lachte. „Ach das? Das hat ein befreundeter Schreiner für mich gebastelt. Sehr praktisch, wenn Besuch kommt und man die Unordnung auf dem Schreibtisch verbergen will."

Sie legte den Block auf den Tisch. „Sag mir, was du über Geschichte weißt." Tilly stöhnte. Lotte sah sie verwundert an. „Hey, wir sind doch nicht in der Schule. Ich will doch nur wissen, welche „Orte" du schon kennst." Es fühlte sich aber trotzdem irgendwie an wie Abfragen in der Schule. Und Tilly wusste, dass sie eigentlich nichts wusste. Lotte schaute sie erwartungsvoll an. Wahrscheinlich kam sie jetzt gleich mit Hitler und dem zweiten Weltkrieg. „Weißt du, wann Hitler in Deutschland an der Macht war?", fragte Lotte dann auch prompt. Nein, das wusste sie nicht. Zahlen waren für sie Schall und Rauch. Sie wusste nur, was jetzt gleich kommen würde. Dass man so was doch wissen müsse. Das sei doch wohl das Mindeste. Was sie denn den lieben, langen Tag in der Schule lernen würden. Aber sie lernten so was in der Schule, nur Tilly konnte sich Zahlen einfach nicht merken. Lotte machte einen zweiten Anlauf. „Wann ist denn deine Mutter geboren?", fragte sie. Tilly musste überlegen. Ganz leise sagte sie: „1972?" und sah Lotte fragend an. „Gut", lobte Lotte. „Und war Hitler da an der Macht?" Tilly schaute sie ungläubig an. „Neee, natürlich nicht" sagte sie laut. „Das war viel früher." Lotte ließ nicht locker. „Und deine Oma, wann ist die geboren?" fragte sie. Tilly hatte keine Ahnung, wann Oma geboren war. „Wie alt ist sie denn?", fragte sie. Siebzig! Ihre Oma war dieses Jahr Siebzig geworden. Also war sie 1950 geboren worden. „Meine Oma ist 1950 geboren worden.", sagte sie stolz. „Und hat sie Hitler erlebt?", kam gleich die nächste Frage. Tilly schüttele mit dem Kopf, war sich aber nicht mehr ganz sicher. Irgendwas war da gewesen, hatte ihre Mutter erzählt. „Richtig! Nein, hat sie nicht, auch wenn sie sicherlich noch den einen oder anderen Ausläufer des Krieges mitbekommen hat."

Lotte malte auf den Block ein Kreuz ganz auf die rechte Seite. „Hier sind wir!", sagte sie. Etwas weiter links schrieb sie 1972 mit „Geburtstag Lisa". Wieder weiter links schrieb sie 1950 und „Geburtstag Lisas Mama/Tillys Oma". „Wie lange war der Krieg da schon vorbei?", fragte Tilly. Sie interessierte sich eigentlich nicht für den Krieg. Das war lange her. Aber jetzt war sie schon neugierig, was ihre Oma davon noch mitbekommen hatte. „Der Krieg war schon 5 Jahre vorbei. Aber glaub nicht, dass die Leute das so empfunden haben. Auf der Straße und zu Hause hatten die Frauen das Sagen. In der Politik natürlich nicht, da gab es fast nur Männer. Ganze vier Frauen gegenüber 64 Männern durften damals am Grundgesetz mitwirken. In den Familien waren viele Ehemänner und Väter entweder im Krieg gestorben oder waren völlig traumatisiert aus Krieg oder Gefangenschaft zurückgekehrt. Einige, wenige waren noch in Kriegsgefangenschaft. Die meisten Leute hatten nicht viel. Wer Glück hatte, hatte genug zu Essen. Wollen wir es uns mal ansehen?" Tilly zögerte. Sie wusste nicht, ob sie das sehen wollte. Es klang nicht wirklich nach einer spaßigen Zeit. Lotte lief in ihr Zimmer hinter dem Bücherregal und kam mit einem etwas verdallerten Blechauto wieder heraus. Auf dessen Unterseite zeigte sie ihr eine Aufschrift. „Made in US-Zone" stand darauf. Lotte erzählte: „Das Auto gehörte einem Jungen, gerade 10 Jahre alt. Er hat es von einem Soldaten bekommen. Das war immer gut versteckt, da seine Mutter mit den Amis nichts zu tun haben wollte und es ihm sicher weggenommen hätte. Der Junge mochte die Amis. Von ihnen bekam er ab und zu Schokolade oder Kaugummi, was er seiner Mutter natürlich auch verheimlichte." Sie stellte das Auto vor Tilly auf den Tisch. „Berühre es!"

Tilly war auf einem Hof. Hinter einem Misthaufen, gut versteckt im Schatten saß ein Junge in ihrem Alter und spielte mit dem Auto. Die Kleidung, die er trug, war etwas zu groß für ihn und er war barfuß und etwas dreckig. Sie hörte die Mutter rufen. Der Junge steckte das Auto in seine Hosentasche, strich noch mal darüber, ob man es von außen auch nicht sah und kam aus seinem Versteck. Die Mutter war ungehalten. Ob er das Holz schon gemacht hätte, wo die Milch sei und ob sie eigentlich die Einzige hier war, die arbeitete. Der Junge flitzte um die Ecke, als wäre der Teufel hinter ihm her. An einem

Haufen Holz blieb er stehen, nahm eine Axt, die halb so groß war wie er, legte einen Holzscheit auf einem Hackklotz zurecht und schlug drauf. Es krachte, und der Scheit zerbarst in zwei Hälften. Der Junge legte eine Hälfte wieder auf den Klotz, zielte und die Hälfte zerbarst wiederum in zwei Teile. So ging das immer weiter. Der Junge schwitze und als er auf seine Hände blickte, sah Tilly, dass er an einer Hand blutete. Eine alte Blase musste sich erneut geöffnet haben. Der Junge sammelte die Holzstücke ein und brachte sie ins Haus. Als er wieder herauskam, ging er zu einem Brunnen und trank etwas. Er wusch die Hand und tat dann etwas, was Tilly schockierte. Er pinkelte auf seine Hand. Dann hielt er die Hand in die Sonne und lächelte zufrieden. Er schaute vorsichtig in Richtung Haus, und verschwand dann wieder hinter dem Misthaufen, um mit seinem Auto zu spielen. Tilly bewegte sich und der Junge sah in ihre Richtung, als hätte er im Augenwinkel ihre Bewegung wahrgenommen. Nun aber blickte er durch sie hindurch und widmete sich dann wieder seinem Auto.

Die Bilder verschwammen, und sie saß wieder in Lottes Küche. Sie starrte das Auto an, wie es verdallert auf dem Küchentisch stand. Lotte blickte sie erwartungsvoll an. „Und?", fragte sie. Tilly schüttelte mit dem Kopf. „Er hat auf seine Hand gepinkelt", sagte sie angewidert. „Er hat die Wunde desinfiziert. Frisches Pipi ist ein perfektes Desinfektionsmittel. Bei den hygienischen Verhältnissen damals, wäre die

Alternative eine Entzündung oder gar eine Blutvergiftung gewesen. Da ist ein bisschen Pipi doch eine echte Alternative, oder?" Tilly schaute noch immer wie gebannt auf das Auto. Lotte sagte: „Apropos Kinderarbeit, wolltest du mir nicht helfen Sauerkraut zu machen?" Sie stand auf und ging Richtung Garten. Tilly lief ihr hinterher, den Kopf voller Bilder. Hatte der Junge sie sehen können?

-4- EIN KOPFTUCH IN EHREN KANN NIEMEAND VERWEHREN

Sie hatten den Kohl aus dem Garten geholt und die welken und angefressenen Blätter entfernt. Die eine oder andere Raupe oder Schnecke, die sie dabei entdeckten, war mit den abfälligen Blättern auf dem Kompost gelandet. Die Stare und Amseln hatten sich bestimmt gefreut. Die geputzten Köpfe wurden dann dünn geraspelt. Tilly versuchte ihr Glück mit dem Krauthobel, doch Lotte hatte Angst um ihre Fingerkuppen und übernahm deshalb das Zerkleinern des Kohls. Sie sagte, sie würde Tillys Mutter nur ungern erklären, warum ihr Kind mit 10 Fingern angereist war, aber nur mit 8 zurückkam. Tilly bekam deshalb die ehrenvolle Aufgabe den geraspelten Kohl mit Salz in einem sauberen Tontopf zu zerquetschen, in den Lotte die geraspelten Kohlfetzen geworfen hatte. Der Tontopf war so tief, dass Tilly die Kohlraspel mit ihren kurzen Armen kaum erreichte. Sie knetete das Kraut mit den Händen. Lotte hatte ihr erklärt, dass so viel Flüssigkeit aus dem Kohl austreten müsse, dass diese den Kohl überdecken würde. Allerdings kam ihr dieses Unterfangen recht hoffnungslos vor. Sie drückte und quetschte, aber es kam keine Flüssigkeit heraus. Nur ganz langsam wurde der Kohl weicher und nun kam auch etwas Saft. Sie arbeitete kopfüber. Als sie sich das dritte Mal mit ihren Krauthänden die Haare aus dem Gesicht strich, holte Lotte ein Tuch und band ihr die Haare nach hinten.

Als der gesamte Kohl gehobelt war, löste Lotte sie ab. Als genügend Flüssigkeit entstanden war, legte Lotte zwei Kohlblätter auf den gematschten Kohl und bedeckte diese mit zwei großen, flachen Steinen. Dann schüttete sie Weißwein darüber, bis die Steine mit Flüssigkeit bedeckt waren. Sie erhitzte Wasser, gab Salz dazu und schüttete alles in eine leere Weinflasche. Sie drückte die Flasche Tilly in die Hand und schleppte den Topf in den kleinen Schuppen vor dem Haus. Hier nahm sie Tilly die Flasche ab und goss das Wasser in die Rille am Rand des Tontopfes, die Tilly zuvor zwar aufgefallen war, die sie aber als Zierde interpretiert hatte. Die ganze Zeit musste sie an den Jungen denken. „Der Junge hatte aber keine tolle Kindheit.", stellte sie fest. „Die Kinder hatten es allgemein in dieser Zeit nicht leicht.", antwortete Lotte. „Sie mussten alle Arbeiten übernehmen, die die Mutter nicht schaffte. Zum Spielen blieb da nicht viel Zeit. Man machte sich darüber aber keine großen Gedanken. Die Not war zu groß, als dass man an die Kinder gedacht hätte. Sie hatten allerdings auch Freiheiten, die viele Kinder heute nicht mehr haben. Denn wenn sie nicht arbeiten mussten, scherte es fast niemanden, wo sie sich rumtrieben und was sie taten. Erziehung bestand eher aus Mahnungen und manchmal Schlägen. Die Mütter waren oft überfordert. Nein, keine schöne Zeit. Es war die Zeit der Frauen, der völlig überforderten Frauen. Und der heimkehrenden oder verkrüppelten und traumatisierten

Männer. Für die Erwachsenen, eine Zeit des Vergessens, und zum Vergessen, zumindest ist das mein Eindruck. Diese Zeit ist bei mir schon früh von der Liste der Lieblingszeiten gestrichen worden." Lotte legte den Deckel des Tontopfes vorsichtig in die mit dem Salzwasser gefüllte Rinne. Sie betrachtete ihr gemeinsames Werk. „Das Wasser in der Rille ist dazu da, dass keine Luft reinkommt. Ohne Sauerstoff, können sich viele unerwünschten Bakterien und Pilze nicht vermehren. Die Säure, die sich bildet, tut dann den Rest. Ich befürchte aber, dass das Sauerkraut bis zu deiner Abreise noch nicht fertig sein wird." Tilly war untröstlich.

Wieder im Haus schaute Lotte auf die Uhr. Es war noch nicht mal 12 Uhr mittags. „Lass uns schnell auf den Markt springen. Das wird dir gefallen. Außerdem brauche ich noch Eier und Käse." Sie holte aus dem Kämmerchen einen Korb und sie gingen los, den steilen Weg hinab in das Zentrum des Dorfes. „Warum mochte man die Amis nicht?", fragte Tilly, als sie auf dem Weg zum Markt waren. „Sie haben doch Deutschland von Hitler befreit." Lotte schüttelte mit dem Kopf. „Das haben viele Deutsche damals anders gesehen. Hitler hatte ihnen so viel versprochen und nun hatten sie fast alles verloren. Die Amerikaner hatten aus ihrer Sicht das Land besetzt und zerstört. Außerdem waren unter den Amerikanern viele Schwarze. Schwarze hatten in Amerika kaum eine Chance auf einen Job. Die Armee nahm sie aber und so kamen sie nach

Deutschland. Ihre ungewohnte Hautfarbe jagte den Menschen Angst ein. Zumindest die Älteren, stramm erzogenen Rassisten, wollten mit ihnen nichts zu tun haben."

Sie kamen auf den Markt. Hier herrschte ein buntes Treiben. Neben Obst und Gemüse, wurden auch Kleider und Spielsachen aus Plastik angeboten. Tilly liebte solche Märkte und sie musste aufpassen, dass sie nicht ihr ganzes Taschengeld für irgendeinen Schund, wie es ihre Mutter nannte, ausgab. Sie fand immer etwas, was sie unbedingt haben musste, auch wenn es oft kurz später in ihrem Zimmer in eine Kiste verschwand und uninteressant wurde. Trotz Corona war der Marktplatz recht voll. Fast alle Leute trugen Masken. Die Obst- und Gemüsestände quollen über. In langen Schlangen mit gehörigem Abstand warteten die Menschen, dass sie an die Reihe kamen. Lotte stellte sich mit ihrem Korb an einem Stand an, der Eier, Käse und Nudeln verkaufte. Tilly stand vor dem Stand mit den Spielsachen. Was der Junge aus der Zeit 1950 wohl gesagt hätte, wenn er diesen Überfluss gesehen hätte? Er hätte wohl gedacht im Paradies zu sein. Ein kleiner Junge wollte quengelnd unbedingt den batteriebetriebenen Plastikpanzer haben. Seine Mutter zog ihn weiter. Sie überlegte, was sie wohl sehen würde, wenn sie das glitzernde Einhorn berührte. Wenn ihre Mutter Recht hatte, ausgebeutete, chinesische Kinder, mit blutigen Händen. Vorsichtig berührte sie das Einhorn und sah…nichts! „Nicht alle Dinge haben eine Geschichte", hörte sie Lotte hinter sich sagen. Massenware kann keine Geschichten erzählen. Vielleicht irgendwann, wenn ein Kind viel damit gespielt hat." Tilly ließ das Einhorn los. Sie wollte es nicht haben.

Lotte winkte sie zum Dorfbrunnen, der am Kopf des Platzes stand. „Noch mal Lust auf einen Blick in die Vergangenheit? Ich mache das fast immer, wenn ich hier am Brunnen stehe." Sie berührten gemeinsam den Brunnen und der Markt vor ihnen veränderte sich. Die grellen Farben der Autos, des Plastikspielzeugs und der Kleider der Menschen verschwanden. Der Marktplatz war nun voll von Menschen, ohne Masken und gekleidet in blassen Farben. Überall waren Tiere, teils angebunden an den Ständen, teils in Körben oder Holzkäfigen, aber auch frei herumlaufend. Die Marktstände waren übervoll mit Äpfeln, Birnen aber auch Kohlköpfen und Kartoffeln. Die Frauen trugen Körbe und gestikulierten wild mit den Marktfrauen. „Und, was denkst du in welcher Zeit wir gerade sind?", hörte Tilly Lotte fragen. Sie stand neben ihr und wirkte in ihren Jeans und dem roten T-Shirt völlig fremdartig in der eher blassen Umgebung. „Können sie uns sehen oder hören?", fragte Tilly. Lotte schüttelte nachdenklich den Kopf. „Ich glaube nicht. Auch wenn ich manchmal den Eindruck habe, dass sich Leute beobachtet fühlen, wenn ich zu lange bei ihnen bin. Besonders, wenn ich mit ihnen allein bin, schauen sie manchmal auf, als hätten sie ein Geräusch gehört. Aber wenn so viele Menschen an einem Ort sind, wie hier auf dem Marktplatz, glaube ich nicht, dass sie uns wahrnehmen." Sie betrachteten eine Weile das Treiben. Es war wie ein Wimmelbild. Es gab an jeder Ecke etwas zu sehen. Ein älterer Mann saß zwischen Töpfen, Bottichen und Körben, die auf einem Tuch auf dem Boden dargeboten wurden. Es sah eher wie ein Flohmarkt aus als ein echter Marktstand. An einer anderen Ecke saß ein Mann und fertigte einen Scherenschnitt für eine junge Frau an, die seitlich blickend vor ihm saß. „Und? In welcher Zeit sind wir?", fragte Lotte erneut. „Du musst lernen dich in der Zeit zurechtzufinden, sonst...", sie vollendete den Satz nicht. „Was siehst du? Oder besser, was siehst du nicht? Weißt du, wer in der Zeit reist hat selten die Möglichkeit auf einen Kalender zu blicken. Man muss sich vielmehr die Frage stellen, was gibt es? Was ist schon erfunden, was gibt es noch nicht?"

Es gab weder Autos noch Traktoren, stattdessen sah man am Rande des Marktes eine Kutsche warten. Ein etwas besser gekleideter Mann mit Zylinder zog eine Taschenuhr aus seiner Westentasche. Tilly schaute auf die Handgelenke der Menschen auf dem Markt. Keiner sonst trug eine Armbanduhr. Die Frauen trugen zum Großteil Kopftücher, die teils unter dem Kinn, teils nach hinten gebunden waren. Tilly musste kurz an den Hemshof in Ludwigshafen denken, wo sie lebte. Auch dort trugen die Frauen oft Kopftücher und wie auf diesem

Marktplatz waren sie manchmal einfach nur Kopfbedeckungen oder Frau nutze sie als modisches Accessoire. Die meisten Menschen hier waren barfuß, trugen Holzschuhe oder trugen Schuhe, die eher wie Ledersäckchen aussahen. Der Mann mit der Taschenuhr trug richtige Schuhe, wenn auch eher Frauenschuhe, mit höheren Absätzen und hoch geschnürt. Lotte zeigte mit ihrem ausgestreckten Zeigefinger auf die Kinder, die auf ihren Rücken viel zu große Körbe mit Kartoffeln zu den Ständen schleppten. „Auf einem solchen bäuerlichen Markt ist es ziemlich schwer die Zeit festzustellen. Ein ähnlicher Markt könnte auch 50 Jahre später hier auf dem Land stattgefunden haben. Es sind nur wenige, kleine Zeichen, die uns hier die Zeit verraten und es sind immer die besser gekleideten Menschen, bei denen der Fortschritt und die Mode zuerst ankommen. In der Stadt ist es oft einfacher die Zeit zu bestimmen. Da sieht man die neusten Errungenschaften, wie zum Beispiel die Industrialisierung, zuerst. Hier auf dem Markt sieht man die Zeit vor allem an den Stoffen der Kleider. Sie sind oft schon industriell gefertigt, so einheitlich gewebt, wie sie sind. Die Dampfmaschine ist schon länger erfunden. Nun kommt sie auch auf dem Land an. Es wird sogar schon mit Dampfmaschinen auf den Feldern gearbeitet. Strom gibt es noch keinen, die Straßenlaternen werden noch mit Öl betrieben." Tilly schaute sie fragend an. Sie hatte keine Ahnung, wann die Dampfmaschine erfunden wurde, geschweige denn seit wann es Autos, Strom oder Uhren gab. Aber noch etwas fiel ihr auf. Die Frauen und Mädchen trugen alle weite, lange Röcke, oder Kleider, manchmal mit einer Schürze. Braun, Beige oder Weiß waren die Hauptfarben der Kleidung, aber man sah auch ab und zu ein dunkles Blau. Ein junges Mädchen lief auf sie zu, offensichtlich, um mit einem Krug Wasser aus dem Brunnen zu schöpfen. Sie schien Tilly nicht zu sehen. Trotzdem blieb sie kurz vor ihr stehen und umrundete sie schließlich, um an den Brunnen zu gelangen.

„Komm, lass uns gehen!", sagte Lotte „Wir wollen ja noch einkaufen". Tilly betrachtete das Mädchen, dass nun direkt neben ihr stand. Außerdem hätte sie dem Treiben gerne noch länger zugeschaut. Dennoch ließ sie den Brunnen los und wurde fast erschlagen, von den grellen Farben, die ihr nun wieder entgegenschlugen. Das Mädchen war verschwunden. „Wir müssen noch etwas an deiner Zeitkarte arbeiten", sagte Lotte, wieder im Hier und Jetzt. „Ohne eine Zeitkarte, ist es sehr schwer sich zu orientieren." Sie schaute Tilly prüfend an. „Oder willst du etwas Anderes machen? Wir könnten wo hinfahren, wo du Netz hast. Dann könntest du mit deinen Freundinnen chatten, oder was auch immer ihr heutzutage so mit euren Handys macht." Tilly war noch ganz benommen von den Bildern. Und so gern sie ihrer besten Freundin von ihren Erlebnissen hätte erzählen wollen, sie bezweifelte, dass sie ihr geglaubt hätte. Sie entschied sich dagegen und sagte stattdessen. „Können wir irgendwo was trinken? Ich habe unheimlichen Durst?"

-5- WER SAGT, DASS MÄDCHEN DÜMMER SIND?

Sie hatte mit Lotte vor dem Café am Marktplatz gesessen und die Leute beobachtet. Es war immer noch seltsam die Menschen nur mit Maske zu sehen. Tilly hatte eine Cola bekommen, Lotte trank einen Kaffee. Mit den Einkäufen vom Markt, gingen sie nun den steilen Weg zurück zu Lottes Haus. Auf dem Weg stellte Tilly Fragen. „Hatte es eigentlich religiöse Gründe, dass die Mädchen und Frauen Kopftücher trugen?" Lotte wiegte den Kopf hin und her, als könne sie sich zwischen ja und nein nicht entscheiden. „Also grundsätzlich schickte es sich nicht, die Haare offen zu tragen. Geflochten, ja, ein Dutt, ja, aber offen sicher nicht. Die Kurzhaarfrisur gab es nur bei Jungen oder Kindern, die kurz zuvor Läuse gehabt hatten. Da Mädchen und Frauen aber hart arbeiteten, trugen sie Kopftücher. Du hast ja selbst gesehen, wie unpraktisch es ist, wenn einem die Haare die ganze Zeit ins Gesicht fallen. Und natürlich wollte man vermeiden, dass Haare im Essen landeten. Und du darfst drei Mal raten, wer dafür verantwortlich war, dass das Essen auf den Tisch kam. Frauen mussten kochen, putzen und waschen. Nebenbei kümmerten sie sich um den Garten, erzogen die Kinder und nähten Kleider für die Familie. Nicht, dass das heute sehr viel anders wäre, aber heute gibt es natürlich allerlei Hilfsmittel, wie Waschmaschinen und die Frau von heute hat zumindest manchmal Glück bei der Wahl ihres Mannes." Tilly lachte. „Bei Mama wären alle verhungert. Die kann gar nicht kochen. Als Papa noch bei uns wohnte, hat der immer gekocht." Ihr Vater konnte wirklich gut kochen. Ob Pizza, Braten oder Kuchen. Alles schmeckte wirklich herrlich. „Und jetzt?", fragte Lotte. Tilly wurde etwas verlegen. Sie wollte nicht schlecht über ihre Mama reden. Sie gab sich schließlich alle Mühe. „Ich esse meistens in der Schule", sagte sie deshalb. Lotte hatte wohl ihre Verlegenheit bemerkt. „Deine Mama ist eine tolle Frau, aber Kochen war wirklich nie so ihr Ding. Hat sie sich, glaube ich, bei ihrer Mama, also deiner Oma, abgeschaut. Ich gehe mal davon aus, dass dein Traumberuf auch nicht Köchin sein wird?" Sie schaute Tilly herausfordernd an. Tilly schüttelte energisch mit dem Kopf. Wie hatte es Lotte eben so schön über ihre Mama gesagt: Kochen war nicht ihr Ding.

Dann waren sie an Lottes Haus. Lotte brachte die Einkäufe ins Kämmerchen, verstaute den Käse und die Eier im Kühlschrank und kam zurück in die Küche. Tilly hatte etwas Hunger. „Gibt es eigentlich noch was vom Apfelkuchen?", fragte sie. Lotte nickte. „Ist im Kämmerchen unter dem Schirmchen. Nimm dir ruhig." Tilly schaute in Richtung der Kammer. Ihr fiel die große Spinne wieder ein, die sie dort gestern entdeckt hatte. Ihr Blick war nicht unbemerkt geblieben. „Die Spinne sitzt ganz friedlich links oben in der Ecke. Er wird dir nichts tun. Versprochen!" Tilly ging auf das Kämmerchen zu. Sie schaute durch die Tür und entdeckte die Spinne tatsächlich in der Ecke. Schnell huschte sie hinein und holte den Kuchen in die Küche. Die Spinne behielt sie dabei die ganze Zeit im Auge.

Nachdem sie sich einen Teller aus dem Schrank geangelt und ein Stück Kuchen draufgeschaufelt hatte, ging sie zum Küchentisch, wo Lotte über dem Blatt Papier saß. Sie hatte die Linie bereits verlängert. Nun stand 1945 da und „Kriegsende". „Ich hab dir ja noch gar nicht verraten, in welcher Zeit wir uns vorhin befanden." Sie machte einen langen Strich und schrieb 1856. „Das war die Zeit, als Lisette gelebt hat. Du erinnerst dich, die Frau auf dem Ölbild?" Tilly überlegte. Sie stopfte sich ein Stück Kuchen in den Mund und sagte schmatzend: „Die hatte aber kein Kopftuch auf und das Kleid war viel hübscher als die, die die Mädchen auf dem Markt getragen haben." Lotte nickte. „Sie war aus gutem Hause und sie lebte in der Stadt. Lisette, musste auch nicht wirklich arbeiten. Sicher, sie musste sich um die Hausmädchen und Küchenhilfen kümmern. Und sie saß in der Stube häkelte oder stickte." Tilly musste unwillkürlich an ihren missratenen Topflappen denken, den ihre Mutter zwar am Anfang noch stolz gebrauchte, aber nachdem sie sich dank der Löcher ein paar Mal die Finger verbrannt hatte, als Dekoration über den Küchentisch gehängt hatte. Dort war er kurz später Schnurri, ihrem kleinen schwarzen Kater, zum Opfer gefallen.

„Lisette war 1856 sechsunddreißig Jahre alt.", erzählte Lotte weiter. „Meinen Ur-Ur-Urgroßvater kannte sie noch nicht. Sie war zuvor mit ihrem ersten Mann verheiratet gewesen. Viel kann ich dir nicht über ihn sagen, ich hatte nie die Gelegenheit, in dieser Zeit zu ihr zu reisen. Ich weiß nur, dass er starb und sie allein ließ mit ihrer Tochter Kätchen und einem Ladengeschäft. Außerdem hinterließ er ihr Geld. Sie, als Frau allein, konnte den Laden sicher nicht betreiben, weshalb sie wohl jemanden für die Buchhaltung und die Führung des Geschäfts holte. So haben sich meine Ur-Ur-Urgroßeltern kennengelernt. Und irgendwie hat es wohl gefunkt zwischen den beiden. Jedenfalls wurde meine Ur-Urgroßmutter, 5 Monate nach der Heirat 1858 geboren. Lisette war damals achtunddreißig. Für die damalige Zeit wirklich sehr alt, um Kinder zu bekommen." Sie schaute Tilly an und grinste. Tilly kannte dieses Grinsen. Wenn Erwachsene so grinsten, dann hatte es immer irgendwas mit Männlein, Weiblein und natürlich Sex zu tun. Ihr war durchaus klar, wie Kinder entstanden, aber warum Lotte so grinste war ihr nicht klar. Als wollte Lotte ihr auf die Sprünge helfen, sagte sie bedeutungsschwanger: „Sie war ein Fünf-Monats-Kind!" Tilly verstand immer noch nicht. „Oder sie ist drei Monate vor der Heirat entstanden", sagte sie nach kurzem Nachdenken. Lotte lachte. „Du sprichst ein großes Wort gelassen aus! Ich glaube du kannst dir nicht vorstellen, was das damals bedeutete. Noch dazu, wenn die Frau aus „gutem Hause" stammte. Ihre Tochter hieß übrigens Bertha, Betty mochte sie aber lieber." Sie verschwand in ihrem Zimmer und kam mit einem dicken, alten Buch aus Leder wieder. Als sie es aufklappte, sah Tilly, dass darin Fotos waren. „In diesem Fotoalbum sind meine ganzen Verwandten. Zumindest aus dieser Ecke der Verwandtschaft. Von Lisette gibt es leider kein Foto. Sie starb, bevor die Photographie so richtig erfunden war." Lotte blätterte in dem Buch und zeigte ihr ein uraltes Foto. „Schau! Das ist Bertha. Sie verehrte, wie übrigens ihre Mutter, Betty Gleim, eine emanzipierte Frau, die fast 100 Jahre vor ihr lebte. Betty Gleim lebte von 1781 bis 1827 in Bremen. Sie war Pädagogin, Schulgründerin und Schriftstellerin. Betty Gleim war der Meinung, dass es für eine Frau zu wenig sei, den Männern zu gefallen, sondern dass Mädchen in die Schule gehen und die Möglichkeit zu studieren haben sollten. Deshalb gründete sie eine Mädchenschule, in der sie selbst unterrichtete. In der Zeit als Bertha lebte, durften Mädchen zwar schon in die Schule gehen, aber nur wenn die Eltern das Geld für Private Mädchenschulen hatten und sie lernten nur das, was ihnen nutzte einen Haushalt zu führen und alles, was sie brauchten, um ihrem Mann ein geistiges Gegenüber sein zu können. Deshalb waren auch 100 Jahre nach Betty Gleim ihre Ideen noch nahezu revolutionär. Ihre Bücher waren ab Mitte des 19ten Jahrhunderts bei Frauen sehr beliebt, war doch in ihnen zu lesen, dass Frauen nicht generell dümmer waren als Männer." Lotte lachte, als sie Tillys Gesicht sah. „Ja stell dir vor, was für eine Erkenntnis. Leider setzte sie sich fast nur bei den Frauen durch, was ich wiederum für den Beweis halte, dass Frauen weniger begriffsstutzig sind als Männer."

Sie klappte das Fotoalbum wieder zu. „Fotos eignen sich übrigens nur in wenigen Fällen zum Reisen. Sie speichern zwar Erinnerungen, sind aber leider nur Momentaufnahmen. Zu schnell entstanden, zu oft von verschiedenen Menschen in verschiedenen Zeiten betrachtet. Dennoch schau ich sie mir manchmal ganz gerne an. Außerdem hat das Buch mir am Anfang enorm geholfen zu verstehen, wer da gerade im Zimmer stand, oder von wem sie redeten" Sie brachte das Buch zurück in ihr Zimmer. Dann verlängerte sie den Strich auf der Zeitkarte und schrieb „1806, Betty Gleim, erste Mädchenschule" an sein Ende. Außerdem machte sie noch kurz neben 1856 eine Markierung mit „1858, Geburt Bertha (Betty)".

Tilly brummte etwas der Kopf. Es war zwar ganz nett die alten Geschichten zu hören, aber dennoch viel langweiliger als das, was sie heute Morgen gesehen hatte. Lisette, Betty Gleim, Bertha. Was hatte das alles mit ihr zu tun? Sie traute sich nicht die Frage zu stellen, hatte das Gefühl, dass sie Lotte damit vielleicht beleidigen könnte. Stattdessen fragte sie: „Kann

Mama das auch? Ich meine das mit dem Reisen." Lotte schüttelte mit dem Kopf. „Nein, aber sie weiß, dass ich es kann. Sie hat meinen Geschichten immer gern gelauscht. Ich hätte sie zu gern mal mitgenommen und ich denke, sie wäre auch gern mitgekommen. Aber es funktionierte bei ihr nicht." Tilly schaute sie erstaunt an. „Aber warum funktioniert es bei mir?", fragte sie. Lotte zuckte mit den Achseln. „Ich habe eine Theorie, weiß aber nicht, ob sie stimmt. Ich glaube es hat etwas mit dem Namen zu tun, den man trägt."

-6- DAS SCHWEIN RUFT NICHT AN, KEINE SAU INTERESSIERT SICH FÜR MICH

Lotte hatte Tilly gebeten, erst mal nicht allein in die Vergangenheit abzutauchen. Sie hatte gesagt, das sei zu gefährlich. Konnte man in der Vergangenheit stecken bleiben? Tilly konnte sich das so recht nicht vorstellen. Das Loslassen des Brunnens oder des Autos hatte sie automatisch ins Heute zurückgeführt. Sie hatte keine Angst. Eher im Gegenteil, sie hatte es jedes Mal bedauert, nicht etwas länger Zeit zu haben, sich umzuschauen. Außerdem fühlte es sich eher an, als würde man im Fernsehen von einem Programm in eine anderes zappen und, wenn man keine Lust mehr hatte, wieder zurück. Aber Lotte hatte sie so eindringlich gebeten, dass sie sich zunächst nicht traute es alleine zu probieren.

Am Abend rief ihre Mutter an. Lotte hatte zwar kein Internet und keinen Fernseher, aber in ihrem Arbeitszimmer stand ein Telefon. Es war schwarz, hing an einem Kabel, hatte eine Wählscheibe und der Hörer war mit dem Kabel am Telefon verbunden. Als es klingelte, zuckte Tilly zusammen und nachdem Lotte ins Arbeitszimmer gelaufen war und den Hörer abgenommen hatte, rief sie Tilly zu sich und reichte ihr den Hörer mit den Worten: „Deine Mama ist dran. Ich glaube, sie will wissen, ob du deinen Aufenthalt bei mir bisher überlebt hast." Sie grinste dabei. Tilly nahm den Hörer, der erstaunlich schwer war, und hielt ihn sich ans Ohr.

„Und Tilly, wie geht's dir?" leitete ihre Mutter das Gespräch ein. Tilly war ganz aufgeregt. Seit sie hier angekommen war und Lotte ihr vom Reisen erzählt hatte, stellte sie sich dieselben Fragen. „Du hast es gewusst?", fragte sie deshalb. Ihre Mutter antwortet nicht sofort. Als sei sie sich nicht ganz sicher, was Tilly meinte, antwortete sie mit einer Gegenfrage. „Du meinst Lottes kleines Hobby? Sie hat dir also davon erzählt." „Sie hat mir nicht nur davon erzählt, Mama, ich war mit dabei! Mama, es ist total irre." Endlich konnte sie jemandem davon erzählen. Ihre Mutter klang weniger begeistert. „Oh!", sagte sie. „Du kannst es also auch." Und dann mehr zu sich selbst: „Lotte dachte sich schon so was. Kann ich jetzt kurz mit Lotte sprechen?" Tilly war enttäuscht. Sie hatte gehofft mehr von ihrer Mutter zu erfahren, hatte erzählen wollen, wie es sich so anfühlt, was sie alles gesehen hatte. Ohne sich zu verabschieden reichte sie wortlos den Hörer zu Lotte. Die schaute sie fragend an, wedelte dann kurz mit ihrer Hand, als wollte sie andeuten, dass dicke Luft ist, nahm dann aber den Hörer. Tilly ging in die Küche. Aus dem Arbeitszimmer hörte sie Lotte in ruhigem Ton auf ihre Mutter einreden. Es war offensichtlich, dass ihre Mutter nicht begeistert war, dass Lotte sie mitgenommen hatte und ganz offensichtlich noch weniger, dass Tilly wohl etwas konnte, was ihr immer verwehrt geblieben war. Ob sie neidisch war? Oder hatte sie Angst? Aber warum? Lotte kam in die Küche. „Deine Mutter möchte dich noch mal sprechen.", sagte sie. Tilly lief ins Arbeitszimmer und nahm den Hörer. Lotte hatte sie wohl etwas beruhigen können. „Es freut mich, dass Lotte und du euch so gut versteht. Sei bitte so lieb und hör auf sie, ja? Und ich bin sehr gespannt, was du mir alles zu erzählen hast, wenn wir uns wiedersehen." Ob es an dem Alter des Telefongeräts lag, dass sie ihre Mutter so schlecht verstand? Das Rauschen, das sie vorhin wahrgenommen hatte, wurde stärker. Wobei Rauschen nicht ganz der richtige Ausdruck war. Es waren Hintergrundgeräusche, als wären außer ihnen noch andere Personen in der Leitung. Sie hörte wie ihre Mutter von ihrer Arbeit erzählte und von Corona. Aber da waren auch noch andere Stimmen. Der Raum um sie veränderte sich. Er sah nun aus wie bei ihren Großeltern. Eine junge Frau hielt das Telefon in der Hand. Es dämmerte. Sie war hübsch gekleidet, frisiert und geschminkt. Und sie weinte. Die Schminke kullerte mit den Tränen die Backe herunter. „Du hast gesagt, du kommst heute pünktlich zum Abendessen. Ich habe mich extra hübsch für dich gemacht!" Der Raum um sie veränderte sich wieder. Sie war in einem mausgrauen Büro. Ein Mann mit weißem Hemd und Krawatte hatte nach dem Telefon gegriffen und betätigte die Wählscheibe. Es tutete, aber niemand hob ab. Er schimpfte und knallte den Hörer auf die Gabel. Das Zimmer verschwand. „Tilly? Bist du noch dran?" Ihre Mutter klang besorgt. Tilly war verwirrt, wollte aber nicht, dass ihre Mutter es merkte. „Klar! Warum?", fragte sie deshalb so harmlos wie möglich. Das Zimmer um sie erzitterte, als wollte die nächste Szene erscheinen. Sie konzentrierte sich auf ihre Mutter. „Nein ich esse nicht nur Süßes, Lotte hat außer Kuchen gar nichts Süßes da.", sagte sie und hoffte, dass ihre Mutter sie mal wieder wegen ihrer Ernährungsgewohnheiten ermahnt hatte. Zur Antwort kam ein lang gezogenes etwas misstrauisches, „Okay? Das hatte ich zwar nicht gefragt, aber gut zu wissen." Das Rauschen wurde wieder stärker. „Mama, ich muss jetzt Schluss machen. Wir spielen gerade was und es ist gerade sehr spannend. Außerdem muss ich verhindern, dass Lotte schummelt." Ihre Mutter schien ihr nicht ganz zu glauben, aber das war Tilly egal. Ihre Mutter sagte trotzdem „Na dann spielt mal weiter. Ich weiß ja jetzt, dass es dir gut geht." Um Tilly herum flirrte die Luft. Sie musste jetzt unbedingt auflegen, den Hörer loslassen, bevor sie wieder weg war und ihre Mutter doch noch etwas merkte. „Tschüss Mama" schrie sie fast und knallte den Hörer auf die Gabel. Erst jetzt bemerkte sie, dass Lotte in der Tür stand. „So, so, wir spielen also. Du bist ja noch nicht mal rot geworden bei der Lüge.", sagte sie schmunzelnd. Tilly erinnerte sich an ihr Versprechen, nicht allein zu reisen. „Ich wollte das nicht!", sagte sie deshalb. Lotte schaute sie fragend an. „Lügen?", fragte sie ungläubig. „Nein! Ich war bei einer Frau im Wohnzimmer und bei einem Mann im Büro. Aber...", sie stockte, „...ich wollte das gar nicht." Lotte nickte verstehend. „Und die Frau heulte, weil ihr Mann nicht rechtzeitig zum Abendessen nach Hause kam, oder? Bei der bin ich auch schon öfters gelandet. Das Telefon ist alt und hat schon ziemlich viel erlebt in den 60 Jahren, die es jetzt auf dem Buckel hat." Dann wurde Lotte ernst. „Es ist am Anfang schwer, es im Griff zu haben. Aber ich kann dir ja zeigen, wie ich es mache."

Sie setzten sich wieder in die Küche. Vor ihnen lag das Papier. Sie machte ein weiteres Kreuz, schrieb 1960 dazu und Telefon. „Ich vermute alles, was du vorhin am Telefon gesehen hast, war nach 1960. Eine seltsame Zeit, wenn du mich fragst. Und im Nachhinein aus der heutigen Sicht eine ziemlich gruselige Zeit, vor allem für uns Frauen. Du musst dir vorstellen, während der Nazi-Zeit, also etwa 20 Jahre vorher, war der Platz der Frau am Herd. Ihre Aufgabe war es, dem Führer Kinder zu schenken, die Wohnung in Ordnung zu halten, die Kinder stramm zu erziehen und hübsch auszusehen. Nicht dass dieses Frauenbild nicht schon vorher sehr in Mode gewesen wäre, aber in den 20er Jahren hatten die Frauen Mut geschöpft, dass es eines Tages so etwas wie Gleichberechtigung geben würde. Auf einmal trug Frau Hosen, schnitt sich kurze Haare, rauchte, trank, ging auf Partys. Das war zumindest in den Großstädten so. Vor allem Berlin. Aber die Frauen besuchten nun Universitäten und machten Kunst. Frauen machten sogar Politik. Aber es war nur eine kurze Zeit. Dann kam die Weltwirtschaftskrise und wenn die Jobs weniger werden, erwischt es natürlich immer als Erstes die Frauen. Also ab, zurück an den Herd. Als Hitler an die Macht kam, besann man sich auf die gute, alte Zeit, als Frauen noch ihrer eigentlichen Natur nachkamen und die Männer ehrten und dem Vaterland Kinder schenkten. Mädchen wurden nun wieder brav, bescheiden und selbstlos erzogen. Alles was sie taten, taten sie für ihr Vaterland. Dann kam der Krieg, die Männer mussten an die Front. Und die Frauen übernahmen, in deren Abwesenheit, die Jobs der Männer. Das änderte sich zunächst auch nach dem Krieg nicht. Viele Männer waren gestorben oder blieben erst mal in Kriegsgefangenschaft. Hitler war weg und die Frauen begannen Deutschland wieder aufzubauen. Sie taten dies meist klaglos. Aber vielleicht war damals auch einfach nicht die Zeit zu klagen. Man musste die Zeit einfach irgendwie überstehen. Alles lag in Trümmern. Es gab fast nichts. Damals sagte man „Die Frauen stehen ihren Mann", was nichts anderes hieß, als dass sie unnatürlicherweise die Arbeit der Männer übernommen hatten und der natürliche Ort der Frau eigentlich Heim und Herd waren."

Während Lotte erzählte klang ihre Stimme teils ironisch teils verbittert. „Als die Männer dann zurückkamen und das sogenannte Wirtschaftswunder kam, ordneten sich die Frauen brav wieder in die Gesellschaft ein. Und ich bin mir sicher, dass viele Frauen nach der Not und dem Stress gerne wieder an den Herd zurückkehrten. Das war überschaubar. Ordnung machen, Kochen und sich selbst hübsch herausputzen, bevor der Mann von der Arbeit kam. Verglichen zu den Jahren davor, musste das sehr verlockend klingen." Tilly erinnerte sich an die weinende Frau am Telefon. Sehr glücklich hatte sie nicht gewirkt. Und sie dachte an ihre Mutter, die so gut wie nie kochte, den Haushalt nur mehr schlecht als recht auf die Reihe bekam und ganz bestimmt nicht die Zeit hatte sich gegen Abend für irgendjemanden in der Familie noch mal schnell hübsch zu machen. Aber ihre Mutter arbeitete auch. „Gingen die Frauen damals nicht zur Arbeit?", fragte sie ungläubig. Lotte schüttelte mit dem Kopf. „Natürlich mussten auch damals Frauen arbeiten. Vor allem, weil die Männer oft nicht genug nach Hause brachten, um die Familie zu ernähren. Aber Familien, in denen die Frauen dazuverdienen mussten, waren eher arm. Familien, die es geschafft hatten, da musste die Frau nicht arbeiten. Außerdem verdienten Frauen nur dazu. Das hieß, sie machten den Haushalt, kümmerten sich um die Kinder und arbeiteten. Das war natürlich nicht so viel Wert wie die Arbeit von jemandem, der sich einem Beruf einen ganzen Tag und oft auch darüber hinaus widmete. Damals entstand die Legende vom zuverlässigen, fleißigen Mann und der Frau, die ihre Arbeit halt nur so nebenbei machte."

Tilly wollte erst mal nichts mehr von den 60er Jahren hören. „Hast du etwas aus den 20er Jahren?", fragte sie Lotte. „Du willst da mal hin, oder? Ich nehme an, du willst die wilde Zeit sehen, nicht die leidenden Menschen der Nachkriegszeit oder der Weltwirtschaftskrise?" Sie lief in ihr Arbeitszimmer und kam mit einer Schatulle wieder heraus. „Schmuck eignet sich echt gut, um etwas progressive Luft zu schnuppern.", sagte Lotte mehr zu sich selbst als zu ihr. Tilly kannte das Wort nicht. „Was meinst du mit „progressiv"?", fragte sie deshalb. Lotte atmete tief durch und Tilly dachte zuerst, dass sie eine dumme Frage gestellt hatte. Aber Lotte suchte wohl eher nach einer Erklärung. „Das ist gar nicht so leicht zu erklären. Im Allgemeinen meint man damit, dass die Menschen etwas verändern, neue Gesellschaftsformen ausprobieren wollen. Sie streben das Gegenteil derer an, die wollen, dass sich nichts ändert, sogenannte ‚Konservative'." Tilly verstand noch nicht so ganz. Es änderte sich doch andauernd irgendetwas. „Das heißt, es gibt Menschen, die nicht wollen, dass Neues erfunden wird?" Lotte schüttelte mit dem Kopf. „Es ist wirklich eher gesellschaftlich gemeint. Konservative finden die gesellschaftliche Ordnung so wie sie ist, ganz o.k. Der Mann geht arbeiten, die Frau bekommt die Kinder, zieht sie groß, bis sie aus dem Haus sind. Die Kinder haben ihre Eltern zu ehren, auch wenn diese wenig Ehrwürdiges haben. Sie haben brav zu sein, zu gehorchen und keine dummen Fragen zu stellen, weil sie die komplexe Welt eh noch nicht verstehen. Progressive Strömungen haben immer versucht, solche vorgefertigten Meinungen zu hinterfragen. Und obwohl es in allen Zeiten konservative und progressive Strömungen gab, gibt es durchaus Zeiten, in denen das Eine oder Andere überwiegt. In den 10er Jahren und Anfang der 20er Jahre des vorigen Jahrhunderts, wo im Übrigen der erste Weltkrieg war, war Deutschland extrem konservativ geprägt." Lotte betrachtete den Strich auf dem Papier und zeichnete dann irgendwo in der Mitte zwischen 1950 und 1850 einen Strich und schrieb 1900 und gleich daneben einen weiteren mit 1914 und schrieb daneben „Beginn erster Weltkrieg". Daneben, kleiner, schrieb sie 1918 „Ende erster Weltkrieg". Und noch weiter rechts wurden zwei Striche mit einer Klammer verbunden: 1924-1928, Goldene Zwanziger Jahre. Etwas traurig sagte sie: „Vier Jahre! Es waren nur 4 Jahre, in denen die Welt zu glitzern begann."

Lotte öffnete die Schatulle. Es befanden sich darin Schmuckstücke. Ringe, Ketten, aber auch Broschen und Spangen. Auf Tilly wirkte die kleine Truhe wie eine Schatztruhe und am liebsten hätte sie alles herausgeholt und es sich angeschaut. Doch nach der Erfahrung mit dem Telefon unterdrückte sie den Reflex, einen wirklich sehr schönen Ring berühren zu wollen und beobachtete stattdessen Lotte, wie sie einzelne Ketten beiseiteschob und dann mit den Fingerspitzen eine silberne Kette mit Anhänger herausangelte. Es war ein durchsichtiger Stein, schön geschliffen, so dass sich das Licht darin reflektierte. Der Stein hing an einem kleinen Stab, ans dessen Ende eine Öse war, durch die die Kette verlief. Als Lotte die Kette hochhielt, sah es fast so aus, als schwebte der Stein in der Luft. Verglichen zu dem anderen Schmuck, der sich in der Schatulle befand wirkte der Anhänger sehr nüchtern, wenig verspielt. Aber der Stein funkelte wirklich beeindruckend. Lotte schmunzelte, fast konnte man die Vorfreude in ihren Augen sehen. „Und? Bist du bereit für das pralle Leben? Aber ich warne dich, es wird nicht ganz jugendfrei."

-7- WALK LIKE AN EGYPTIAN

Als Lotte und Tilly den Anhänger berührten war es als würden sie in das Glänzen des Steins hineingezogen. Vor ihnen öffnete sich ein großer Raum, schummrig, verraucht und trotzdem überall glitzernd. In der Mitte des Raums war eine Tanzfläche mit Menschen, die zu einer Musikkapelle tanzten. Auch einige Kleidungsstücke schimmerten, als seien sie aus Fischhaut. Die Musik war so laut, dass man sein eigenes Wort nicht verstehen konnte. Auf der Bühne spielten ein Trompeter, ein Saxophonist, das Klavier und ein Bassist. Die Frauen trugen enge Kleider oder Hosen und lange Ketten um den Hals. Es tanzten Frauen mit Frauen, Frauen mit Männern und Männer mit Männern. Manchmal konnte man auf die Schnelle gar nicht sehen, ob es Mann oder Frau waren, die da tanzten. Die meisten Frisuren waren kurz, aber Frauen hatten oft enge Hüte, fast Mützen auf oder hatten Ketten oder Bänder um den Kopf. An der Theke, oder auf den Barhockern standen, saßen oder lehnten die übrigen Gäste. Die Frauen rauchten Zigaretten, die auf langen Stäben steckten. Es wurde gelacht und getrunken. Lotte, die neben ihr an der Wand lehnte, genoss die Szenerie sichtlich. Dann und wann zeigte sie mit dem Finger in Richtung einer besonders kuriosen Frisur oder Bekleidung. Frauen, die einen Rock oder ein Kleid trugen, hatten Feinstrumpfhosen an. Alle waren geschminkt. Sogar die Männer. Ihre Bewegungen waren elegant, aber sehr übertrieben und unnatürlich. Die

Band gab alles und die Tänzerinnen und Tänzer wackelten, was das Zeug hielt.

Lotte brüllte Tilly ins Ohr: „An was erinnert dich die Mode?" Tilly blickte sich um und verstand nicht. Erst als Lotte sich seitlich zu ihr stellte, den einen Arm nach oben mit abgeknickter Hand nach vorne und den anderen Arm nach unten mit abgeknickter Hand nach hinten und sich bewegte wie eine ägyptische Figur, dämmerte es ihr. Sie grinste. Lottes Verrenkungen sahen zu lustig aus. Aber sie hatte Recht. Einige Frauen sahen aus wir Kleopatra höchst persönlich.

Obwohl die Menschen nah um sie herumtanzten, berührten sie sie nicht. Wieder fragte sich Tilly, ob sie von den Menschen der Vergangenheit wahrgenommen wurden. Ganz offensichtlich sparten sie die Stelle aus, an der sie und Lotte standen. Statt an sie zu stoßen, machten sie einen Bogen um die Stelle, an der Lotte und Tilly an der Wand lehnten. Tilly schupste Lotte an. Die beugte sich zu ihr herunter. „Sie nehmen uns wahr. Sie weichen uns aus, so wie das Mädchen auf dem Marktplatz.", stellte sie fest. Tilly streckte ihre Hand um eine Frau, die direkt vor ihr tanzte, zu berühren. Geschickt drehte sich die Frau unter ihrer Hand weg. Oder war das nur Teil ihres Tanzes? Lotte schien von ihrer Aktion nicht begeistert. „Lass sie! Mach ihnen keine Angst!", sagte sie ihr ins Ohr. Tilly zog die Hand zurück. „Kann man Dinge berühren?", schrie sie zu Lotte hoch.

Es war wirklich höllisch laut. Lotte wedelte mit ihrem ausgestreckten Zeigefinger, als wolle sie sagen „Bloß nicht!". Mittlerweile kannte sie Lotte so gut, dass ihr nicht entging, dass in ihrem Blick etwas Besorgtes lag. Tilly nahm sich vor, Lotte später danach zu fragen. Sie schauten sich noch eine Weile um, dann gab Lotte das Zeichen, dass es Zeit war zu gehen.

Kurze Zeit später saßen sie wieder am Tisch in der kleinen Küche. Draußen dämmerte es schon. Lotte grinste erwartungsvoll. „Und? Das war cool, oder?" Tilly amüsierte sich über das Wort „cool" aus Lottes Mund, nickte aber bedeutend und antwortet „Echt cool!" Lotte überhörte den etwas ironischen Unterton. „Ich mag die Zeit!", sagte sie, packte die Kette wieder in die Schatulle und brachte sie ins Arbeitszimmer. Als sie zurückkam sah sie weniger fröhlich aus. „Leider war das wirklich nur ein Teil dieser Zeit. Würde ich dir einen 1 Millionen Mark Schein in die Hände drücken, sähe die Geschichte gleich ganz anders aus. Aber dazu später. Grob kann man zu den Zwanzigern sagen: das Jahrzehnt begann übel und endete katastrophal. Lustig waren die Zwanziger nur in der Mitte und da auch nur in den Städten." Tilly verstand nicht so recht, wovon Lotte sprach. Ihre Gedanken kreisten vielmehr um die Beobachtungen, die sie gemacht hatte. „Hast du jemals jemanden angesprochen?", fragte sie Lotte. Lotte nickte. „Klar hab ich das! Als ich feststellte, dass ich reisen kann, hab ich alles Mögliche ausprobiert. Aber ich sag dir, es macht den Menschen der Vergangenheit keine Freude, wenn um sie herum seltsame Dinge geschehen. Einmal, da war ich selbst noch ziemlich jung, habe ich in einer Erinnerung meiner Jugendliebe, die nie was von mir wollte, einen Kuss auf die Backe gedrückt. Er konnte sich ja nicht wehren. Ich kann dir sagen, der Effekt war nicht der erhoffte. Ich glaube, ich habe ihm einen fürchterlichen Schreck eingejagt. Und obwohl ich nicht glaube, dass er verstanden hat, was da geschehen ist, habe ich das Gefühlt, dass er bis heute noch Angst vor mir hat." Lotte lachte und mimte ein Monster, indem sie das Gesicht verzog und mit krallenähnlichen Händen nach Tilly griff. Auch Tilly musste lachen. „Ein anderes Mal wollte ich verhindern, dass meiner Großmutter in der Küche ein Ei auf den Boden fiel. Als ich es auffing schrie sie so laut, dass ich es schließlich vor Schreck fallen ließ. Ich hab für mich irgendwann beschlossen, dass ich besser nur beobachte."

Lotte hatte noch vor, Brot zu backen und hatte Tilly gebeten mal nach dem Kraut im Schuppen zu schauen. Quatschen könnten sie später noch genug. „Im Ring oben muss immer genug Wasser sein!", hatte sie ihr noch gesagt und sie rausgeschickt. Tilly war mit ihren Gedanken noch in den 20er Jahren und bei Lottes Großmutter. Als sie die Tür zum Schuppen öffnete, empfing sie ein Geruch, der vage an ein Plumpsklo erinnerte. Das letzte Mal, als sie hier gewesen waren, hatte es besser gerochen. Tilly wurde fast schlecht. Je näher sie an den Krauttopf kam, desto übler wurde der Geruch. Der Gestank kam eindeutig vom Topf. Sie drehte auf dem Absatz um und lief ins Haus. „Ich glaube, das Kraut ist schlecht geworden!", sagte sie, als sie Lotte in der Küche entdeckte. Sie stand vor einer Schüssel, eine Schürze um den Bauch gebunden und mit beiden Händen in Brotteig. „Es stinkt furchtbar!", fügte Tilly erklärend hinzu. Lotte schmunzelte. „Das ist normal, Sauerkraut stinkt furchtbar während der Gärung. Genau genommen machen die Bakterien in dem Topf mit dem Kraut genau das, was sie sonst in unserem Darm tun würden. Und so riecht es dann halt auch." Lottes Erläuterungen machten Tilly das Sauerkraut nicht gerade sympathischer. „Was glaubst du, warum der Topf im Schuppen steht und nicht hier im Kämmerchen? War noch genug Wasser in der Rille?" Tilly hatte gar nicht drauf geachtet, ob noch Wasser in der Rille gewesen war. Aber sie hatte auch keine Lust, noch mal in den Schuppen zu gehen. Kurz war sie versucht die Frage einfach zu bejahen, drehte sich dann aber auf dem Absatz um und lief zurück zum Schuppen. Als sie ihn betrat, atmete sie nur durch den Mund, ein Trick, der auch immer funktionierte, wenn man ein frisch benutztes Klo betrat. Sie näherte sich dem Topf, füllte etwas Wasser in die Rille und sah sich um. Im Regal stapelten sich die mit Jahreszahlen beschrifteten Kisten. Tilly schaute zur

Tür des Schuppens. Sie war nur angelehnt. Vorsichtig zog sie einen Karton aus dem Stapel. Er war beschriftet mit „1917".

Was hatte Lotte noch mal über diese Zeit erzählt? Sie versuchte sich an den Zeitstrahl zu erinnern. Irgendetwas war in dieser Zeit gewesen. Aber so sehr sie auch nachdachte, sie konnte sich nicht erinnern. Die Zwanziger waren klar: Schlecht, gut, schlecht. Aber 1917? Tilly öffnete den Karton. Sie wollte nur mal kurz hineinsehen. Neben einem kleinen Emaille-Töpfchen, das sicher für eine Puppenküche gedacht war und einem sonderbaren Kästchen, entdeckte sie eine kleine Schmuckschatulle, die ihre Aufmerksamkeit erregte. Vorsichtig berührte sie sie und sah sofort einen Juwelier, der in einem kleinen Raum ein Schmuckstück bearbeitete. Es war ein Armreif, schön anzusehen. Er schimmerte golden und der Juwelier brachte gerade kleine Eichenblätter darauf an. Tilly zwang sich zurück in den Schuppen und öffnete die Schatulle. Der Armreif lag darin. Sie griff danach. Doch als sie ihn berührte, gab es eine laute Explosion. Um sie herum war Chaos. Männer, mit schwarzen Gesichtern. Einige bluteten, andere weinten. Tosender Lärm, Rauch und… Sie glaubte sich sofort übergeben zu müssen. Um sie herum lagen tote Menschen. Sie schrie!

Im nächsten Augenblick war Lotte neben ihr. Sie riss ihr den Armreif aus der Hand und nahm sie in den Arm. Tilly schluchzte. Noch immer hatte sie die Bilder vor den Augen. Es war schrecklich. Angewidert warf sie einen Blick auf den Armreif, den Lotte nun wieder in die Schatulle legte und diese schloss und zurück in die Schachtel legte. Mit einem Arm hielt sie Tilly immer noch fest umschlungen. So verließen sie den Schuppen und liefen schweigend ins Haus. Es war nun stockdunkel draußen. Lotte brachte sie zum Tisch und legte eine Decke um sie. Erst jetzt merkte Tilly, dass sie zitterte. Lotte stellte eine Tasse mit heißem Tee vor sie und obwohl Tilly eigentlich keinen Tee mochte, hielt sie sich nun an der Tasse fest, als könnte der heiße Tee sie beschützen. Sie nippte daran. Es war Pfefferminztee mit Zucker und schmeckte einfach unglaublich gut. Fast gierig schlürfte sie an der Tasse. Der Tee schmeckte erfrischend und zugleich beruhigend und war so heiß, dass sie aufpassen musste, sich nicht die Zunge zu verbrennen. Lotte hatte die ganze Zeit nicht gesprochen und

Tilly bekam Angst, dass sie gleich anfangen würde, ihr Vorwürfe zu machen. Lotte war zurück in die Küche geeilt und zog nun das Brot aus dem Ofen. Es roch, nun ja, knusprig. Nachdem sie das Brot auf ein Gitter gelegt hatte, schenkte sie sich auch einen Tee ein und setzte sich zu Tilly an den Tisch. Sie nahm einen Schluck aus ihrer Tasse und sagte: „Du hast Granatenschmuck berührt. So genannter Kriegsschmuck. Ein Juwelier mit etwas zweifelhaftem Geschmack hat 1917 die Granaten die zuvor Menschen getötet hatten zu Schmuck verarbeitet. Als Erinnerung an die „schöne Kriegszeit". Als ob Krieg je etwas Tolles gewesen wäre! Aber die Deutschen waren zu dieser Zeit seltsam drauf und man glaubte 1917 noch an einen Sieg. Zumindest einige. Außerdem war es eine Ehre für das Vaterland das Leben zu verlieren." Tilly hielt sich noch immer an ihrer Tasse fest und wartete darauf, dass Lotte sie schimpfen würde. Schließlich hatte sie in Lottes Sachen gekramt, war unvorsichtig gewesen. Sie könnte es ihr nicht verübeln, wenn sie sauer wäre.

„Du hast dich sicher gefragt, was am Reisen gefährlich sein könnte." Lotte nahm auch einen Schluck aus ihrer Teetasse. „Nun, jetzt kennst du zumindest einen Grund. Man weiß nie so recht, was man sieht. Es sind beileibe nicht immer schöne Dinge, die man da so geboten bekommt. Man muss lernen auszuhalten, was man da sieht, zu realisieren, dass man nichts ändern kann. Man ist nur Zuschauer und manchmal eben wie in einem Film, der erst ab 12 Jahren freigegeben ist. Außerdem sollte man sich bewusst für die Vergangenheit entscheiden und nicht hineingezogen werden. Wenn man das Reisen nicht unter Kontrolle hätte, könnte man sich ja sonst nur mit Gegenständen umgeben, die keine Geschichte haben. Und das sind die wenigsten." Tilly hatte gut zugehört und nahm schließlich all ihren Mut zusammen. „Und was sind die anderen Gründe?" Lotte schien etwas in ihre eigenen Gedanken versunken gewesen zu sein. Schließlich antwortete sie zögernd. „Ich bin mir ja nicht ganz sicher, ob ich es dir jetzt schon erzählen soll. Aber bevor du es selbst herausbekommst…". Sie zögerte immer noch. „Du kannst die Gegenstände loslassen, ohne zurückzumüssen." Wieder nahm sie einen Schluck Tee. „Du kannst Leute eine Weile begleiten. Dich umschauen, in der Vergangenheit Gegenstände aus der Vergangenheit berühren, weiter zurückreisen und weiter und weiter. Das Zurückkommen ist das Problem." Tilly begann zu verstehen. „Ist man noch hier, wenn man reist? Oder verschwindet man?", schoss es aus ihr heraus. Lotte musste grinsen. „Man ist noch da, man wirkt nur abwesend, wie in seine Gedanken versunken. Deshalb ist es die beste Versicherung, wenn jemand bei dir ist, wenn du reist. Er oder sie kann dich leichter zurückholen." Aber wie machte Lotte das? Sie war doch oft allein. Bevor Tilly die Fragen stellen konnte, sprach Lotte weiter. „Deine Mama war früher oft dabei, saß neben mir, hörte sich danach meine Geschichten an. Sie hatte aber immer etwas Angst, dass was passieren könnte." Tilly schossen tausend Fragen in den Kopf. Aber Lotte winkte ab. „Lass uns was zu Abend essen. Ich habe Brot gebacken. Das muss zwar erst noch abkühlen, aber wir müssen ja im Garten auch noch Salat holen, wenn die Schnecken uns was übriggelassen haben."

-8- HOTZ, HASST DU KALTE FÜßE

Tilly schlief diese Nacht schlecht. Immer wieder erwachte sie von Träumen, in denen Krieg, Verwüstung und Sterbende eine Rolle spielten. Als sie das dritte Mal hochschreckte, packte sie ihre Decke und schlich sich barfuß in Lottes Zimmer. Lotte schlief tief und fest. Ob sie sie stören konnte? Früher war Lotte manchmal zu ihr ins Bett gekrochen, wenn Lotte abends auf sie aufgepasst hatte. Das war jetzt aber schon eine paar Jahre her und eigentlich fühlte sich Tilly schon zu erwachsen, um bei schlechten Träumen in anderer Leute Betten zu kriechen. Sie schaute zurück zu ihrem Bett. Sie wollte da nicht alleine liegen. Sie wollte nicht wieder von einem schlimmen Traum hochschrecken. Es half nichts. Als Tilly zu Lotte ins Bett krabbelte, murmelte sie nur: „Hotz, hast du kalte Füße", lachte kurz und schlief dann wieder ein. Tilly lag noch etwas wach, wunderte sich über Lottes seltsamen Satz und lauschte ihren tiefen Atemzügen.

Sie musste doch noch eingeschlafen sein. Lotte war wohl schon wach geworden und aufgestanden. An ihrem Platz lag ein kleines, sehr altes Büchlein. „Tipsys sonderliche Liebesgeschichte - Else Hueck-Dehio", las sie, ohne das Buch zu berühren. Die Erfahrung am vorherigen Tag hatte sie misstrauisch gegenüber alten Dingen gemacht. Und dieses Buch war oft gelesen worden. Man sah es ihm an. Auf der anderen Seite konnte sie sich kaum vorstellen, dass Lotte ihr so offensichtlich etwas hingelegt hatte, wenn sie nicht wollte, dass sie es sich näher ansah. Vorsichtig streckte sie die Hand aus und nahm das Buch. Ein Bett tauchte auf. Auf dem Bett, eingekuschelt in eine dicke Decke saß ein junges Mädchen mit schwarzen, langen Zöpfen. Das Buch in ihrer Hand. Mit großen Augen las das Mädchen, was in dem Buch stand. Das Bild zitterte, ein anderes Zimmer, ein anderes Mädchen, ein anderes Bett. Das Mädchen war blond, in einem Schlafanzug und auch sie sog förmlich den Inhalt des Buches auf. Und wieder zitterte alles, wieder ein anderes Mädchen, diesmal in Jeans und Pulli. Ein Poster von Nena hing an der Wand. Auch dieses Mädchen war vertieft in das Buch. Tilly zwang sich zurück ins Hier und Jetzt und klappte das Buch auf. Sie begann zu lesen, begleitet von Bildern vieler lesender Mädchen.

Sie war so vertieft in das Buch, dass sie gar nicht bemerkte, dass Lotte das Zimmer betrat. Von weit her hörte sie sie sagen. „Schön, du hast das Buch gefunden." Mindestens vier Mädchen schreckten von ihrem Buch hoch. Tilly sah Lotte in der Tür stehend, die sie grinsend betrachtete. „Irgendwie kommt mir das Bild bekannt vor", sagte sie. Tilly ahnte, was sie meinte. Junge Frau, eingemummelt in eine Decke, auf dem Bett, lesend. Klar, dass Lotte da grinsen musste. „Hast du keine Lust zu frühstücken?" fragte Lotte. „Das Brot ist ja genießbar, auch wenn es etwas sonderlich aussieht." Nach Tillys

Begegnung mit dem ersten Weltkrieg gestern, hatte Lotte das Brot zunächst vergessen. Das Resultat war ein Brotlaib, der Ähnlichkeiten mit einem Backstein hatte. Tilly merkte, dass sie wirklich Hunger hatte. Also legte sie das Buch zur Seite und krabbelte aus dem Bett. Nachdem sie sich umgezogen hatte, ging sie in die Küche. Lotte hatte für sich Kaffee gemacht und einen warmen Kakao für Tilly. Das Brot schmeckte besser als erwartet und Lottes Marmelade war vorzüglich. „Vorzüglich", auch so ein lustiges Wort. Wo hatte sie es aufgeschnappt? Eigentlich wollte sie Lotte über das Buch und die Mädchen ausquetschen, aber Lotte, die gerade golden schimmernden Honig auf ihr Brot fließen ließ, war schon wieder voller Tatendrang. „Du lernst dazu!", plapperte Lotte los, und biss in ihr Honigbrot. „Du kannst das Buch lesen, ohne dass die Mädels dich in ihren Bann ziehen. Das ist schon mal der erste Schritt. Das Ganze hat viel mit Konzentration zu tun. Unser Ziel ist es, dass die Erinnerungen dich nicht gegen deinen Willen in ihren Bann ziehen können. Schlimme Erinnerungen, wie die, die du gestern gesehen hast, sind allerdings ziemlich stark. Schöne Erinnerungen manchmal auch, da ist es aber nicht so dramatisch. Kann allerdings auch manchmal etwas peinlich sein. Und ich denke, du würdest deiner Mutter einen großen Gefallen tun, wenn du nicht alles siehst, was sie so in ihrer Jugend angestellt hat." Tilly schaute Lotte fragend an. Lotte aber schüttelte nur schmunzelnd mit dem Kopf. „Nee, keine kleinen Anekdoten aus der Jugend deiner Mutter, die übrigens nicht gänzlich unabhängig von meiner Geschichte wären." Tilly setzte ihr charmantestes Lächeln auf, das sie konnte, ohne selbst laut zu lachen. Aber Lotte ließ sich nicht erweichen. „Nein, nein, nein! Du brauchst gar nicht so putzig dreinzublicken." Sie machte eine Bewegung über ihren Mund, die das Zuziehen eines Reißverschlusses andeuten sollte. „Da musst du deine Mama schon selbst fragen." Und damit war die Diskussion beendet.

Als sie den Tisch abgeräumt hatten, holte Lotte den Zettel wieder hervor. Die Linie hatte nun schon ein paar Daten. Bald würden sie zusätzliche Zettel brauchen. Lotte resümierte: „Die 50er Jahre haben wir uns kurz angeschaut, die 20er Jahre hatten wir ebenfalls, die 30er und 40er hab ich erst mal ausgespart. Eine wirklich hässliche Zeit, in die ich gerne erst später mit dir reisen will. Du hast den Krieg gesehen, wenn auch den ersten Weltkrieg. Aber glaub mir, der Zweite war nicht besser." Wieder hatte Tilly das Gefühl, dass in Lottes Stimme Traurigkeit mitschwang. Aber dann strahlte Lotte. „Weißt du, was toll ist am Reisen? Wenn man schlecht drauf ist, holt man sich einfach einen Lieblingsgegenstand und ab geht's."

Lotte holte eine Puppe aus dem Arbeitszimmer. Schön sah sie nicht gerade aus, zumindest wenn Tilly sie mit ihren Puppen zu Hause verglich. Das Gesicht war ernst. Die Augen starr. „Sie gehörte meiner Urgroßmutter, Emmy. Emmy ist die Tochter von Bertha. Und die Schwester von Marta. Marta ist also meine Urgroßtante. Warum ich dir von Emmy und Marta erzähle?" Tilly fragte sich manchmal, ob Lotte Gedanken lesen konnte. Oder hatte sie gerade einfach furchtbar gelangweilt dreingeschaut? Emmy, Marta…sie blickte langsam nicht mehr durch. Sie hatte etwas Aufregendes erwartet, nicht so ne olle Puppe. Die Antwort, warum sie ihr von den beiden Mädchen erzählen wollte, blieb Lotte ihr aber schuldig. Lotte verschwand noch mal in ihr Zimmer. Tilly starrte die Puppe an und die Puppe starrte sie an. In dem leicht geöffneten Mund der Puppe konnte sie zwei kleine Zähnchen erkennen. Waren das etwa echte Zähne? Tilly blickte angewidert auf die Haare der Puppe. Ihre Mutter hatte ihr erzählt, dass alte Puppen oft echte Haare gehabt hatten.

Lotte kam mit einem Bild wieder. Als sie Tillys Blick auf die Puppe sah, sagte sie. „Ja, die Haare und die Zähne sind echt. Toll, was?" Tilly wusste nicht so recht, was sie daran toll finden sollte. Sie fand es einfach eklig. Wie konnte man Zähne und Haare von anderen Menschen in eine Puppe einbauen. Na, zumindest sahen die Augen nicht aus, als wären sie einem Menschen entnommen worden. Wobei sie sich bei den Wimpern nicht so sicher war. Mit einer Mischung von Neugierde und Grusel, wand sie den Blick von der Puppe ab und schaute auf das Bild, das Lotte vor ihr auf den Tisch gelegt hatte. Darauf war ein gezeichneter Baum zu sehen, in dessen Ästen Namen standen. Das Bild sah nicht sehr alt aus, aber jemand hatte sich große Mühe gegeben, das sah man sofort. Stolz zeigte Lotte auf eine Stelle des Bildes. „Schau, hier ist Lisette." Neben dem Namen Lisette war ein Foto des Bildes im Schuppen angebracht. „Die Tochter von Lisette war Betty." Auch hier gab es ein Foto. „Betty heiratete Ferdinand und bekam 2 Kinder. Emmy und Martha. Das war Ende des 19ten Jahrhunderts, sprich in den 1880er Jahren. Da wurden Emmy und Martha geboren. Der arme Ferdinand hatte also nur zwei Töchter bekommen. Pech für ihn, Glück für die beiden. Hätten sie einen Bruder gehabt, würden wir heute wahrscheinlich hier nicht zusammensitzen."

Tilly verstand nicht, was die beiden Töchter von Ferdinand mit Lotte und ihr zu tun haben sollten. Doch bevor sie fragen konnte, forderte Lotte sie auf die Puppe zu berühren. Tilly tat dies nur zögerlich, sie hatte ihren Ekel noch nicht überwunden. Und um den Kontakt mit den Haaren zu vermeiden, griff sie nach der kleinen Hand. Das Zimmer erzitterte ein wenig und sie und Lotte standen in einem Hof. Er war umgeben von Häusern. Ein kleines Gartentor führte zu einem Nutzgarten. Die Hofeinfahrt war verschlossen durch ein großes, gusseisernes Tor. Neben dem einen Haus, das eher wie ein hoher Turm aussah, stand ein Brunnen. Es hatte wohl erst vor kurzem geregnet, so dass das Kopfsteinpflaster leicht spiegelte.

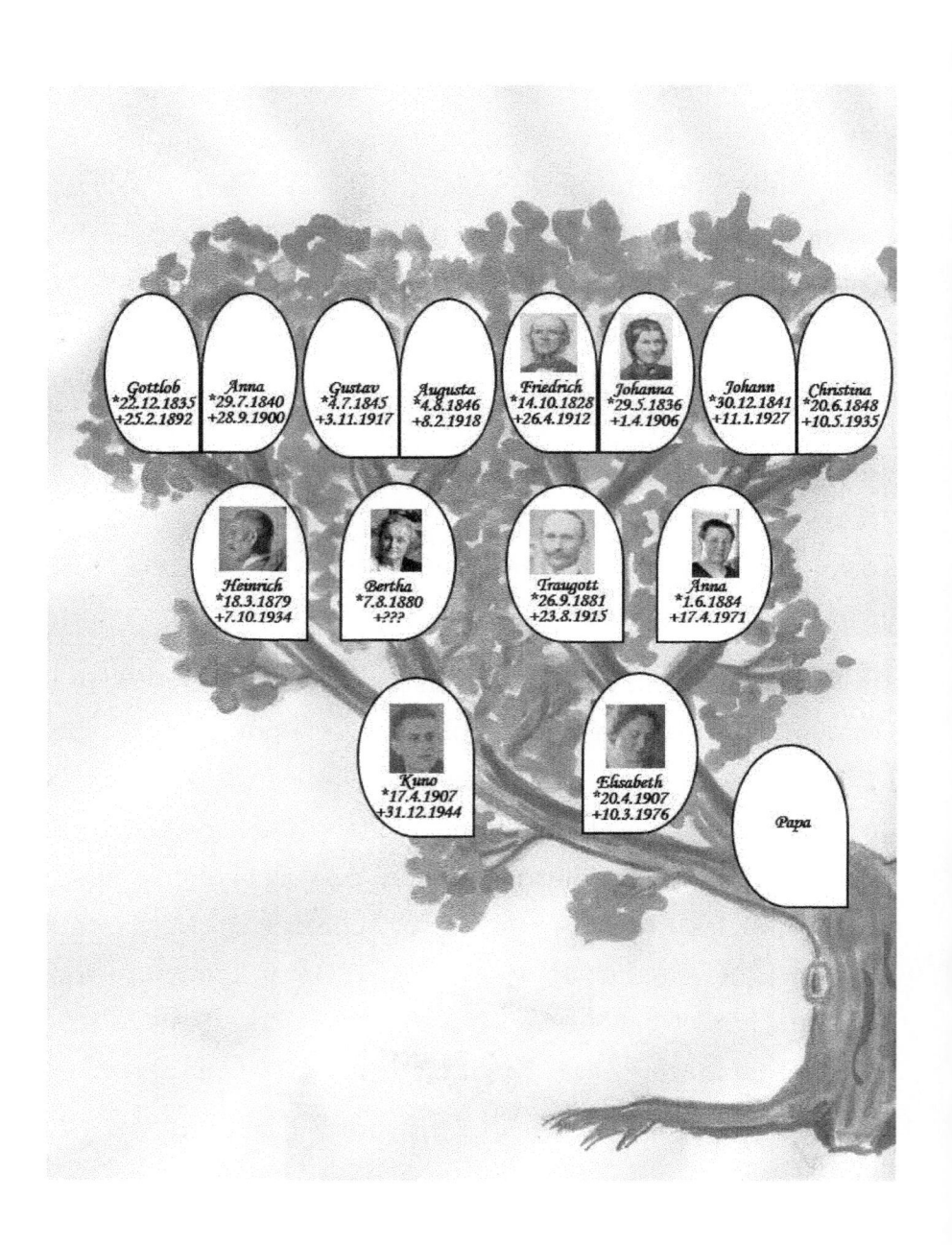

Gottlob	Anna	Gustav	Augusta	Friedrich	Johanna	Johann	Christina
*22.12.1835	*29.7.1840	*4.7.1845	*4.8.1846	*14.10.1828	*29.5.1836	*30.12.1841	*20.6.1848
+25.2.1892	+28.9.1900	+3.11.1917	+8.2.1918	+26.4.1912	+1.4.1906	+11.1.1927	+10.5.1935

Heinrich	Bertha	Traugott	Anna
*18.3.1879	*7.8.1880	*26.9.1881	*1.6.1884
+7.10.1934	+???	+23.8.1915	+17.4.1971

Kuno	Elisabeth	Papa
*17.4.1907	*20.4.1907	
+31.12.1944	+10.3.1976	

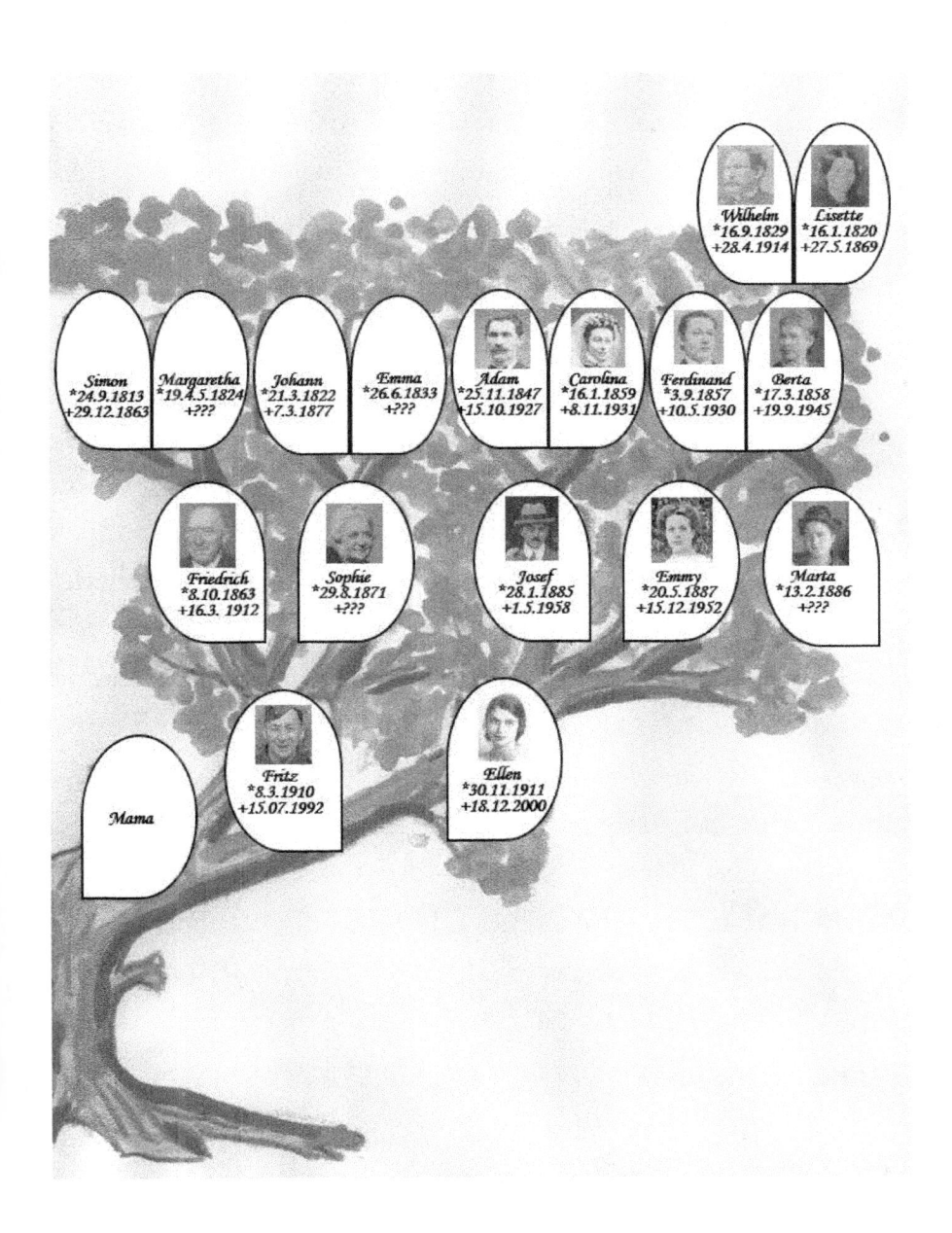

							Wilhelm	Lisette
							*16.9.1829	*16.1.1820
							+28.4.1914	+27.5.1869

Simon	Margaretha	Johann	Emma	Adam	Carolina	Ferdinand	Berta
*24.9.1813	*19.4.5.1824	*21.3.1822	*26.6.1833	*25.11.1847	*16.1.1859	*3.9.1857	*17.3.1858
+29.12.1863	+???	+7.3.1877	+???	+15.10.1927	+8.11.1931	+10.5.1930	+19.9.1945

Friedrich	Sophie	Josef	Emmy	Marta
*8.10.1863	*29.8.1871	*28.1.1885	*20.5.1887	*13.2.1886
+16.3.1912	+???	+1.5.1958	+15.12.1952	+???

Mama	Fritz	Ellen
	*8.3.1910	*30.11.1911
	+15.07.1992	+18.12.2000

Im Hof spielten zwei kleine Mädchen. Sie waren so etwa in Tillys Alter. Vielleicht etwas älter. Beide trugen etwas blasse, aber recht hübsche Kleidchen. Die Kleider waren am Hals hochgeschlossen, Sie trugen darunter weiße Stümpfe und schwarze Stiefletten.

Eines der Mädchen hielt die Puppe in den Händen, die andere spielte mit einem Reifen, der allerdings auf dem Kopfsteinpflaster nicht richtig rollen wollte. Das Mädchen mit der Puppe, das offensichtlich die Jüngere von beiden war, schimpfte. „Martha, so gib doch acht! Wenn du nicht aufpasst, fällst du. Die Mutter wird schimpfen, wenn du dir wieder alles dreckig machst. Und Luise muss dann wieder alles waschen." Kaum hatte sie es gesagt, rutschte Martha beim Versuch den Reifen zu erreichen auf dem Kopfsteinpflaster aus und landete auf ihrem Hintern. Das andere Mädchen legt die Puppe vorsichtig auf eine kleine Mauer und lief zu ihr. Martha saß immer noch auf dem Boden. Tilly konnte an ihrem Gesicht erkennen, dass sie mit den Tränen kämpfte. Das Mädchen half Martha hoch und begutachtete das Kleid. Sie zauberte unter ihrem Rock ein weißes Stofftaschentuch hervor und versuchte damit die Flecken auf Marthas Kleid wegzuwischen. Das Ergebnis war mäßig. Plötzlich läutete eine Glocke und beide Mädchen blickten erschrocken in Richtung Hofeinfahrt. Auch Tilly blickte dorthin. Lotte, die mit einem Lächeln das Treiben beobachtete zeigte auf eine elegant gekleidete Frau, die vor dem Tor stand. „Et voilà! Meine Lieblingsszene. Und jetzt kommt gleich Luise, die Haushälterin.", sagte sie. Und wirklich öffnete sich eine Tür in der Hofeinfahrt, die Tilly zuvor gar nicht wahrgenommen hatte. „Das ist der Gesindeeingang", erklärte Lotte. „Er wurde nur von der Haushälterin und den Angestellten benutzt." Aus der Tür trat eine Frau, streng gekleidet mit einem schwarzen Kleid und einer Schürze. Mit einem großen Schlüsselbund lief sie auf das Tor zu und bat die elegant gekleidete Frau herein. Dann eilte sie der Frau voraus auf die beiden Mädchen zu. Tadelnd sah sie das verschmutzte Kleid. „Martha! Was hat das Fräulein jetzt schon wieder angestellt. Nimm dir doch mal ein Beispiel an deiner Schwester. Es ziemt sich nicht für Mädchen, Bällen oder Reifen hinterherzuspringen." Martha senkte den Blick. Das Hausmädchen drehte sich zu der Dame um, die mit einem kleinen Koffer und einem Schirm in der Hand auf sie und die Mädchen zukam. „Wie unhöflich von mir. Entschuldigen Sie!" sagte sie und deutete einen Knicks an. „Darf ich Ihnen vorstellen: das sind Martha und Emmy. Das sind die beiden Fräuleinchen, die sie unterrichten werden. Emmy! Martha! Begrüßt Fräulein Wiechard. Sie ist Lehrerin hier an der Höheren Töchterschule und euer Vater hat ihr hier ein Zimmer angeboten, damit sie euch in Fremdsprachen unterrichtet." Die beiden Mädchen deuteten ebenfalls einen Knicks an und betrachteten die elegante Dame verstohlen. Auch Tilly konnte nicht umhin sich die Dame genauer anzuschauen. Sie trug ein elegantes, schwarzes Kleid und der kleine, schwarze Schirm passte hervorragend zu ihrem Outfit. Ihre Haare waren so frisiert, dass es im ersten Augenblick aussah, als wären sie kurz geschnitten. Sie hatte ein junges Gesicht und deutliche Lachfältchen um die Augen. Sie trat auf die Mädchen zu und machte eine tiefe Verbeugung, indem sie den linken Arm vor ihren Bauch nahm und den anderen hinter ihren Rücken legte. An ihrem linken Handgelenk baumelte an einem Stoffband eine silberne Taschenuhr. Die Verbeugung glich der eines männlichen Dieners. Als sie wieder aufrecht stand, zwinkerte sie den beiden Mädchen zu: „Schön die jungen Damen kennenzulernen, ihr könnt mich gern Ottilie nennen."

-9- LIEBER UNORDENTLICHE KÄTZCHEN ALS EIN ORDENTLICHER KATER

Tilly schaute die Frau an und dann Lotte. „Das ist Ottilie?" Lotte, die direkt neben ihr stand, nickte. Obwohl Tilly wusste, dass außer Lotte sie niemand hören konnte, flüsterte sie. „Wie edel sie gekleidet ist. Und der Schirm, einfach entzückend." Lotte, die ebenfalls flüsterte, erklärte: „Sie kommt gerade aus Paris, wo sie ihre Ausbildung als Lehrerin abgeschlossen hat. Ihre Eltern wohnen auch hier im Ort, aber sie wollte als gestandene Frau nicht bei den Eltern leben. Deshalb hat sie den Job hier angenommen. Sie wohnt dafür mietfrei. Eigentlich ist sie ja Lehrerin in der Höheren Töchterschule."

Das Dienstmädchen räusperte sich: „Fräulein Wiechard, die gnädige Frau erwartet Sie im Salon." Und zu den beiden Kindern gewandt: „Und ihr beide kommt jetzt rein. Martha, wir müssen dir ein anderes Kleid anziehen, bevor die Eltern zum Abendbrot rufen. Hopp, hopp!" Die Szenerie flackerte. Tilly und Lotte waren zurück im Wohnzimmer.

Ottilie! Jetzt mit dem Bild dieser Frau vor Augen hatte der Name auf einmal einen anderen Klang. Er klang, ja wie klang er? Elegant! Nach lachenden Augen. Er klang: besonders! Und … Tilly hatte Kopfschmerzen. Es war ein leichtes Stechen in der Stirn. Sie blinzelte in die Sonne, die zum Fenster hereinschien.

Aua. Tilly neigte eigentlich nicht zu Kopfschmerzen, aber der Blick in die Sonne verstärkte sie nun. Lotte beobachtete sie. „Ich nenne es Reisekater.", sagte sie. „Es ist wie Muskelkater, nur im Kopf. Vielleicht sollten wir jetzt erst mal etwas Pause machen." Tilly sah sie erschrocken an. „Pause machen?" Tilly wollte keine Pause machen. Gerade jetzt, wo sie Ottilie kennengelernt hatte. Am liebsten wäre sie gleich wieder dort hingereist, um sie noch mal zu sehen. Wäre ihr nachgegangen. Hätte sich genauer angeschaut, wie sie gewohnt hatte, was sie zu erzählen hatte. Aua! Lotte, die wohl verstand, was ihr durch den schmerzenden Kopf ging, schaute sie etwas mitleidig an. „Ich hab ja gar nicht gesagt, dass wir jetzt nicht mehr reisen. Das Thema ist im Übrigen eh durch. Jetzt, wo du es kannst, wird es eh geschehen, ob du willst oder nicht. Die Frage ist nur, ob du es beherrschst, oder es dich beherrscht. Wir müssen also so oder so üben. Mit Pause meine ich, sich mal zwischendurch mit ganz was Anderem beschäftigen." Tilly war noch nicht überzeugt. Zu viele Fragen schossen ihr durch den Kopf. „Aber du erzählst mir von Ottilie, oder?", sagte sie deshalb. Lotte lächelte ihr vielsagendes Lotte-Lächeln. „Stell dir vor: die Katze vom Bauern hat vor zwei bis drei Wochen Nachwuchs bekommen. Und ich wollte eh zu ihm rüberspringen und Milch und Sahne holen. Wollen wir Kätzchen gucken gehen?" Tilly kam sich vor, als wäre sie drei Jahre alt und hätte sich die Knie aufgeschlagen. Ein Teil in ihr wollte antworten, dass sie aus dem Alter raus sei, Kätzchen zu gucken. Andererseits waren kleine Kätzchen schon ziemlich arg süß. Lotte setzte nun den „coolen" Hey-ich-weiß-was-in-dir-vorgeht-Blick auf: „Komm! Kätzchen gehen immer."

Lotte hatte eine leere Milchkanne und eine Glasflasche aus dem Kämmerchen geholt, Tilly gebeten ihre Maske einzustecken und sie waren losgelaufen. Erst jetzt merkte Tilly, dass sie sich die letzten Tage kaum aus dem Haus bewegt hatte. Wie lang war sie jetzt schon bei Lotte? Es kam ihr vor, als wäre schon mindestens eine Woche vergangen. Dabei war sie jetzt gerade mal den dritten Tag da. Corona und die ganze Pandemie waren weit weg gewesen und so war es gut gewesen, dass Lotte sie an die Maske erinnerte. Natürlich trugen sie sie nicht im Freien. Lotte zog sie erst auf, als sie geradewegs auf eine Nachbarin zusteuerte. Es war eine alte Frau mit krummem Rücken und Gehstock. Alles an ihr sah irgendwie knorrig aus, wie ein alter Baum, der von Wind und Wetter verwittert war. Tilly kramte ihre Maske aus der Tasche und folgte Lotte. „Hildegard! Wie schön dich zu treffen!" Die ältere Frau hob den Kopf. Als sie Lotte erkannte, strahlte sie. Was für Augen, dachte Tilly. Dieses alte, etwas verschrumpelte Gesicht hatte Augen, die leuchteten, wie die einer jungen Frau. „Wie geht es dir?", fragte Lotte. Hildegard lächelte interessiert in Tillys Richtung. „Ja wer ist das denn?", fragte sie, ohne auf Lottes Frage einzugehen. „Das ist Ottilie. Die Tochter einer langjährigen Freundin. Sie ist im Corona-Exil bei mir. Es sind Herbstferien und meine Freundin muss arbeiten." Hildegard schaute Lotte etwas ungläubig an. „Ottilie! Das klingt ja fast so altbacken wie Hildegard. Wer hat sich den Namen ausgedacht." Tilly errötete. Lotte lachte. „Na danke, Hildegard. Da versuche ich seit Tagen dem armen Kind zu erklären, wie schön der Name Ottilie klingt und du machst mit einem einzigen Satz all meine Arbeit zunichte. Er kommt im Übrigen von mir. Und Tilly hatte gerade aufgehört mich dafür zu hassen." Hildegard strahlte. „Hätte ich mir ja denken können, dass du auf diese Schnapsidee gekommen bist. Du mit deiner Faszination für die Vergangenheit." Sie wandte sich zu Tilly. „Ihr seid beide so jung." Lottes Gesicht zeigte deutlich, dass sie sich nicht mehr ganz so jung fühlte. Aber Hildegard sprach weiter. „Die Vergangenheit ist vergangen und in den meisten Fällen ist das auch gut so. Ihr lebt doch heute. Das mit dem Corona, das wird schon rumgehen. Wie alt bist du, Ottilie? Und entschuldige, dass ich mich über deinen Namen lustig gemacht habe. Ich bin im Übrigen die Hilde. Nur Lotte nennt mich Hildegard." Tilly mochte diese Frau auf Anhieb. Trotzdem war es ihr irgendwie unangenehm so direkt von ihr angesprochen zu werden. Mit einer Stimme, die viel zu dünn klang, sagte sie. „Ich bin elf. Und du kannst Tilly zu mir sagen." Hildegard lächelte nun sehr sanft. „Ach Herrje, Tilly, entschuldige eine alte Frau. Ich hatte vergessen, wie schlimm es ist von einer Alten so überfallen zu werden. Weißt du? Das Schöne im Alter ist, dass man sich für nichts mehr schämt. Egal ob man dummes Zeug redet oder pupst." Sie kicherte. „Man kann alles aufs Alter schieben, egal was einem so passiert." Ihr Blick wurde träumerisch. „Dieses Gefühl, kombiniert mit deinem Alter. Ich würde einiges anders machen." Wieder lachte sie. Tilly musste unwillkürlich mitlachen. Dann wurde Hildegard geschäftig. „Ich muss jetzt weiter, meinen Mann auf dem Friedhof besuchen. Ich würde mich freuen euch mal auf 'nen Tee bei mir begrüßen zu dürfen." Und zu Lotte gewandt: „Keine Angst, wir gehen in den Garten und natürlich alles auf Abstand. Außerdem bin ich geimpft." Lotte musste sich sichtlich zusammenreißen, die alte Dame nicht zu umarmen. „Klar, das machen wir. Jetzt gehen wir erst mal zum Bauern. Milch und Sahne holen. Und es gibt Kätzchen. Sollen wir dir was mitbringen" Die alte Dame winkte ab. „Nein, nein, mein Sohn versorgt mich gut." Dann zwinkerte sie Tilly zu. „Und die Kätzchen lasst ihr besser beim Bauern. Sonst werde ich noch schwach, hol mir so ein Viech ins Haus, das mich womöglich noch überlebt. Und wer soll sich dann um das arme Tier kümmern? Ne, ne, ne. Geht ihr nur Kätzchen streicheln." Und mit diesen Worten wackelte Hilde in Richtung Friedhof davon.

Lotte und Tilly liefen weiter zum Bauern. „Hildegard ist 92 Jahre alt. Als sie so alt war wie du, brach gerade der zweite Weltkrieg aus. Die Mehrheit der Deutschen verehrten Hitler."

Und als müsse sie Hildegard verteidigen: „Hildegards Eltern natürlich nicht. Was ihr Leben sicherlich auch nicht gerade einfacher machte." Tilly rechnete. Wenn Hildegard heute 92 Jahre alt war, war sie 1928 geboren. Dann musste der zweite Weltkrieg 1939 ausgebrochen sein.

Als sie am Hof ankamen, winkte die Bäuerin schon von Weitem. Sie trug ein Kopftuch und eine Kittelschürze. Kittelschärz, wie ihre Mutter sagen würde. Sie liefen auf die Frau zu. Tilly und Lotte zogen die Masken auf. Doch die Frau winkte ab. „Ach geht fort. Ihr braucht hier doch keine Maske." Doch Lotte zog ihre Maske nicht ab. „Un wenn wir dei Ki anstegge?", sagte sie lachend? Die Frau winkte ab. „Wie ihr wollt. Lotte? Wie immer Milch und Sahne?" Für Tilly war es lustig, dass Lotte versuche Dialekt zu sprechen und die Frau ihr bestes Hochdeutsch auspackte. Offensichtlich wusste die Frau, dass Lotte ne Studierte war. Und Lotte versuchte die Studierte nicht so raushängen zu lassen. Als Tilly und Lotte neben der Frau standen, sagte Lotte: „Sach mal. Die Katz hat Junge, odda? Kann mei klä Freundin hier man hin?" Die Frau lächelte Tilly aufmunternd zu. „Die Katz is im Stall. Aber Lotte, so wie ich dich kenn, lässt du dir das doch auch nicht entgehen. Geht nur Katzekinder schaun, ich mach die Milch un die Sahne ferdig."

„Die Bäuerin ist schon ganz o.k., nur bei Corona spinnt sie 'n bisschen. Sie nimmt das alles nicht ernst. Sie glaubt die frische Landluft heilt alles und wir sollten uns nicht so anstellen." Sie betraten den Schuppen und hörten schon von weitem die fiepsenden Stimmchen der kleinen Katzen. Die Katzenmutter kam auf sie zugelaufen und streifte um ihre Beine. Offensichtlich war sie es gewöhnt, dass Menschen ihren Nachwuchs begutachteten, denn als Tilly verzückt auf die kleinen Katzen zulief und eine davon hochnahm, ließ ihre Mutter es geschehen, ohne in Panik zu geraten. Die Kätzchen waren noch so klein, dass Lotte sie in einer Hand halten konnte. Tilly legte ein Kätzchen in ihren Arm und wiegte es wir ein kleines Kind. Sie streichelte das Bäuchlein, den Kopf und die Pfoten. Dieses kleine Tierchen fühlte sich unendlich weich an. „Und? Wie geht's dem Kopf?" Lotte hob ein weiteres Kätzchen in die Höhe. Es war komplett schwarz. „Dem Kopf geht es gut. Du hattest recht, Kätzchen gehen immer." Die Katzenmutter war etwas neidisch. Sie wollte offensichtlich auch mal gestreichelt werden. Tilly setzte das Kätzchen wieder in das Nest, dass die Bäuerin wohl für die Kleinen bereitet hatte, und streichelte die Katze, die jetzt auch sofort zu schnurren begann. Die Bäuerin betrat den Schuppen. Sie musterte Lotte. „Das war ja klar, dass dir der kleine Teufel am besten gefällt." Lotte musterte die kleine schwarze Katze von allen Seiten. Dann sagte sie zur Bäuerin: „Du willst das Tier nicht zufällig loswerden?" Die Bäuerin freute sich offensichtlich. „Wenn er nicht mehr an der Mutter hängt, kannst'n haben. Weiß eh nicht wohin mit dem ganzen Viehzeug." Lotte schaute sich das Tier noch mal genauer an. „Sie! Es ist ein Weibchen und ich hätte die kleine Teufelin gerne."

Nachdem auch Lotte das kleine, schwarze Kätzchen zurückgelegt hatte, verließen sie die Scheune. Lotte nahm die Milchkanne, die nun offensichtlich ganz schön schwer war. Tilly nahm die Flasche mit der Sahne. „Harry reißt mir den Kopf ab. Ich muss mir gut überlegen, wie ich ihm das beibringe…". Trotz ihrer Worte klang Lotte überhaupt nicht, als würde sie sich Sorgen machen. Im Gegenteil, sie amüsierte sich köstlich. „Mag Harry keine Katzen?", fragte Tilly. Sie konnte sich nicht vorstellen, dass es Menschen gab, die keine Katzen mochten. Nun lachte Lotte etwas verschämt. „Im Gegenteil, er liebt Katzen, aber er hat 'ne Katzenallergie. Ich fürchte, die junge Katzendame wird wohl draußen übernachten müssen. Ins Haus kann sie jedenfalls nicht. Aber ich denke ich kann Hildegard überreden sich um sie zu kümmern, wenn ich nicht da bin. Und wie ich die undankbaren Viecher kenne, wird sie dann eh bei ihr einziehen." Die Milchkanne gluckerte beim Laufen. Tilly dachte an die Kätzchen. Die waren wirklich süß gewesen.

-10- BESCHEIDENHEIT IST EINE ZIER, DOCH WEITER KOMMT MAN OHNE IHR

Tilly war mit ihrem Kopf noch bei den Kätzchen, als sie an Lottes Haus ankamen. Lotte schleppte die Milch ins Kämmerchen und Tilly stellte die Sahne in den Kühlschrank. Lotte verschwand wieder in ihrem Arbeitszimmer. Sie kam mit einem kleinen Säckchen aus Samt zurück. Tilly war gespannt, was sich im Säckchen befinden würde. Lotte setzte sich wieder an den Küchentisch, machte aber keine Anstalten das Säckchen zu öffnen. „Wie geht es deinem Kopf?", fragte sie. Und als wisse sie, dass Tilly ihr eh nicht sagen würde, wenn sie noch Kopfschmerzen hätte, redete sie einfach weiter, ohne auf ihre Antwort zu warten. „In meiner ersten Begegnung mit Ottilie war sie im Übrigen bei weitem nicht so elegant wie bei eurem ersten Zusammentreffen. Sie hing über der Reling eines großen Schiffes und kotzte sich die Seele aus dem Leib. Und ehrlich, mir wurde auch recht schnell übel bei dem Seegang. Erst später kapierte ich, dass sie da gerade auf dem Weg in die USA nach New York war. Es hat mich einige Reisen gekostet herauszubekommen, wie der Zusammenhang zwischen ihr und meiner Familie war und wie die Uhr in unseren Familienbesitz gekommen ist. Niemand von meiner Familie war je in den USA." Tilly erinnerte sich an die Uhr, die an Ottilies Handgelenk baumelte. „Ich wusste ja, dass die Uhr irgendwann in die USA gereist war. Aber wie war sie wieder zurückgekommen? Mein Denkfehler war damals, dass ich nicht damit gerechnet hatte, dass Ottilie selbst wieder nach Deutschland zurückgekommen ist. Erst während der Nazizeit, 1936 wanderte sie im Übrigen endgültig nach Amerika aus." Endlich öffnete Lotte das kleine Säckchen. Sie zog an der silbernen Kette und am Ende baumelte die silberne Uhr, die Tilly schon von ihrer ersten Begegnung mit Ottilie kannte. Tilly wurde nervös. Am liebsten hätte sie die Uhr sofort berührt. Aber Lotte mahnte zur Vorsicht. „Diese Uhr hat so viele Erinnerungen gespeichert und vor allem über eine so lange Zeit. Es ist schwer, sich in Ort und Zeit zurechtzufinden. Da Ottilie viel reiste, und das war in dieser Zeit alles andere als üblich, zumal allein als Frau, ist der erste Anhaltspunkt die Sprache. Des Weiteren macht es Sinn darauf zu achten, was es schon gibt oder manchmal, was es anscheinend noch nicht gibt. Ich möchte ein kleines Spiel mit dir machen. Es heißt: Sag mir was du sieht und ich sag dir in welcher Zeit du bist." Lotte lachte, als sie Tillys fragenden Blick sah. „Ich erklär's dir: Über die Zeit wurden immer wieder neue Dinge erfunden. Die meisten Erfindungen waren so um die Jahrhundertwende, also die Zeit, in der du das erste Mal Ottilie gesehen hast. Also kurz vor 1900 und kurz danach. Allerdings bedeutet die Tatsache, dass jemand etwas erfunden hat, noch lange nicht, dass man es auch sieht. Elektrizität zum Beispiel. Die kennt man schon seit der Antike, wusste aber nicht, wie man sie speichern kann. Geschweige denn transportieren. 1882 wurde erstmals eine elektrische Energieversorgung über eine große Entfernung installiert. Bis jedoch alle Haushalte in Deutschland mit Elektrizität versorgt waren, dauerte es noch 70 Jahre. Also erst nach dem 2. Weltkrieg waren fast alle Haushalte an die Stromversorgung angeschlossen. Weltweit ist das bis heute noch nicht der Fall. Ich will damit nur sagen. Nur weil etwas erfunden wird, haben noch lange nicht alle einen Zugang dazu. Es geht also nur in eine Richtung: Man sieht z.B. ein Radio, also müssen wir uns mindestens in 1920 oder aber später befinden. Wenn man kein Radio sieht, bedeutet allerdings nicht, dass wir uns weiter in der Vergangenheit befinden. Etwas einfacher ist es mit Gebäuden. Wenn wir uns zum Beispiel in Paris wiederfinden, und da ist noch kein Eiffelturm, dann müssen wir vor 1889 dort sein. Und natürlich ist es immer eine Kombination der Dinge, die wir sehen. Die Mode, tragen die Menschen schon Brillen mit Bügeln, fahren Kutschen oder Autos und wie viele Autos sind es und wie sehen sie aus? Hat die Wohnung eine Toilette und wenn ja, wie reich sind die Leute dort. Gibt es Hausangestellte. Wie sind sie gekleidet." Lotte machte eine Pause. „Ich glaube, du verstehst." Das meiste lernt man beim Reisen selbst und merkt es sich ganz unwillkürlich. Trotzdem gibt es ein paar Eckpunkte, die einem am Anfang helfen. Das ist ein bisschen so wie Vokabeln lernen." Beim Wort Vokabeln lernen verzog Tilly das Gesicht, sie hasste es Vokabeln zu lernen.

Aber Lotte ignorierte ihren Gesichtsausdruck. „Für mich waren immer die Alltagsgegenstände am interessantesten. Dinge wie Zucker, wir hatten es schon davon, oder Seife, Fernseher, Schallplatten oder Briefmarken." Sie zwinkerte Tilly zu. „Weißt du, was eine Briefmarke ist?" Tilly schaute Lotte nun an, als sei sie bescheuert. „O.K., ich frag anders. Hast du schon mal an einer Briefmarke geleckt?" Tilly hatte mal für ihren Vater einen Stapel Briefe frankiert. Aber das waren kleine Abziehbildchen gewesen. Das Abschlecken einer Briefmarke kam ihr vor allem vor dem Hintergrund von Corona reichlich unhygienisch vor. Aber Lotte erwartete gar keine Antwort. „Zum Spiel: Ich nenne dir eine Jahreszahl. Anschließend gehen wir ein paar Gegenstände durch und du sagst mir, ob es das schon gibt." Tilly schielte auf die Uhr. Sie hätte sie viel lieber berührt und fertig. Dann konnte sie vor Ort schauen, was es gab und was nicht. Auch wenn Lotte es Spiel nannte, für sie klang das alles nach auswendig lernen. Aber Lotte blieb unbeirrt. Sie holte einen Block, einen Bleistift und einen Radiergummi. „Du kannst dir selbst eine Zeitlinie machen und darauf eintragen, was wann erfunden wurde." Sie schob den Block rüber zu Tilly. Missmutig nahm Tilly den Bleistift. Das erste Mal, seit Lotte ihr vom Reisen erzählt hatte, haderte Tilly mit ihrem Schicksal, von Ihrer Mutter in dieses Kaff verfrachtet worden zu sein. Lotte beobachtete sie. Und insgeheim hoffte Tilly, dass Lotte ihren Gesichtsausdruck richtig interpretierte und um des lieben Friedens willen davon absehen würde, sie mit Geschichte zu quälen. Lotte lächelte wieder, doch diesmal war es nicht das typische Lotte-Lächeln, es war irgendwie angriffslustig. Wahrscheinlich würde sie gleich die Uhr wegpacken und so was sagen wie „Dann halt nicht!" oder „Ja, wenn du reisen willst, dann musst du auch mitmachen" Erwachsene konnten das gut mit dem Erpressen. Aber auch Tilly wusste, wie man mit Erwachsenen umgehen musste. Sie merkte den Klos im Hals und fragte sich, ob sie vielleicht weinen sollte. Aber eigentlich war sie eher wütend. Lotte, die sie die ganze Zeit beobachtet hatte fing an zu sprechen. „Es ist ganz einfach Tilly. Reisen macht Spaß, aber ich möchte dich nicht unvorbereitet irgendwohin in die Vergangenheit schicken. Das heißt, du musst lernen dich dort zurecht zu finden. Das wiederum braucht ein gewisses Verständnis für Geschichte. Vielleicht klang das Wort „Vokabeln lernen" etwas zu abschreckend. Aber letztendlich lernen wir jetzt das kleinen 1x1 des Reisens. Und wenn du dich ein bisschen darauf einlässt, wirst du merken, dass das eigentlich Spaß macht. Um zu verstehen, wer Ottilie ist, muss du die Zeit verstehen, in der sie lebte. Heutzutage ist es kein Ding mehr, als erwachsene Frau allein in die USA zu reisen. Damals war das eigentlich ein Unding. Als unverheiratete Frau war man nichts, fast wie ein

Kind ohne Eltern." Tilly wurde in den Bann der Erzählung gezogen. Vergessen war der Klos im Hals, vergessen die Wut auf Lotte und ihre Mutter. „Warum war Ottilie nicht verheiratet?", fragte sie. Lotte freute sich sichtlich, dass sie beide ihre kleine Krise überwunden zu haben schienen. „Weil sie nicht heiraten durfte als Lehrerin. Eine Frau musste sich damals entscheiden, ob sie Wissen erlangen wollte, und nur Lehrerinnen durften damals höhere Bildung erlangen, oder aber mit einem Mann verheiratet sein wollte. Natürlich gab es auch damals schon Ausnahmen. Marie Curie zum Beispiel. Doch auch sie, die in Russland lebte, musste letztendlich nach Paris, da Frauen nur dort zum Studium zugelassen wurden. In Paris begann sie Ende 1891 ein Studium an der Sorbonne, das sie mit Lizenziaten, das heißt der Erlaubnis an der Universität zu lehren, in Physik und Mathematik beendete. Manche Frauen gingen auch in die Schweiz, da es hier lang vor Deutschland und den anderen Ländern für Frauen möglich war zu studieren. In Deutschland blieb fast nur die Möglichkeit Lehrerin zu werden, zu dem Preis ein „Fräulein" zu bleiben. Lehrerinnen, die sich verliebten und doch heiraten wollen, mussten ihren Beruf aufgeben. Das war im Gesetz so vorgeschrieben" Tilly schaute sie ungläubig an. Sie schüttelte mit dem Kopf. „Aber warum? Und warum hat sie nicht später geheiratet, als das Gesetz aufgehoben wurde?" Lotte lachte, wenn auch ein etwas bitteres Lachen. „Als das

Lehrerinnenzölibat aufgehoben wurde, war Ottilie fast 90 Jahre alt. Ich glaube, da hatte sie auch keine Lust mehr. Oder anders gesagt, erst 1957 wurde das Gesetz aufgehoben." Lottes Gesichtsausdruck wurde wieder etwas entspannter. „Aber glaub mir, sie hat darunter nicht wirklich gelitten. Ihr Leben war aufregend genug. Aber das wirst du ja selbst alles sehen. Und? Machen wir jetzt ein kurzes Spielchen?".

Lotte hatte Ottilies Geburtsjahr, 1869, gewählt und Tilly gefragt, was es damals schon gab und was nicht. Tilly hatte keine Ahnung. So schlug Lotte ihr vor sich mal im Raum umzuschauen und Gegenstände zu nennen, die es ihrer Meinung nach damals schon gegeben hatte. Tilly entdeckte die Küchenuhr. Lotte nickte. Ja, die habe es schon gegeben, auch wenn sie sicherlich noch anderes aussahen. „Wie sieht es aus mit Spaghetti? Gab`s die schon in Deutschland?" Tilly, die Nudeln über alles liebte, konnte sich ein Leben ohne Spaghetti eigentlich gar nicht vorstellen. Aber wenn Lotte so fragte? Sie schüttelte vorsichtig mit dem Kopf. „Richtig!" sagte Lotte. „Spaghetti kamen erst mit den Gastarbeitern nach Deutschland. Das heißt in den 50er, 60er Jahren des 20sten Jahrhunderts. Komm, mal es in deinen Zeitstrahl!" Tilly kam jetzt etwas durcheinander, 19tes Jahrhundert, 20stes Jahrhundert. Lotte blickte sie aufmunternd an. Als Tilly nicht reagierte, sagte sie irritiert. „Bei 1950 einen Strich machen, und Spaghetti hinschreiben?" Tilly protestierte. „Du hast 20stes

Jahrhundert gesagt, also 2050, oder?" Lotte schlug sich die Hand vor den Kopf. „Ach so, entschuldige. Das 20ste Jahrhundert begann am 1.1.1900. Das zwanzigste Jahrhundert ist das vorige, wir leben doch im 21sten Jahrhundert." Ja, das hatte Tilly schon gehört, hatte sich aber bisher keine Gedanken darüber gemacht, warum man das so sagte. „Ich fand das auch immer unlogisch. Die zwanziger Jahre gehen ja auch von 1920 bis 1929. Aber sie befinden sich im 20sten Jahrhundert. Das kommt einfach dadurch, dass die Zeitzählung mit Christi Geburt beginnt. Natürlich nicht wirklich, er ist glaube ich im Jahre 4 nach Christi Geburt geboren worden. Aber das ist eine andere Geschichte." Sie nahm sich ein neues Blatt vom Block. Malte einen Strich in die Linie. Dann schrieb sie 0 dazu. Daneben malte sie ein paar Stiche und schrieb 10, 50, 100, 160 und 2020 hin. Dann machte sie eine Klammer von 0 bis 100. „Schau, das ist das erste Jahrhundert nach Christi Geburt. Also innerhalb der ersten 100 Jahre." Tilly glaubte verstanden zu haben, aber so richtig logisch erschien es ihr immer noch nicht. Trotzdem malte sie jetzt brav einen Strich in ihre Zeitlinie und schrieb 1950 und Spagetti hin. Sie hatte jetzt schon keinen Bock mehr. Blödes Spiel. Es flimmerte. Ein Pferd. Es flimmerte wieder. Eine Kutsche. Lotte saß vor ihr und grinste. Sie ließ die Uhr an der Kette so baumeln, dass sie Tilly immer nur kurz berührte. Damen mit weiten Röcken. Herren mit Zylindern. Es flimmerte. Lotte stoppte die Uhr. „O.K., lass uns vor Ort schauen, was es gibt oder nicht gibt. Ich versuche dir zu erklären, was ich sehe und wie ich die Zeit ableite. Wir haben einen Vorteil, wir sehen zuerst, wie alt Ottilie ungefähr ist. Sie ist schließlich unsere Uhrenträgerin."

Sie tauchten ein in einen schönen Sommertag. Menschen flanierten zwischen gepflanzten Blumenbeeten auf einem geschotterten Weg. Die Damen trugen traumhafte Kleider, hatten Schirme aufgespannt, die Männer flanierten in Anzügen, meist mit einem Stock in der Hand. Es wurde gelacht und geplaudert. Tilly versuchte zu verstehen, was sie sagten, kannte die Sprache jedoch nicht. Es war ein riesiger Platz. In der Ferne entdeckte sie einen riesigen Bau. Den Eiffelturm. Sie waren in Paris. Dann sprachen die Menschen um sie herum wohl Französisch. Was hatte Lotte noch mal gesagt, wann der Eiffelturm entstanden war? Das erste Mal ärgerte sich Tilly etwas, dass sie so ein mieses Zahlengedächtnis hatte. Sie entdeckte Ottilie, die mit einem Herrn plauderte. Auch sie sprach Französisch. Tilly war etwas enttäuscht. Sie hätte gern verstanden, was sie sagte. Ihr Ton war freundlich, manchmal etwas unsicher. Als sie beim Reden ins Stocken kam, lachte sie. Tilly schaute sich nach Lotte um, die diesmal nicht direkt neben ihr stand, sondern nicht unweit auf einer Parkbank Platz genommen hatte. Verglichen mit den eleganten Damen sah sie mit ihrer Hose und dem T-Shirt sonderbar aus. Tilly blickte sich um. Alle Frauen waren ähnlich gekleidet. Sie trugen schwarze

Schnürstiefelchen, die man unter dem langen Kleid nur sah, wenn sie einen Schritt machten. Der untere Teil des Kleides hatte eine leichte Glockenform, darüber kam eine extrem schmale Taille. Tilly war kein dickes Mädchen, eher sehr schmal gebaut. Dennoch konnte sie sich nicht vorstellen, so ein Kleid tragen zu können. Sie schaute an sich hinab. Bei ihr war alles gleich breit. Ein junges Mädchen mit Reifen lief an ihr vorbei. Auch sie trug ein ähnliches Kleid, auch sie hatte eine schmale Taille. Die Frauen mussten damals anders gebaut gewesen sein. Sie ging hinüber zu Lotte und setzte sich neben sie auf die Bank. Auch Lotte schien die Kleider der Frauen zu bewundern. „Sah ja schon schön aus mit den Kleidern. Nicht umsonst nennt man die Zeit die Belle Époque, die schöne Zeit. Aber das mit der Korsettpflicht muss schon krass gewesen sein." Tilly verstand nicht so recht. „Korsettpflicht?", fragte sie deshalb. Lotte lachte bitter. „Ja, Frauen mussten bis Ende der 10er Jahre des 20sten Jahrhunderts, also bis ca. 1918 ein Korsett tragen, wenn sie das Haus verließen. Die schönen Taillen, die du hier siehst sind nichts anderes als zusammengedrückte Organe, die dem Schönheitsideal einer ganzen Epoche Platz machen mussten. Mit der Emanzipationsbewegung erkämpften sich die Frauen auch, sich nicht mehr in ein Korsett pressen zu müssen." Tilly konnte sich nur entfernt vorstellen, wie sich das angefühlt haben musste. Manchmal, wenn sie zu viel gegessen hatte, musste sie den Hosenknopf öffnen, damit ihr kleines Bäuchlein Platz bekam. „Das mit dem Korsett ist übrigens eine gute Orientierung in der Zeit. Wenn die Frauen wieder normalere Figuren bekommen, bist du schon nach 1920." Lotte kramte eine Sonnenbrille hervor und setzte sie auf. Jetzt sah sie noch unpassender aus in der Szenerie. Aber Tilly schaute nun nach Brillen. Es gab Männer mit Brillen, aber keine Frauen. Hatten Frauen in dieser Zeit bessere Augen als Männer?

Ein tiefer Ton von auf Kopfstein knallenden Hufen wurde immer lauter. Lotte blickte sich um und sah eine Kutsche heranrollen. „Wie weit können wir uns von Ottilie entfernen?", fragte sie Lotte. Lotte, die entspannt auf der Bank saß, wirkt gelassen. „Im Prinzip so weit, wie Ottilie sehen kann. Aber probier's aus. Ich warte hier auf dich." Tilly stand auf und lief zur Kutsche. Sie überquerte die Straße und lief zu einem Ladengeschäft. Die Dinge in der Auslage hatten sie neugierig gemacht. Doch je näher die dem Geschäft kam, desto unschärfer wurden die Gegenstände. Und auch die Umgebung verlor an Schärfe. Die Gesichter der Menschen waren kaum noch zu erkennen. Als hätte jemand Tilly die falsche Brille aufgesetzt, die alles eher unschärfer machte als schärfer. Als sie am Laden ankam, war alles nur noch ein bunter Brei. Sie blickte in Richtung Lotte und Ottilie, sie konnte sie überscharf erkennen. Allerdings war alles, was in Ottilies Blickschatten lag, dunkelgrau und völlig konturlos. Ihr wurde etwas schwindelig in dem Farbenbrei. Und sie beschloss zu Lotte zurückzugehen. Die begrüßte sie auch sogleich neugierig. „Und? Fast ein bisschen gruselig, oder? Ich mag vor allem die Schattenwelt überhaupt nicht. Obwohl man davorsteht, kann man nicht erkennen, ob da was ist. Deshalb entferne ich mich nicht so gern von meinem Erinnerungsträger." Sie schmunzelte. „Aber du hast Glück, Ottilie geht gleich. Dann sehen wir noch etwas mehr von Paris." Und wirklich verabschiedete sich Ottilie höflich und lief dann an Lotte und Tilly vorbei in die Richtung, die Tilly zuvor besichtigt hatte. Lotte und Tilly folgten ihr. Es war faszinierend. Da wo zuvor konturlose Gegenstände in Läden gelegen hatten, erstrahlte alles in einer Schärfe, dass Tilly stehen bleiben musste, um die Auslagen genauer zu betrachten. Doch Lotte zog sie weiter. Sie bogen in eine breite Straße ein. Auf der Fahrbahn waren etliche Kutschen. Manche geschlossen, andere offen und voll besetzt mit Menschen. Ein Herr mit einer Zeitung lehnte lesend an einer bunt beklebten Säule. Lotte zeigte auf die Säule. „Das ist eine Litfaßsäule", sagte sie und da Tilly nun fast erschlagen wurde von den Eindrücken um sie herum, nahm sie sich vor, Lotte später noch mal genauer zu befragen. Anders als auf den blumenbepflanzten Schotterwegen zuvor, hatten es hier die meisten Menschen eher eilig. Und auch Ottilie lief nun so schnell die Straße entlang, dass Tilly sich anstrengen musste, um ihr zu folgen. Wie bei ihrem Ausflug in die 20er Jahre, machten die Menschen Lotte und ihr Platz. Sie selbst schienen das nicht einmal zu bemerken. Die Frauen, deren lange Kleider teilweise bis auf den Boden schleiften, rafften den Rock etwas nach oben. Die besser gekleideten Männer mit ihren Spazierstöcken verwendeten die Stöcke meist nicht zum Abstützen, sondern trugen sie einfache in der Hand und eilten über die Straße, ohne den Stock zu benutzen. Alle trugen Hüte, die Männer Zylinder oder Melonen, die Frauen aufwendig gestaltete Hüte mit Federn, Spitze oder Schleiern. Selbst der Straßenkehrer, sonst nicht dem Kleidungsstil der reicheren Bevölkerungsschicht folgend, trug eine Kappe. Tilly entdeckte einen Radfahrer, der sich zwischen den langsameren Kutschen hindurchschlängelte. Es sah lebensgefährlich aus. Vor allem, da die Kutschen in ganz unterschiedlichen Geschwindigkeiten fuhren. Ein Mann mit einem sehr seltsamen Fahrrad, mit riesigem Vorderrad und winzigem Hinterrad versuchte die Straße zu überqueren, gab es aber dann auf und schob es stattdessen, zu deren Begeisterung, zwischen den ihm entgegenkommenden Menschen hindurch.

Ottilie bog in eine Seitenstraße ab und Lotte und Tilly folgten ihr. Hier war weniger los. Die Straße war sehr breit und obwohl sie von hohen Häusern gesäumt war, wirkte alles ziemlich leer. Es waren ab und zu kleine Bäumchen gepflanzt, die wie in einem Neubaugebiet das Straßenbild noch nicht auflockerten, sondern von der großen Straße, den breiten Gehwegen und den

Häusern rechts und links fast verschluckt wurden. Nur ab und zu kam eine Kutsche vorbei. Die klappernden Hufe hallten die gesamte Straße entlang. Lotte schien die etwas bedrückende Stimmung nach dem Trubel der großen Straße ebenfalls zu bemerken. „Das ganze hier hundert Jahre später würdest du fast nicht wiedererkennen.", sagte sie. „Die Straße wäre halb so breit, weil sie mit Autos zugeparkt wäre. Und die Bäume wären so groß, dass sie Schatten spenden würden." Lotte hatte recht. Vielleicht wirkte diese Straße nur so breit, weil nicht die Hälfte mit Autos zustand. Tilly stellte sich die Straße vor ihrer Wohnung im Hemshof vor. Wie hatte die wohl vor 100 Jahren ausgesehen? Wie würde sie heute aussehen, ganz ohne Autos?

Ottilie steuerte auf ein Eckhaus zu. Lotte zeigte auf das Haus. „Das ist die Rue Brochant 21, das Deutsche Lehrerinnenheim. Hier kamen Lehrerinnen, die alleine nach Paris reisten, unter. Du musst immer bedenken, für eine Frau schickte es sich eigentlich nicht, alleine irgendwo hinzufahren. Als Lehrerin jedoch, die ja keinen Mann zu ihrem Schutz haben durfte, hatte man damals diese Lösung gefunden. So war es für eine Frau Fluch und Privileg zugleich, dass sie nicht heiraten durfte. Ich glaube keine verheiratete Frau konnte damals so unbeschwert in fremde Länder reisen wie Lehrerinnen. Ottilie war gerade mal 26, als sie zu Martha und Emmy kam und hatte schon mehr von der Welt gesehen als einige Männer und Frauen in dem Alter heute. Ohne Auto, ohne Flugzeug." Tilly verstand noch nicht so ganz. „Aber warum durften die Lehrerinnen ins Ausland reisen und die anderen Frauen nicht?", fragte sie. „Es war zum einen natürlich eine Geldfrage. Zum anderen mussten Lehrerinnen nicht den Mann versorgen, Kinder gebären und sich um den Haushalt kümmern. Ottilie hatte Glück, ihre Eltern, die im Übrigen ihr ganzes Leben lang nicht so viele Länder sahen wie Ottilie, waren nicht gerade arm und Ottilie verdiente ihr eigenes Geld. Außerdem gab es Stipendien für Lehrerinnen, die ins Ausland wollten, um dort das deutsche Gedankengut und die deutsche Sprache zu verbreiten. Man war so stolz auf die deutschen Tugenden, dass man sie in die Welt heraustragen wollte. Und wer konnte das besser und unauffälliger als Lehrerinnen, die die wohlhabenden Kinder im Ausland unterrichteten." Ottilie betrat die Rue Brochard 21. Lotte und Tilly folgten ihr. Das Treppenhaus war aus Holz gefertigt und die Treppen waren ziemlich steil. Als sie mit Ottilie die Wohnung des zweiten Stocks betraten, sah Tilly eine Art Tresen, hinter dem eine adrett gekleidete Frau mit hochgesteckter Frisur stand, die Ottilie auf Deutsch begrüßte. „Fräulein Wiechard, wie war Ihr Spaziergang? Ich hoffe, Sie haben ein wenig die frische Luft genießen können, soweit das in dieser überfüllten Stadt möglich ist." Ottilie lachte. „Ach Fräulein Feller. Bestimmt empfand man die Stadt schon vor hundert Jahren als zu überfüllt. Und ich denke in 100 Jahren wird es wohl nicht besser sein." Die Frau hinter dem Tresen lachte. „Ach Fräulein Wiechard, Sie lesen zu viele Zukunftsromane." Ottilie lächelte verlegen, als hätte man sie bei etwas Unanständigem ertappt. „Ich gebe zu, ich habe ein Faible für Jules-Gabriel Verne. Und ich kann es nicht lassen mir vorzustellen, wie Menschen in der Zukunft wohl unser Leben beurteilen würden." Sie spielte mit der Taschenuhr, die sie an einer Kette um ihren Hals trug. Dann blickte sie in die Richtung, in der Tilly stand. Und Tilly kam es vor, als zwinkerte Ottilie ihr zu.

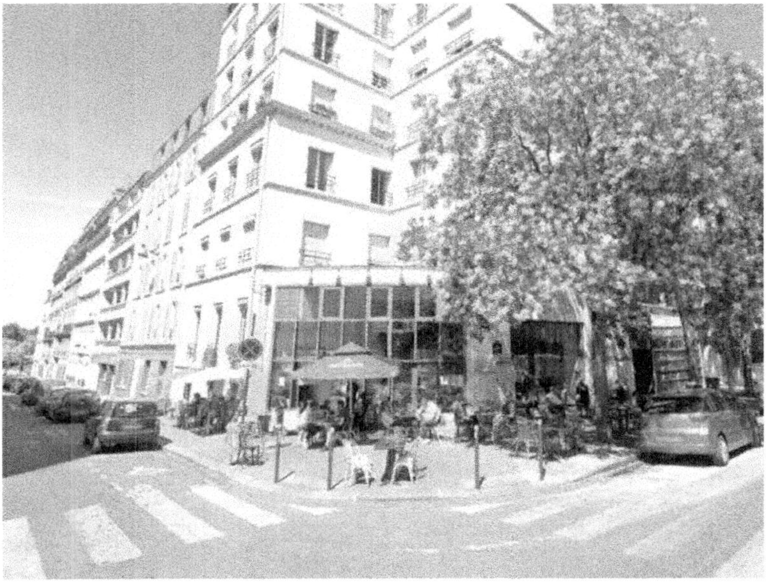

-11- DIE GEDANKEN SIND FREI, KEINER KANN SIE ERRATEN

Tilly hatte vor Schreck die Uhr losgelassen und Lotte musste es ähnlich gegangen sein. Beide fanden sich am Küchentisch sitzend wieder. Tilly fand zuerst ihre Worte wieder. „Sie hat mich gesehen!", sagte sie teils fragend teils feststellend zu Lotte. Lotte schüttelte leicht mit ihrem Kopf. „Das kann ich mir nicht vorstellen. Dass mal jemand das Gefühl hat beobachtet zu werden, aus seinem Buch hochschreckt oder sich irritiert umschaut, ja. Aber dass mich je jemand wirklich gesehen hätte? Ich glaube nicht. Aber ich weiß, was du meinst. Es war wirklich sehr merkwürdig, wie Ottilie sich verhalten hat." Tilly war sich immer noch fast sicher. „Sie hat mir zugezwinkert. Wirklich!" Wieder das leichte Kopfschütteln von Lotte. „Das kann nicht sein!" Tilly kam auf einmal eine Idee. „Konnte Ottilie auch mit Gegenständen in die Vergangenheit reisen?", fragte sie abrupt Lotte. „Das kann ich dir nicht mit Gewissheit sagen. Aber wenn sie manchmal stehenbleibt und verträumt in die Ferne blickt, dann hatte ich schon den Eindruck, dass sie es kann. Aber ich habe nie gehört, dass sie mit jemandem darüber gesprochen hätte." Tilly merkte, dass Lotte ihr nicht alles erzählte. Irgendetwas in ihrem Blick sagte ihr, dass Lotte mehr wusste, als sie sagte. Sie beäugte Lotte etwas misstrauisch. Und Lotte schien das gespürt zu haben. „Na ja, Ottilie führt manchmal Selbstgespräche. Aber tun wir das nicht alle manchmal?" Tilly merkte, dass das keine Frage an sie gewesen war. Lotte dachte einfach laut nach. „Sie erzählt manchmal Sachen, auch wenn niemand im Raum ist. Ich hab immer gedacht, sie tut das, weil sie oft alleine ist, niemanden zum Reden hat, auf ihren Reisen. Aber es hat mir unheimlich geholfen, zu verstehen, wer Ottilie ist, was sie gerade tut, was sie denkt und fühlt." Tilly hatte eine Idee. „Können wir noch einmal nach Paris gehen und sehen, ob sie mir wirklich zugezwinkert hat?" Lotte sah wenig optimistisch aus. „Wir könnten es versuchen, aber es ist reiner Zufall, wo wir landen, wenn wir das nächste Mal die Uhr berühren." Tilly sah sie mit einem bettelnden Blick an. „Na gut!", sage Lotte. „Aber nicht, dass du wieder Kopfschmerzen bekommst." Tilly tat so, als wisse sie nicht, wovon Lotte redete.

Der Raum erzitterte. Ein großer Raum, recht dunkel. Die Wände voller Bücher, schwere Vorhänge vor den Fenstern. Ein Eichentisch in der Mitte des Raums, zwei junge Mädchen sitzen daran, vor ihnen lose Blätter gelblichen Papiers und beide mit einer Schreibfeder in der Hand. Martha maulte. „Aber Fräulein Ottilie, warum müssen wir noch eine Schrift lernen? Wir können schon schreiben, sogar richtig schön!" Ottilie, gepflegt gekleidet wie immer, ließ sich nicht erweichen. „Aber Mademoiselle, wie wollen Sie mit Franzosen und Engländern schriftlich konversieren, wenn Sie ihre Schrift nicht beherrschen?" Aber Martha blieb hartnäckig. „Aber, wenn der Franzose oder der Engländer mit uns konversieren will, warum lernt er nicht unsere Schrift?" „Bien sûr, Mademoiselle!" Ottilie lachte. „Sollen alle Franzosen und Engländer unsere Schrift lernen? Warum sollten sie? Ihre Schrift wird in weitaus mehr Ländern benutzt. Selbst die Römer schrieben wie die Engländer und Franzosen. Wir sind die, die anders schreiben. Und glauben Sie mir, junge Dame, sie werden noch froh sein, zwei Schriften zu beherrschen. Ich würde mich nicht wundern, wenn eines Tages auch hier die lateinische Schrift verwendet würde. Und nun: encore une foi. Wir schreiben das große A." Tilly blickte den beiden Mädchen über die Schulter. Beide malten ein großes A nach dem andern. Sie schaute Lotte fragend an. Lotte erklärte. „Im deutschsprachigen Raum schrieb man damals in der Kurrentschrift. Sie unterscheidet sich erheblich von der lateinischen Schrift, die wir heute schreiben. Das macht es manchmal wirklich schwer die alten Briefe und Postkarten zu lesen. Selbst gedruckte Bücher sind nicht so einfach zu entziffern. Man hat unwillkürlich den Eindruck die hatten damals alle einen Sprachfehler, denn das h und das s sehen dem heutigen f einfach furchtbar ähnlich. Außerdem sehen n und e eigentlich fast gleich aus. Es hat mich ziemlich viel Zeit gekostet, die altdeutsche Schrift wieder zu erlernen. In England und Frankreich jedoch benutzte man die lateinische Schrift. Sie ist für uns heute recht leicht zu entziffern, vorausgesetzt der Schreiber hat keine furchtbare Sauklaue. Gebildete Personen konnten beide Schriften. Dies war vor allem wichtig, wenn man Kontakte ins Ausland hatte. Wie du dich vielleicht erinnerst, hatten die Eltern unserer beiden Mädchen hier einen Kolonialwarenhandel. Sie bezogen ihre Güter aus aller Welt. Klar, dass sie auf beide Schriften Wert legten." Tilly taten die Mädchen leid. Zu nah war ihr noch die Zeit, in der sie Buchstaben neben Buchstaben malen musste, ohne einen tieferen Sinn darin zu sehen. Emmy malte eifrig ein A nach dem anderen. Martha hingegen mühte sich redlich, doch ihre As wollten nicht so hübsch ausfallen wie Emmys. Auch Ottilie schien es zu bemerken. Tilly beobachtete sie genau. Sie wartete darauf, dass Ottilie in ihre Richtung blickte, oder ihr gar zuwinkte. Aber nichts geschah. Stattdessen stand sie neben den Mädchen, widmete sich ganz ihrer Aufgabe Martha auf kleine Fehler hinzuweisen. In ihrem schwarzen Kleid sah sie schön, aber auch ziemlich streng aus. Und so still wie sich die Mädchen mit ihren Buchstaben abmühten, war sie es wohl auch. Obwohl man die Zuneigung von Ottilie zu den Mädchen spürte, es war so gar nicht vergleichbar mit den Lehrerinnen, die Tilly kannte. Martha seufzte erneut und Ottilie sah sie tadelnd an. Dann schien sie Erbarmen zu haben. „Mademoiselles, lassen Sie uns ein Spiel spielen!" Die beiden Mädchen horchten auf. Marthas Augen glänzten. „Ein Spiel, ein Spiel!" rief sie aufgeregt. Ottilie tat geheimnisvoll. „Aber auch für dieses Spiel müssen wir schreiben, und zwar in lateinischer Schrift!" Die Mädchen waren etwas enttäuscht, schienen aber alles aufregender zu finden als weiter große As auf die Blätter, die vor ihnen lagen, zu schreiben. Ottilie erklärte: „Wir schreiben einen Brief an irgendjemanden, der in der Zukunft lebt, verstecken ihn gut und hoffen, dass jemand ihn finden wird. Habt ihr Lust?" Die Mädchen strahlten und nickten eifrig. Lotte und Tilly sahen sich an, als hätten sie nicht richtig gehört. Aufgeregt warteten sie, was die drei schreiben würden. Ottilie nahm ein neues Stück Papier. „Ich fange an. „Meine verehrte Dame, mein verehrter Herr!" schrieb sie. „Wie sieht die Zukunft wohl aus, in der Sie leben?" Die beiden Mädchen schienen Ottilie zu bewundern, dass die diese komische Schrift so schnell auf das Papier brachte. Sie reckten sich, um sehen zu können, was Ottilie da schrieb. Auch Lotte und Tilly versuchten es zu entziffern. „Wie leben Sie? In riesigen Häusern oder unter dem Meer?" Emmy und Martha kicherten, als sie die Worte entziffert hatten. Es war seltsam, Ottilie den Brief schreiben zu sehen und zu wissen, dass sie den Brief wohl an Tilly und Lotte schrieb. Lotte schüttelte nachdenklich mit dem Kopf. „Es ist seltsam, es ist, als ob sich eine Blinde mit zwei Stummen unterhielt. Ahnend, dass sie im Raum sind und wissend, dass sie keine Antwort bekommt." Auch Tilly beobachtet Ottilie und die beiden Kinder nachdenklich. Sie hätte Ottilie so gerne geantwortet, hätte ihr so gern gesagt, dass sie gerade bei ihr waren. Aber eigentlich waren sie nicht bei ihr, sie waren nur in ihrer Erinnerung, gespeichert in einem Gegenstand. Und doch nahm Ottilie gerade zu ihnen Kontakt auf. Auch sie musste eine Reisende gewesen sein. Sie musste gewusst haben, dass ihre Uhr die Erinnerung aufzeichnete, wie ein Film. Wo sie wohl schon gewesen war, was sie wohl gesehen hatte? Tilly erwachte aus ihren Gedanken, „Es grüßt Sie, Ihre Ottilie Wiechard", las Ottilie vor. Dann faltete sie den Brief. Tilly hatte nicht mehr die Möglichkeit zu sehen, was sie noch an sie geschrieben hatte. Auch Lotte schien nur den Anfang des Briefes mitbekommen zu haben. Denn sie schaute Tilly fragend an. „Nun müssen wir den Brief an einem Ort verstecken, der hoffentlich die nächsten 100 Jahre nicht verändert wird.", sagte Ottilie. Die Mädchen machten Vorschläge. „Wir könnten ihn im Garten vergaben.", schlug Martha vor. „Damit ihn der Gärtner im Frühjahr beim Umgaben findet. Nein, das ist zu unsicher." „Dann irgendwo am Haus", warf Emmy ein. Aber Ottilie schien noch nicht wirklich überzeugt. „Wir wissen nicht, ob das Haus in 100 Jahren so noch steht. Aber der Keller wäre vielleicht gut. Hier wird sich in den nächsten Jahren bestimmt am wenigsten verändern. Keller oder Dachböden werden nicht renoviert, nicht bewohnt. Sie sind ideale Verstecke für Dinge, die die Zeit überdauern sollen. Ich vermute, dass der Keller unter eurem Gewölbekeller schon seit 100 Jahren nicht mehr betreten wurde." Beide Mädchen schauten sie mit Angst in den Augen an. Aber Ottilie lachte. „Aber meine jungen Fräuleinchen haben doch etwa keine Angst vor den Geistern, die im Keller spuken könnten?" Und mit einem Augenzwinkern: „Als ob Geister nichts Besseres zu tun hätte, als junge Fräuleinchen zu erschrecken." Dann etwas sachlicher, „Aber wir brauchen noch Wachspapier. Im Keller ist es manchmal feucht. Wir wollen ja nicht, dass von unserem Brief in die Zukunft in Zukunft nichts übrigbleibt, oder? Martha, frag doch bitte in der Küche nach einem ordentlichen Stück Wachspapier. Sag, es geht um ein Experiment und dass die Bitte von mir stammt." Martha schoss aus dem Zimmer und kehrte kurze Zeit später mit einem braun-gräulichen Papier wieder, dass fettig glänzte. Tilly rümpfe etwas die Nase. „Warum gibt sie es nicht in ein Einmachglas?", fragte sie Lotte. Lotte lächelte. „Weil es noch keine Einmachgläser gibt? Das heißt, es gibt sie schon, aber sie sind noch nicht in allen Haushalten angekommen und sind auch noch furchtbar teuer. Bis sich das Einmachglas überall durchsetzt wird es noch etwas dauern. Und bevor du fragst. Auch Flaschen sind noch zu teuer, als dass man sie für ein Experiment zur Verfügung stellen würde. Dass es noch keine Plastiktüten oder ähnliches gibt, versteht sich von selbst." Die letzte Feststellung klang ein wenig wie eine Frage. „Klar!", sagte Tilly und dachte wieder einmal, dass sie sich dringend etwas schlauer machen müsste, was es eigentlich seit wann gab.

Ottilie hatte den Brief in das Wachspapier gewickelt und mit einer Schnur fest umbunden. Als sie fertig war betrachtete sie ihr Werk. „Und nun sollten wir im Keller ein hübsches Plätzchen dafür finden. Martha, bitte bring mir die Petroleumlampe und die Zündhölzer. Wir nehmen am besten den Dienstbotenweg durch die Waschküche, die Herrn Eltern müssen unseren kleinen Ausflug ja nicht unbedingt mitbekommen." Martha kam mit der Petroleumlampe herbeigelaufen. Sie liefen zu einer kleinen Tür, die Tilly bisher noch gar nicht bemerkt hatte und schlupften hindurch. Eine recht steile Treppe führte direkt in einen kleinen Raum, in dem es stark nach Seife und feuchtem Leinen roch. Tilly bemerkte das erste Mal, dass sie in der Vergangenheit auch riechen konnte. Kurze Zeit später, als alle den kleinen Raum durch eine Tür in den Hof verlassen hatten und vor einem Vergittertem Eingang zum Keller auf dem Hof standen, wünschte sie, es nicht zu können. Ottilie hatte die Petroleumlampe angezündet und es stank wirklich erbärmlich. Ottilie und die beiden Kinder schien das nicht zu stören. Sie folgten dem Schein der Petroleumlampe eine Steintreppe hinunter in einen großen Gewölbekeller. Hier standen allerlei Tontöpfe aber auch Konservendosen in einem Regal. Auf dem Boden standen Körbe mit Stroh in denen Tilly mit etwas Mühe Äpfel, aber auch andere essbare Dinge erkennen konnte. Lotte, die Tilly und den anderen gefolgt war, schubste sie. „Das ist der

Kühlschrank der Familie Rumpf. Es ist trocken und recht kühl, auch im Sommer. Und solange keine Ratten oder Mäuse vorbeikommen, um etwas davon abzubekommen, ein idealer Aufbewahrungsort für Lebensmittel." Tilly hätte sich gern noch etwas umgesehen, doch Ottilie schritt zielstrebig auf eine Treppe zu, die weiter hinunterführte. Die beiden Mädchen drängten sich nun dicht an Ottilie. Durch den Schein der Petroleumlampe, wirkten die Schatten etwas gespenstisch. Die Schatten! Drei Schatten, nicht fünf Schatten. Lotte und Tilly waren gar nicht da. Das, was hier passierte war geschehen. Über 125 Jahre her. Es gab keine Kühlschränke, es gab keinen Strom. Tilly musste keine Angst haben. Sie konnte jederzeit zurück. Hinaus aus diesem düsteren Keller. Ans Tageslicht, ins Warme. Sie schaut hoch zu Lotte. Wollte sie wirklich da runter? Sicher gab es da unten Spinnen, 125 Jahre alte Spinnen. Doch sie wollte wissen, wo Ottilie den Brief versteckte.

Sie stiegen immer tiefer die steile Treppe hinunter. Der Gang, den sie erreichten, war niedrig. Ottilie konnte kaum stehen. Es war eng, stickig. Sie bewunderte die Mädchen, die ängstlich, aber tapfer an Ottilies Kleid hingen. Doch Ottilie lief nicht weit hinein. Nach ein paar Schritten blieb sie stehen, bückte sich und stellte die Lampe auf den Boden. Sie suchte die Wand ab, bis sie einen kleinen Spalt darin fand. In diesen Spalt steckte sie den Brief. Wenn man nicht wusste, dass er dort steckte, sah man ihn kaum. Ottilie zog ein Stück Kreide aus einem kleinen

Beutel, der an ihrem Kleid baumelte und machte ein Kreuz auf den Stein, neben dem sich das Loch befand. „Und nun hoffen wir mal, dass Ratten kein Wachspapier mögen." Als sie das Wort „Ratte" sagte, zuckten beide Mädchen und Tilly zusammen und schauten sich verängstigt in dem großenteils stockfinsteren Gang um. „Lasst uns schnell wieder hochgehen, bevor uns die Ratten fressen!", rief Ottilie und kniff eines der beiden Mädchen in die Seite. Sie hatte Emmy erwischt und die kreischte, als hätte der Teufel höchstpersönlich sie berührt. Ottilie aber lachte, nahm die Petroleumlampe und lief in Richtung Treppe. Die Mädchen drängten sich jetzt noch enger an sie. Lotte und Tilly drückten sich an die Wand, um die drei durchzulassen. Tilly fielen wieder die Spinnen ein und sie beeilte sich Ottilie zu folgen. Aber Lotte hielt sie fest. „Lass uns zurückkehren", sagte sie und mit einem verschwörerischen Unterton: „Wir haben, was wir brauchen!". Kurze Zeit später, saßen sie wieder bei Lotte in der Küche.

-12- MEINE OMA FÄHRT IM HÜHNERSTALL MOTORRAD

„Ich weiß, wo das ist!", sagte Lotte ganz aufgeregt. „Das ist in Friedberg, in der Kaiserstraße, wo meine Vorfahren wohnten. Ich war schon oft in dem Keller. Das Haus hat meine Familie geerbt. Heute ist es vermietet. Aber einmal im Jahr fahren wir hin, um die Zähler abzulesen. Wir brauchen das für die Abrechnung der Nebenkosten." Tilly sah sie verständnislos an und Lotte seufzte. „Ist ja auch egal. Jedenfalls kenne ich den Keller und ich kenne die Treppe, die noch mal tiefer geht, Es gibt sie immer noch. Sie ist nur gesichert, damit die kleinen Kinder, die in dem Haus wohnen nicht auf die dumme Idee kommen, die steile Treppe runterzufallen." Beim Wort „Kinder" schaute sie Tilly prüfend an. Tilly schnaufte empört. „Können wir hinfahren?", fragte sie. Sie sah an Lottes Gesicht, dass diese schon einen Plan schmiedete. „Das ist nicht ganz so einfach.", sagte Lotte nachdenklich. „Ich muss erst mal die Mieter fragen, ob es ihnen recht ist, dass wir in den Keller gehen. Die sind da aber normalerweise recht locker. Und dann müssen wir noch hinkommen. Mit den öffentlichen Verkehrsmitteln ist das eine Weltreise und mit Corona auch nicht wirklich witzig. Ich bin allerdings nicht mit dem Auto hier." Lotte lief hoch in ihr Zimmer, öffnete einen Schrank und zog verschiedenen Kleidungsstücke aus Leder heraus. Tilly, die ihr nachgelaufen war, verstand nicht, was Lotte da machte.

Erst als sie eine Lederhose, die Lotte sicher deutlich zu klein war an Tilly hielt, mit dem Kopf wackelte und sagte „Könnte passen", verstand sie, dass Lotte sie aus welchen Gründen auch immer in die Lederklamotten stecken wollte. Lotte holte noch eine für sie viel zu kleine Jacke von einem Bügel und hielt sie Tilly hin. „Schlupf da mal rein!", forderte sie sie auf. Tilly gehorchte, immer noch überlegend, warum Lotte das Ganze veranstaltete. Lotte betrachtete sie. „Das sollte so o.k. sein. Deiner Mutter darfst du das natürlich nicht erzählen. Die würde mich umbringen, wenn sie das wüsste. Und ich meine das wörtlich." Tilly ahnte, was Lotte vorhatte und erinnerte sich an die mahnenden Worte ihrer Mutter, auf keinen Fall und unter keinen Umständen mit Lotte auf ihr Motorrad zu steigen. Sie gab Lotte Recht. Ihre Mutter würde Lotte umbringen. Doch Lotte schien von ihrem Plan überzeugt. Tilly war noch nie auf einem Motorrad gefahren und zusammen mit den mahnenden Worten ihrer Mutter, bekam sie jetzt selbst etwas Bammel. Als könnte Lotte ihre Gedanken lesen sagte die. „Deine Mutter soll sich da mal nicht so anstellen. Sie ist selbst früher oft hinten drauf mitgefahren." Tilly sah sie verwundert an. Sie konnte sich ihre Mutter beim besten Willen nicht auf einem Motorrad vorstellen. „Das war lange vor dir", klärte Lotte sie auf. „Deine Mutter, und im Übrigen auch dein Vater, haben da 'ne kleine Macke weg. Nicht, dass Motorrad fahren ungefährlich ist, aber das sind viele andere Dinge auch, und man macht sie trotzdem.

Ich verspreche dir, ich werde vorsichtig fahren." Lotte öffnete nun eine Truhe. Tilly sah mehrere Motorradhelme darin, die Lotte ihr nacheinander auf den Kopf setzte. Sie schüttelte mit dem Kopf. „Die sind alle zu groß, aber ich hab' ne Idee. Ich bin gleich wieder da." Und ohne das Tilly etwas sagen konnte war Lotte schon aus dem Zimmer und dann aus dem Haus gestürmt und stand kurze Zeit später mit einem sehr viel kleinerem Helm in der Hand vor ihr. „Der Nachbar fährt selbst mit seinen Kindern Motorrad. Er hat uns einen Helm geliehen.", erklärte Lotte. „Probier den mal!" Tilly versuchte den Helm aufzuziehen, er kam ihr aber viel zu klein vor und es war unangenehm, ihn sich über den Kopf zu ziehen. Lotte half ihr und als sie ihn endlich aufhatte, ruckelte Lotte den Helm hin und her. Er bewegte sich kaum. Lotte schien zufrieden und Tilly zwängte sich wieder heraus, tief schnaufend, als sie ihn endlich runter hatte. „Der muss so eng sitzen", erklärte Lotte. „Hier sind noch deine Handschuhe und dein Nierengurt, auch vom Nachbarn.", sagte Lotte und reichte ihr Lederhandschuhe und einen zusammengerollten Gummilappen.

Lotte war so voller Tatendrang gewesen, dass sie wohl gar nicht gemerkt hatte, dass Tilly die ganze Zeit nichts sagte. Jetzt, in der Küche, mit Tilly mittendrin, in der Hand einen Helm und einen Nierengurt, schien sie es zu bemerken. Tilly war auf einmal zum Heulen zumute. Wollte sie mit Lotte hinten auf dem Motorrad nach Friedberg fahren? Ein Teil in ihr sagte ganz klar „JAAAA!", ein anderer, der von der Stimmlage sehr ähnlich wie ihre Mutter klang sagte „NEEEEEIN!" „Ups!", sagte Lotte. „Da hab ich dich wohl etwas überfallen, mit meiner Idee." Sie nahm ihr den Helm und den Gurt ab. „Setz dich erst mal.", sagte sie zu Tilly. Tilly stolperte wie benommen zum Küchenstuhl. In ihr stritten die Jas und die Neins miteinander. Klar wollte sie mit Lotte nach Friedberg, wollte den Brief finden, wollte wissen, was Ottilie ihr mitzuteilen hatte. Aber auf einem Motorrad? Lotte machte Wasser heiß und stellte dann zwei Tassen Tee auf den Tisch. „Ich mache dir einen Vorschlag.", sagte Lotte. „Ich rufe jetzt erst mal bei den Mietern an, ob es o.k. ist, dass wir in den Keller gehen. Du denkst in der Zwischenzeit nach, ob du dir vorstellen kannst, bei mir auf dem Motorrad hinten drauf nach Friedberg zu fahren. Wenn ja, fahren wir los, machen aber jederzeit halt und kehren um, wenn du sagst, du magst es nicht. Auch wenn wir nach 100 m umkehren, das wäre trotzdem o.k. In Ordnung?" Tilly nickte und angelte sich die Tasse Tee. Lotte lief ins Arbeitszimmer zum Telefon.

Tilly kannte dieses Kribbeln im Bauch, wenn man kurz davor ist etwas zu tun, wovor man eigentlich etwas Angst hat. So wie vom Dreimeterbrett zu springen oder als sie das erste Mal oben in der Kletterwand hing und wusste, dass der nächste Griff heikel sein würde. Gemacht hatte sie es trotzdem immer, auch wenn ihre Mutter oft wegschauen musste. Sie würde es machen und sie würde ihrer Mutter nichts davon erzählen. Sie wollte wissen, was in diesem Brief stand, sie wollte wissen, was Ottilie ihnen sagen wollte. Und schließlich war Lotte auch erwachsen und hatte das Motorradfahren offensichtlich bis heute überlebt. Ihr Entschluss stand fest. Sie würde mitfahren. Sie ging hoch in Lottes Zimmer, zog die Lederhose an und nahm die Jacke. Um sie herum verschwamm alles und sie sah Lotte, eine sehr junge Lotte, lachend auf ein Motorrad steigen, auf dem ein groß gewachsener Mann saß. Die junge Lotte klammerte sich an ihn und mit einem lauten Knattern ging es los. Tilly zwang sich zurück. Mit Kleidern funktionierte es also auch, dachte sie sich, ging in die Küche und zog den Helm auf. Mit dem Nierengurt in der Hand und mit einem fragenden Blick, was sie damit machen sollte, ging sie fertig angezogen zu Lotte ins Arbeitszimmer. Lotte hatte gerade auflegt und sah sie grinsend an.

Sie hatte von den Mietern das o.k. bekommen, dass sie vorbeikommen könnten. Allerdings war es schon Nachmittag und Lotte war der Meinung, dass es mehr Sinn machen würde am nächsten Tag nach Friedberg zu fahren. Sie würden zwei Stunden hin und zwei Stunden zurück brauchen. Alles in allem zu lange, um heute nicht abends im Dunkeln nach Hause fahren zu müssen. Also legten sie alles, was sie für ihr morgiges Abenteuer brauchen würden, bei Tilly im Zimmer ab. Lotte brachte auch einen, wie sie erklärte, Tankrucksack, den man auf dem Tank des Motorrads befestigen konnte und öffnete ihn. Zum Vorschein kamen ein paar Schraubenschlüssel, ein Messer und etwas Camping-Besteck. Tilly berührte das Camping-Besteck und sah – Nichts. Lotte, die sie beobachtete sagte: „Das ist ganz neu, das hat noch nichts erlebt, aber wenn du in meiner Vergangenheit rumschnüffeln willst, würde ich das Messer berühren. Messer sind echt super Erinnerungsspeicher." Lotte reichte ihr das Messer und sofort saß Tilly in einem dunklen Wald. Ein Lagerfeuer brannte und massige Gestalten standen darum herum und schwatzten und tranken. Lotte, die neben ihr aufgetaucht war, sah sich um und lachte. „Na da bin ich mal froh, dass wir keinen Morgen danach erwischt haben. Das sind Freunde von mir. Wir fahren manchmal zusammen mit den Motorrädern weg. In den Motorradklamotten sehen sie alle aus wie Monster, aber am nächsten Morgen, sieht man sie dann in Stiefeln und Unterhose am Feuer stehen. Glaub mir, mit Klamotten sehen sie besser aus." Tilly beschloss, dass sie genug gesehen hatte. Alte Männer in Unterhose waren nicht so ihre Sache, sie fand die Szenerie schon so ziemlich gruselig.

Zurück in Tillys Zimmer legten sie das Messer in den Tankrucksack zurück. Lotte holte zwei Stirnleuchten und eine Taschenlampe. Außerdem Taschentücher, eine Haarbürste und einen Block mit Kugelschreiber. Alles verschwand im Tankrucksack. Lotte betrachtete zufrieden den Inhalt und sie kehrten zurück in die Küche. Sie bereitete das Abendessen vor, als das Telefon klingelte. Es war Tillys Mutter und Lotte reichte ihr nach einem kurzen Gespräch den Hörer. Tilly nahm ihn entgegen und unterdrückte sofort das Erzittern des Raums. „Wie geht's dir, mein Schatz, wie war dein Tag?", hörte sie ihre Mutter sagen.

In Tillys Kopf zog der Tag an ihr vorbei. Was sollte, durfte sie erzählen. Katzen! Katzen gehen immer. „Mama, wir haben heute kleine Kätzchen gesehen. Die waren soooo süß. Und eines war ganz schwarz und Lotte hat sie sich reservieren lassen." Ihre Mutter schien erfreut, dass Lotte und sie etwas „Normales" gemacht hatten. „Ich dachte Harry hätte eine Katzenallergie.", sagte sie fragend. „Schon!", antwortete Tilly lachend, „aber Lotte meint, wenn die Katze nur draußen ist, wird es schon gehen, Und notfalls kümmert sich Hildegard um sie." Noch ein schön neutrales Thema, dachte Tilly. „Mama, Hildegard ist eine alte Frau, aber voll nett!" Ihre Mutter lachte. „Das ist jetzt wieder so ein lustiges „aber", Ottilie. Als ob alte Frauen nicht nett sein könnten." „Ach Mama, so hab ich es doch gar nicht gemeint. Ich meinte nur, wir haben miteinander gesprochen und sie war sehr nett. Sie hat uns sogar zum Kaffee eingeladen. Vielleicht gehen wir morgen hin." Tilly hatte sich überlegt, dass es vielleicht besser wäre, wenn Ihre Mutter wüsste, dass sie morgen schlecht erreichbar war. Man konnte ja nie wissen. Der Raum zitterte leicht und schemenhaft konnte sie den Herrn am Schreibtisch erkennen. „Und was macht eure Reiserei in die Vergangenheit?", fragte ihre Mutter sie völlig unvorbereitet. „Klappt gut!", sagte Tilly kurz und bereute es sofort. Ihre Mutter hatte wieder diesen Ton. „So, so, ihr tut es also:" Stille. Tilly wusste nicht, was sie sagen sollte. Kurz überlegte sie, ob sie vom Motorrad anfangen sollte, nur, damit ihre Mutter etwas anderes zum Aufregen hatte. Sie verwarf den Gedanken sofort und wechselte stattdessen die Strategie. Mit leicht vorwurfsvollem Ton sagte sie: „Warum hast du mir eigentlich nie davon erzählt? Du wusstest es doch all die Zeit. Du hättest sie doch selbst am liebsten begleitet, oder?" Stille. Der Mann schlug mit seinen Fingern auf eine riesige Tastatur ein. Drehte mit einem Rad an der Seite der Maschine ein Blatt nach oben, las und drehte das Blatt wieder nach unten. Ein Telefon schellte laut. Der Mann griff genervt nach dem Hörer. „Weißt du, als ich Lotte kennenlernte, merkte ich sofort, dass sie anders war. Und glaub mir, ich meine das nicht positiv. Sie war komisch und die anderen Mädels in der Klasse fanden das auch. Erst später, als wir besser befreundet waren, erzählte sie mir davon und ich glaubte, sie wäre verrückt. Aber mit der Zeit, nach immer neuen Geschichten merkte ich, dass was dran war, an dem, was sie erzählte. Sie konnte sich das nicht alles angelesen haben. Ich will nur nicht, dass du von deinen Freundinnen für verrückt gehalten wirst. Und ja, ich wäre gern mitgekommen. Aber, wenn ich neben ihr saß und sie minutenlang nicht ansprechbar war, fand ich es auch manchmal ziemlich unheimlich. Und ganz ehrlich, ich würde mich freuen, wenn mir das bei dir nicht auch andauernd passieren würde." Tilly hatte ihrer Mutter gut zugehört und sie verstand, was sie ihr sagen wollte. Es gab einen Grund, warum sie nicht bei der ersten Gelegenheit ihre beste Freundin angerufen hatte, um ihr von ihren Erlebnissen zu erzählen. Der Mann hatte sein Gespräch beendet und wieder aufgelegt. Tilly konzentrierte sich auf ihre Mutter. Der Mann verschwand. „Keine Angst Mutti.", sagte sie fröhlicher, als ihr zumute war. „Bisher habe ich nicht vor, irgendjemandem was zu erzählen." Und schnell fügte sie hinzu. „Außer dir natürlich." „Ich freu mich drauf", antwortet ihre Mutter. Sie hatte schon mal besser gelogen.

Am nächsten Morgen, als Tilly und Lotte sich angezogen hatten, standen beide mit Helmen und Tankrucksack bepackt vor dem Motorrad. Lotte klopfte liebevoll auf den Sitz und sagte: „Das Motorrad heißt übrigens Inge". Darauf folgte ein Lachen, das Tilly nicht verstand. „Das ist ein Insider" und als Tilly immer noch fragend schaute. „Das Motorrad meines Opas hieß so, sah aber ganz anders aus. Ich zeig dir später mal ein Foto." Sie schien sich sichtlich auf die Fahrt zu freuen. Lottes Motorrad war schwarz und alle Teile, die nicht schwarz waren, glänzten silbern. „Hast du deine Maske dabei?", fragte Tilly Lotte. Die grinste und holte aus ihrer Jackentasche ihre Maske.

Tilly tat ihr gleich und beide schwenkten die Masken. Lotte montierte den Tankrucksack, klappte Tillys „Fußrasten", wie sie ihr erklärte, aus und setzte sich auf das Motorrad. Tilly kletterte hoch und setzte sich hinter sie. „Halt dich gut an mir fest!", empfahl ihr Lotte. Tilly versuchte ihre Arme um Lotte zu schlingen, aber mit Motorradjacke war Lotte viel zu groß, als dass Tilly ihre Arme um sie herumbekommen hätte. Also krallte sie sich in die Jacke. Als Lotte anfuhr spürte Tilly die Kraft, die sie nach hinten zog und ihr Griff wurde noch fester. Dann fuhren sie. Es war aufregend, es war schön und als nach einer Weile ihre Anspannung etwas abfiel, wollte sie am liebsten nie wieder absteigen.

Das änderte sich etwa eine Stunde später, als Tilly merkte, dass ihr der Hintern ordentlich weh tat und das Jucken an der Nase unerträglich wurde. Sie hatte sich nicht getraut Lotte loszulassen, das Visier aufzuklappen und sich an der Nase zu kratzen. Jetzt wagte sie es nach vorne zu rufen, dass sie eine Pause bräuchte. Lotte suchte sich einen Feldweg, parkte die Maschine und beide kletterten vom Motorrad. Erst jetzt merkte Tilly, wie verkrampft sie auf dem Motorrad gesessen hatte. Auch Lotte hüpfte etwas herum, rieb sich den Hintern und machte ein paar Kniebeugen. Es war nicht kalt, aber der Fahrtwind hatte ihre Knie trotzdem steif gemacht. Recht unvermittelt schoss Tilly eine Frage durch den Kopf. „Kannst du in der Vergangenheit riechen?", fragte sie Lotte. Lotte schüttelte den Kopf. „Ich glaube nicht. Zumindest ist es mir noch nie aufgefallen." Tilly war erstaunt, sie war irgendwie fest davon ausgegangen, dass sie beiden das Gleiche wahrnahmen, wenn sie zusammen reisten. „Hast du nicht die Petroleumlampe gerochen, es stank furchtbar." Lotte schüttelte mit dem Kopf. „Ich verstehe nur Sprachen, die ich eigentlich nicht verstehen dürfte. Ich merke oft nicht einmal, dass eine Person eine andere Sprache spricht." Tilly überlegte. Nein, das war bei ihr nicht so. Als sie in Paris gewesen waren, hatte sie nur Kauderwelsch verstanden, als Ottilie französisch gesprochen hatte. Lotte hüpfte immer noch hin und her, um sich aufzuwärmen. Tilly kam die nächste Frage in den Kopf. „Können es eigentlich nur Frauen? Ich meine das Reisen." Lotte runzelte die Stirn. „Ganz ehrlich, keine Ahnung. Außer dir kenne ich niemanden, der oder die es kann. Aber wie auch, ich kann ja schlecht rumfragen. Ist schon so manchmal schwierig, dass sie mich nicht für verrückt erklären." Tilly erinnerte sich daran, was ihre Mutter erzählt hatte.

Die Pause war nur kurz und nachdem Tilly versichert hatte, dass sie weiterfahren wollte, fuhren sie wieder los. Dann sah sie das Ortsschild von Friedberg. Lotte wurde langsamer und kurze Zeit später konnte Tilly ein Schild lesen auf dem „Kaiserstraße" stand. Langsam knatterten sie die Straße entlang und Tilly wurde immer aufgeregter. Es war eine sehr breite Straße und an ihrem Ende sah Tilly so etwas wie ein

Schloss, mit Schlosstor, Türmchen und dicken Mauern. Doch bevor sie dort ankamen, blinkte Lotte links und fuhr in eine Einfahrt. Tilly glaube das eiserne Tor wiederzuerkennen. Rechts neben dem Tor war ein Laden und Lotte kramte ihre Maske hervor, ging hinein und bat darum Helm und Tankrucksack dort lassen zu dürfen, nicht ohne zuvor die Stirnlampen und noch einiges anderes entnommen zu haben. Die Frau, die im Laden arbeitete, hatte offensichtlich nichts dagegen und verstaute den Rest unter ihrem Tresen. Als sie das Geschäft wieder verlassen hatte, kramte Lotte einen Schlüssel aus ihrer Jacke und schloss das Tor auf. Seit Tilly dort Martha und Emmy hatte spielen sehen, hatte sich nicht viel verändert. Natürlich lagen nun Plastikspielsachen der Kinder herum, die heute hier lebten und links war ein Carport, unter dem Autos standen. Aber der Boden war noch immer aus dem Kopfsteinpflaster, nur vielleicht noch etwas unebener. Der Brunnen war da, das Haus in Form eines Turmes. Eigentlich hatte sich fast nichts verändert. Ob der Brief auch noch da war?

-13- DIE EISPRINZESSIN

Im Hof, direkt neben dem Hauptgebäude gab es ein gusseisernes Tor, das den Zugang zu einer Treppe verschloss, die tief nach unten ging. Tilly erinnerte sich, dass das Tor auch schon damals da gewesen war. Lotte schloss das Tor auf und schaltete das Licht ein, so dass die Treppe erleuchtet war. Sie wollten gerade hinuntergehen, als ein Mann aus der Tür kam, von der sich Tilly zu erinnern glaubte, dass es der Ausgang war, aus dem sie damals mit Ottilie, Martha und Emmy gekommen waren. Der Mann begrüßte Lotte, fragte wie es ihr und Harry so ginge. Lotte klagte über Corona, das einem jeden Spaß verderben konnte, lachte jedoch dabei. Auch der Mann lachte. Dann fragte er neugierig, wer das junge Mädchen an ihrer Seite sei und was sie so Dringendes im Keller zu tun hatten. „Ach das hier?", sagte Lotte und zeigte auf Tilly, „das ist eine gute Freundin von mir. Ich habe ihr von dem unheimlichen Keller erzählt und sie wollte ihn unbedingt mal sehen." Sie zwinkerte dem Mann zu und flüsterte: „Sie wissen schon, der mit den Gespenstern!" Es war das erste Mal, dass Lotte sie nicht als „Tochter ihrer Freundin", sondern als „Freundin" bezeichnet hatte. Und sie wäre vor Stolz beinahe geplatzt. Den Spruch mit den Geistern allerdings fand sie albern. Doch als sie sah, dass es dem Mann Spaß zu machen schien, dem kleinen Mädchen einen Schreck einzujagen, beschloss sie mitzuspielen. „Geister?", stotterte sie so echt wie möglich. Und etwas weinerlich: „Lotte, du hattest nichts von Geistern gesagt." Die Neugierde des Mannes schien hinreichend befriedigt zu sein. Er verabschiedete sich mit den Worten, er wünsche den Damen viel Spaß mit den Gespenstern und sie sollten laut rufen, wenn sie Hilfe bräuchten, und verschwand in der Waschküche, die nun voller Waschmaschinen und Trockner stand.

Lotte und Tilly stiegen die Treppe hinunter und kamen in den Gewölbekeller. Doch anders als in Ottilies Erinnerung, war er leer und bis auf ein leeres Regal in der Wand erinnerte nichts daran, dass es sich mal um einen Vorratsraum gehandelt hatte. An der Stelle, an dem eine steinerne Treppe noch tiefer führte, stand ein kleines Gitter. Nicht unüberwindbar, aber sicher eine Sperre für kleine Kinder, um sie daran zu hindern sich versehentlich den Hals zu brechen. Lotte kramte die Stirnlampen heraus, setzte sich eine auf und reichte die andere Tilly.

Im Gewölbekeller war es recht ordentlich, zumindest sah es weitgehend spinnenfrei aus. Doch das Loch, in das sie jetzt beide blickten, sah aus, als sei seit Jahrhunderten niemand mehr dort hinunter gegangen. Und vielleicht war das sogar der Fall. Der Gang war schmal, die Treppe darin sehr steil. Es konnte nicht anders sein, es musste ein Spinnenparadies sein. Tilly jammerte. „Da gibt es bestimmt hunderte von Spinnen. Ich geh da nicht runter. Ich bleib hier.", sagte sie und machte eine Schnute. Lotte versuchte sie zu beruhigen. „Schau mal, auch Spinnen müssen essen und welches Insekt würde schon bis nach hierunter fliegen?" Tilly dachte an Nachtfalter, Motten, andere Spinnen. Das Argument zog nicht. Lotte versuchte es erneut. Ich geh mal vor und leuchte den Gang aus. Du wirst sehen, da gibt es keine Spinnen." Lotte schob den kleinen grünen Zaun beiseite und ging vorsichtig die Stufen hinab. Nach zwei Metern sagte sie: „Hier gibt's keine Spinnen, komm!" Aber Tilly war wie erstarrt. Nur das Wort, nur die Vorstellung. Sie starrte ängstlich in das Loch. Lotte war schon wieder einige Stufen mehr hinuntergestiegen. Ihr schien es nichts auszumachen. Es gab kein Geländer, wo sollte sie sich festhalten. An der Wand? Sie schauderte bei dem Gedanken an die Spinnweben, die die Wand womöglich unsichtbar überzögen. Vorsichtig und innerlich so angespannt, als würde sie gleich platzen, nahm sie die erste Stufe. Ihr Herz klopfte laut. In Lottes Lichtstrahl sah sie das Ende der Treppe und ahnte den Ort, wo der Brief sein musste. Nur nicht zu genau hinsehen, nur keine Spinne entdecken. Konzentrier dich auf die Stufen, dachte Tilly und nahm eine nach der anderen. Lotte wartete auf sie und reichte ihr die Hand. Schließlich waren sie in dem schmalen Gang und Lotte leuchtete die Wand ab, um das Kreidekreuz oder den Brief zu entdecken. Sie entdeckten kein Kreuz, doch sie entdeckten unter Staub und einer Schicht, deren Herkunft Tilly lieber nicht näher untersuchen wollte das kleine, umschnürte Päckchen. Lotte pulte es aus der Spalte. Da sah Tilly das Kreuz und daneben, ein zweites Päckchen. „Schau mal Lotte, da ist noch ein Brief. Sie scheinen das Spiel nicht nur einmal gespielt zu haben." Lotte barg auch den zweiten Brief und dann untersuchten sie die Wand nach weiteren. Und tatsächlich, sie fanden noch zwei weitere, so dass sie am Ende 4 Stück hatten, die Lotte bei sich in die Tasche steckte. „Oder willst du sie hier unten lesen", fragte sie und hob ihre rechte Augenbraue. Tilly tippte mit ihrem Finger an die Stirn.

Sie hatten den Keller heil wieder verlassen. Eine kleinere Spinne hatte Tilly zum Schluss noch etwas beschleunigt. Doch am Ende standen beide etwas außer Atem im Freien. Tilly merke, wie sich ihr Puls nur sehr langsam normalisierte. Lotte machte das Licht aus und verschloss wieder das Tor. In ihrer typisch neckenden, aber manchmal etwas nervenden Art sagte Lotte: „Oder willst du noch mal runter?" Tilly reagierte nicht. Auf manche blöden Bemerkungen von Erwachsenen sollte man einfach nicht reagieren. Sie zuckten beide zusammen, als die Stimme des Mannes von vorhin sie ansprach. „Und? Gibt es dort unten Geister?" Lotte lachte. „Nein, leider nicht, nur ein paar Spinnen und ihre Hinterlassenschaften. Aber zum Gruseln reicht das für meine kleine Freundin hier schon vollkommen aus. Wir werden jetzt wohl erst mal einen Kakao trinken gehen im Café gegenüber. Vielen Dank noch mal, dass wir so einfach den Keller besichtigen durften. Es war wirklich ein Erlebnis." Der Mann verabschiedete sich höflich und Lotte und Tilly liefen durch das Tor auf die Straße.

„Lotte?", Lotte schaute Tilly fragend an. „Du solltest vielleicht die Stirnlampe abziehen. Das sieht hier auf der Straße etwas seltsam aus. Außerdem blendest du die Leute." Und wirklich schauten die Leute Lotte irritiert an und Lotte zog schnell die Stirnlampe vom Kopf und drückte hektisch auf den Knöpfen der Lampe herum, bis sie endlich aus war. Tilly grinste, Lotte stellte sich manchmal etwas doof an, wenn es um neuere Technik ging. Ohne Tilly anzusehen, sagte Lotte ganz trocken. „Ich danke dir, dass du mir die Lampe nicht aus der Hand genommen hast, um mir zu zeigen, wie es geht." Und dann: „Lass uns einen Kakao trinken gehen. Gegenüber in der Bäckerei gibt es ein kleines Café hinten drin. Da können wir uns in eine Ecke setzen und die Briefe studieren." Sie überquerten die Straße und betraten das Café, nicht ohne zuvor ihre Maske aufzuziehen. An der Wand im Verkaufsraum hing ein altes Foto. Es war die Kaiserstraße, man erkannte es leicht an der Burg am Ende der Straße. Doch die Straße wirkte noch breiter als heute. Es gab keine Autos und die Linden, die heute stolz in den Himmel ragten waren kleine Bäumchen. Alle anderen Häuser, die Tilly auf dem Foto sah, standen noch.

Lotte zeigte ihr Impfzertifikat vor und sie durften in den hinteren Bereich, in dem viele kleine Tische standen, ganz reizend gedeckt mit Spitzendeckchen und Blümchen. Lotte und Tilly zogen sich in eine Ecke zurück, in der sie Glück haben mussten, selbst von der Bedienung entdeckt zu werden. Doch es war nicht viel los und die Bedienung suchte nach Beschäftigung. So bestellen sie einen Kakao und einen doppelten Cappuccino. Die Bedienung verschwand und Lotte holte die vier Päckchen aus der Tasche. Mit einem Taschentuch putzte sie die Päckchen ab. Es nutze jedoch nicht viel und als die das erste Band löste rieselte Staub und Dreck von über 100 Jahren auf das weiße Tischdeckchen. Tilly versuchte den Dreck fortzuwischen. Das machte es jedoch nicht besser, eher schlechter. Lotte holte eine Zeitung vom Nachbartisch, die dort entweder jemand hatte liegen lassen oder die für die Gäste frei zur Verfügung stand. Bevor sie das erste Päckchen vollständig öffnete, legte sie die Zeitung unter. „Harry wäre stolz auf mich. Es hat Jahre gedauert, bis er mich so weit hatte, beim Basteln etwas unterzulegen und so den Tisch nicht zu versauen.", sagte Lotte und grinste. Das Fettpapier hatte die Zeit recht gut überstanden und als sie es auswickelten, kam der Brief zum Vorschein, bei dem sie anwesend gewesen waren, als er geschrieben wurde. Das Papier war leicht brüchig und trotzdem ließ es sich gut entfalten. Tilly berührte den Brief und war sofort wieder in dem Zimmer, in dem er geschrieben worden war. Ottilie saß an dem Schreibtisch und die beiden Mädchen blickten über ihre Schulter und beobachteten gespannt, was Ottilie schrieb. „Meine verehrte Dame, mein verehrter Herr!" schrieb sie. „Wie sieht die Zukunft wohl aus, in der Sie leben? Wie leben Sie? In riesigen Häusern oder unter dem Meer? Welche Sprache sprechen Sie? Wird die ganze Welt eine einzige Sprache sprechen oder hat jedes Land die ihre? Spricht man womöglich überall Esperanto? Wie schön wäre es, würden Sie uns antworten können. So, hier nur die etwas einseitige Nachricht, dass Sie vielleicht einige Antworten auf Fragen in Ihrer Zeit in der unsrigen finden können. Denn so verschieden wir sind, so ähnlich sind wir uns mit Frag und Begehr. Und auch wenn es für Sie vielleicht normal ist, mehrmals täglich um die Welt zu fahren, auch Sie können Orte nur begreifen, wenn Sie dort Zeit verbringen. Und wie viel Zeit hat der Mensch? Aber vielleicht haben Sie auch viel mehr Zeit, da Sie alle Krankheiten, ja gar das Alter heilen können. Wie gern wäre ich jetzt bei Ihnen. Es grüßt Sie, Ihre Ottilie Wiechard" Die Mädchen hatten den Brief interessiert gelesen und Tilly ließ den Brief los, der eben noch ordentlich auf gelblichem Papier sogleich sehr viel dreckiger und gräulicher vor ihr im Café lag. Ein bisschen war sie enttäuscht. Sie hatte gehofft, dass Ottilie ihnen eine klare Nachricht hinterlassen hatte. Das, was sie eben gelesen hatte, war zwar interessant, brachte sie aber letztendlich nicht weiter. Lotte schien es ähnlich zu gehen. Sie faltete den nächsten Brief auf. Mit sehr krakeliger Schrift stand dort: „Meine verehrte Dame, mein verehrter Herr! Wie geht es Ihnen, mir geht es gut, außer, dass ich diese schwierige Schrift lernen muss. Ich hoffe Sie haben in der Zukunft nicht so viel Mühe damit. Es grüßt Sie, Ihre Martha." Der Brief musste so eine Art Hausaufgabe gewesen zu sein, denn als Tilly den Brief berührte, sah sie Ottilie allein an ihrem Schreibtisch sitzen und herzlich lachen. Und Tilly erinnerte sich an eigene leidige Aufgaben, die man nur mit einem minimalen Aufwand erledigte. Ganz anders der Brief von Emmy. Die Buchstaben waren natürlich nicht so elegant wie die von Ottilie, jedoch sehr viel liebevoller gemalt. „Meine verehrte Dame, mein verehrter Herr! Es ist mir eine Ehre, Ihnen einen Brief in die Zukunft schreiben zu dürfen. Die Zukunft: ich stelle sie mir heller vor, schöner, voller Spielbretter und

Puppen. Mit was spielen Ihre Kinder? Wie verbringt man bei Ihnen die Abende? Wir sticken viel und spielen Würfelspiele. Aber auch Dame und Mühle. Fräulein Ottilie Wiechard liest uns auch manchmal Zukunftsromane vor, wie die von Jules Verne. Das dürfen Sie aber meinen Eltern nicht verraten. Ich neide Ihnen etwas die Zukunft, es muss wunderbar sein. Ihre Emmy"

Ottilie hatte Recht gehabt, wie sehr sich doch die Kinder der Zeiten ähnelten. Es war noch nicht lange her, da hatte ihre Mutter ihr Jules Verne vorgelesen und auch wenn Dame nicht zu ihren Lieblingsspielen gehörte, so hatte auch Tilly es schon ab und zu mit viel Freude gespielt. Sticken allerdings fand sie etwa so spannend wie den Müll runterzubringen. Einen Abend lang zu sticken, grenzte an Folter. Lotte schien ähnliche Gedanken zu haben. „Gestickt hab ich als Kind auch ab und zu ganz gerne." sagte sie. Tilly sah sie fassungslos an und strich ihren letzten Gedanken.

Nun blieb nur noch das letzte Päckchen. Die Bedienung kam und stellte Tilly und Lotte ihre Getränke hin. Der Dreck, den sie auf dem Tisch entdeckte, schien sie nicht zu erfreuen, aber Tilly und Lotte waren viel zu aufgeregt, um dies zu bemerken. Wenn in diesem Päckchen nichts war, war all die Mühe umsonst gewesen.

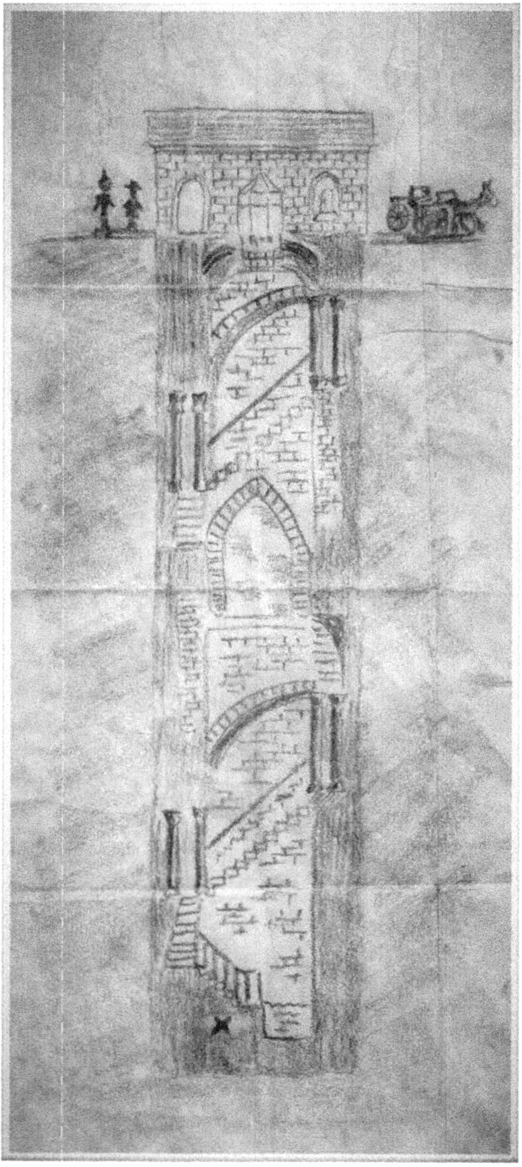

Lotte schnürte das Päckchen auf und wickelte den Inhalt aus dem Fettpapier. Wieder bröselten Staub und Dreck heraus und landeten auf der Zeitung. Es enthielt eine Zeichnung. Es war ein Turm, allerdings konnte man in den Turm hineinsehen. Oben, neben dem Dach standen ein Mensch und eine Kutsche. Eine Kutsche? Oben auf dem Turm? Tilly sah Lotte fragend an. Auch sie hatte wohl die Kutsche entdeckt und schaute Tilly ebenfalls fragend an. Dann aber schien ihr ein Licht aufzugehen. Aufgeregt fing sie an zu sprechen und Tilly verstand nur Bahnhof. „Das ist die Mikwe! Das ist hier ganz in der Nähe."

„Die was?", fragte Tilly. Lotte wirkte jetzt sehr aufgeregt. „Hast du dein Smartphone dabei?", fragte sie Tilly. Tilly kramte ihr Smartphone hervor und schaltete es an. Sofort erschienen hunderte von Nachrichten ihrer Freundinnen, die sich allesamt fragten, ob sie noch lebte und warum sie sich nicht meldete. Fluten von Emojis ergossen sich über den kleinen Bildschirm, aber sie hatte jetzt Wichtigeres zu tun. Viel Saft hatte das Gerät eh nicht mehr. „Gib mal Mikwe in Friedberg ein. Schreibt man, wie man es spricht." Tilly tat, wie ihr geheißen und wirklich erschien der Turm, der gar kein Turm zu sein schien, sondern vielmehr so eine Art begehbarer Brunnen. Lotte lächelte triumphierend. „Da wollte ich schon mal hin, hat sich dann aber nie ergeben. Ob er offen hat?" Sie winkte die Bedienung her und fragte, ob sie vielleicht wüsste, ob man die Mikwe besuchen könnte. Die Bedienung sah sie fragend an. „Ich meine das Judenbad. Ist es offen?" Die Bedienung lächelte verstehend und gab bereitwillig Auskunft, nicht ohne einen missbilligenden Blick auf den Dreck auf der Zeitung zu werfen. Das Judenbad hätte offen und an einem Tag wie heute bräuchte man wohl auch keine Voranmeldung. Tilly las währenddessen, was das Internet ihr über die Mikwe, das Judenbad, verriet. „Um zu dem für die Ritualbäder notwendigen „natürlichen" Wasser, hier dem Grundwasser, zu gelangen, musste zunächst ein Schacht 25 Meter vertikal durch den Basaltfelsen, auf dem Friedberg steht, in den Untergrund getrieben werden. Dieser wurde dann mit einem quadratischen Querschnitt von ca. 5,50 × 5,50 m ausgemauert. Das sich stetig selbst erneuernde Wasser steht bis zu 5 m tief..." Tilly betrachtete das alte Bild der Mikwe, das sie im Keller gefunden hatten. Ganz unten konnte sie erkennen, dass die Stufen wohl ins Wasser führten. Und da, genau da entdeckte sie ein Kreuz. Es war wie das Kreuz auf einer Schatzkarte und sie wurde ganz aufgeregt. Kaum war die Bedienung gegangen, zeigte sie Lotte das Kreuz. Lotte pfiff durch die Zähne. „Sie muss hier etwas versteckt haben, was sonst sollte das Kreuz bedeuten. Aber wenn man dem Internet Glauben schenken will, dann ist das Versteck unter Wasser. Wie sollen wir da hinkommen?" Tilly plapperte los. „Ich kann gut schwimmen und supergut tauchen." Sie sah Lotte bettelnd an. Die schien wenig überzeugt. „Ist dir klar wie kalt

Grundwasser ist? Das hat noch nicht mal 5 °C. Du würdest erfrieren." Sie schüttelte mit dem Kopf. „Und wer weiß, ob das Versteck nicht längst gefunden wurde. Wir wissen ja noch nicht einmal, wonach wir suchen sollen." In einem war Tilly sich mit Lotte einig. Sehr präzise war die Karte nicht gerade. Trotzdem wollte sie es unbedingt versuchen. Das kalte Wasser scheute sie nicht. Sie war schon öfter in kaltem Wasser schwimmen gewesen. Sie versuchte Lotte zu überzeugen, doch die blieb hart. Sie zahlten und gingen.

Draußen liefen sie etwas unschlüssig die Kaiserstraße entlang. Die Ledersachen waren nicht gerade die bequemste Kleidung, um spazieren zu gehen. Es dauerte nicht lange und Tilly schwitzte in der dicken Hose und Jacke. Es war so eine Art Sommerschlussverkauf im Gange und alle Geschäfte lockten mit Rabatten. Bis zu 50% reduziert, stand in den Schaufenstern. Lotte blieb vor einem Sportgeschäft stehen und Tilly, die sonst ganz gerne mal Shoppen ging, ärgerte sich, dass Lotte anscheinend mehr an den Angeboten interessiert schien, als wie sie mit der Mikwe weitermachen sollten. Sie konnten doch jetzt nicht einfach nach Hause fahren. Als Lotte sie dann auch noch aufforderte, die Maske aufzuziehen, sie wolle sich kurz was im Laden ansehen, wäre Tilly beinahe der Kragen geplatzt. Doch sie zog genervt die Maske auf und sie betraten gemeinsam das Geschäft. Eine Verkäuferin steuerte auf sie zu, wollte den Impfnachweis sehen und fragte dann, wie sie dienlich sein könnte. Lotte plauderte los. „Sagen Sie mal, haben sie vielleicht auch Shortys für Kinder im Angebot? Meine kleine Freundin hier schwimmt für ihr Leben gern, aber um diese Jahreszeit ist es oft schon recht kalt im Weiher." Die Frau schaute Lotte an, als ob sie verrückt sei. Sicher, für die Jahreszeit war es eigentlich noch recht mild, aber trotzdem sagte ihr Gesichtsausdruck, dass nur völlig Bekloppte auf die Idee kommen konnten, ein junges Mädchen bei dieser Jahreszeit im Weiher schwimmen zu lassen. Die Verkäuferin versuchte sich jedoch nichts anmerken zu lassen. „Ja natürlich. Sie meinen Neoprenanzüge für Kinder. Da haben sie Glück. Da haben wir tatsächlich gerade welche im Angebot." Sie lotste Lotte und Tilly zu einer Kleiderstange, auf der kleine Anzüge hingen, die aussahen wie kindergroße Puppen, denen man Kopf, Arme und Beine abgeschnitten hatte. „Dürfte ich nach der Größe fragen?" Tilly zuckte mit den Schultern. Lotte sah die Verkäuferin ebenfalls fragend an. Die Verkäuferin seufzte, zog dann einen der Anzüge aus der Reihe und hielt ihn so an Tilly, dass Tilly dahinter fast verschwand. „Nein, der ist zu groß, er soll ja eng sein, damit das Kind nicht erfriert." Während sie es sagte, schaute sie noch einmal missbilligend zu Lotte, die den Blick freundlich lächelnd erwiderte. „Da bekommt der Name Eisprinzessin eine ganz neue Bedeutung", sagte Lotte und musste kurz prusten. Die Verkäuferin schüttelte nur mit dem Kopf. Schließlich fand sie die richtige

Größe und Tilly ging in die Umkleidekabine, um den Shorty anzuprobieren. „Den Schlüpfer aber bitte anlassen", rief ihr die Frau noch hinterher und Tilly rollte mit den Augen.

-14- LEGAL, ILLEGAL – EGAL!

Kurze Zeit später war Tilly stolze Besitzerin eines Neopren-Shortys samt Handschuhen und Schwimmschuhen, außerdem einer Unter Wassertaschenlampe und einer Wollmütze, alles verpackt in einer unauffälligen Stofftasche. Sie folgten den Schildern, die zum Judenbad führten und standen so nach einigen Minuten vor einem Gebäude, das eigentlich wie ein normales Wohnhaus aussah. Nur ein Schild am Eingang erklärte, dass man durch diese Tür das Judenbad betreten könne. Wegen Corona sollten die Leute nur einzeln, mit FFP2 oder medizinischer Maske eintreten. Eine Besichtigung durch Gruppen, die sich untereinander nicht kannten, sei nicht möglich. „Corona ist doch tatsächlich auch mal für was gut," sagte Lotte und grinste. Sie zogen die Masken an und betraten das Haus. Es war niemand da außer ihnen und einem Mann, der hinter einer Glasscheibe saß und sich wohl sichtlich über Gäste freute. Lotte zahlte den Eintritt und erkundigte sich dann noch interessiert nach der Geschichte des Bads. Der Mann hinter der Scheibe nannte kurz die Eckdaten, das Judenbad war im Mittelalter entstanden, und empfahl dann die Broschüre, die auch schöne Bilder enthielte. Lotte kaufte ihm eine ab und der Mann beugte sich hinter der Scheibe vor und zeigte ihnen den Weg. Sie stiegen ein paar Stufen hinauf und kamen in einen Hof, in dem eine kreisrunde Kuppel aus Glas stand. Lotte berührte sie kurz und sagte dann: „Die ist aber nicht aus dem

Mittelalter, die dürfte gerade mal so alt sein, wie unsere Zeichnung." Dahinter war ein Gang, der nach unten führte und mit einer großen Holztür endete. Sie liefen hinab und öffneten die Holztür. Lotte trat zuerst ein und blieb so abrupt stehen, dass Tilly in sie hineinrannte. Da Lotte sich nicht bewegte, quetschte sich Tilly an ihr vorbei und stand nun am Beginn von schier nicht enden wollenden Treppen, die hinab in die Tiefe führten. Die Treppenstufen waren ungewöhnlich hoch. Ein massives Geländer aus Eisen schützte die Besucher vor einem Fall in die Tiefe. Tilly reckte sich über das Geländer und sah tief unten das Glitzern von Wasser. „Mach das bitte nicht!", sagte Lotte in mattem Ton. „Was?", fragte Tilly. „Dich über das Geländer beugen, ich kann da nicht hinschauen." Lotte stand immer noch wie angewurzelt auf der Türschwelle. Tilly schaute Lotte fragend an. Mit demselben matten Ton sage Lotte: „Ach du liebe Scheiße, ich dachte nicht, dass es so tief runter geht. Tilly, ich weiß nicht, ob ich das kann. Ich bin überhaupt nicht schwindelfrei und das hier ist wirklich hoch." Tilly wunderte sich. Sie zeigte auf das Geländer: „Aber Lotte, es gibt doch ein Geländer, es kann doch gar nichts passieren." Sie rüttelte daran, um Lotte zu zeigen, dass es wirklich stabil war, was dazu führte, dass das Geländer stark zu schwingen begann. Und die Berührung übertrug die Erinnerungen von Menschen. Vielen Menschen, die neugierig, aufgeregt aber manchmal auch ängstlich wie Lotte, die Stufen herabliefen.

Ihre Kleidung wechselte von altmodisch zu modern bis hin zu museumsreif. Meistens drängten sich viele Menschen gleichzeitig die schmale Treppe hinunter. Tilly wurde klar, dass unter normalen Umständen, ohne Corona, ihr Plan unmöglich durchführbar wäre. Das hier heute war die Gelegenheit, die so schnell nicht wieder kommen würde. Mit Engelszungen versuchte sie Lotte zu überreden ihr zu folgen, aber Lotte war nicht zu überzeugen. Wie ein störrischer Esel weigerte sie sich auch nur einen Schritt zu tun. Hatte Lotte, die vor nichts zurückschreckte, wirklich Angst? „Sagen wir es so," sagte Lotte, und ihre Stimme klang immer noch schwach „das ist so ähnlich wie bei dir mit den Spinnen. Obwohl ich weiß, dass nichts passieren kann, macht mir Höhe einfach Angst. Das ist nichts Rationales." Tillys Mama war auch nicht gerade schwindelfrei, aber so wie Lotte hatte sie sich noch nie angestellt. „Und ich bin trotz meiner Spinnenangst in den Keller gegangen, also musst du da jetzt auch durch. Komm, ich geh vor und wenn du Angst bekommst, nimm meine Hand." Tilly meinte es ernst, aber Lotte musste lachen, auch wenn es weit weniger herzlich klang als normalerweise. Doch sie bewegte sich. An die Wand gequetscht, den Blick nur auf die Stufen gerichtet, festgekrallt an das Geländer tastete sich Lotte vor. Tilly sprang voraus und verkündete in regelmäßigen Abständen, wie viele Stockwerke noch zu überwinden seien. Der Abstieg dauerte eine gefühlte Ewigkeit. Aber mit jedem

Schritt, mit dem sie sich der glitzernden Wasseroberfläche näherten, entspannte sich Lotte etwas mehr. Schließlich war vor ihnen ein Gitter und hinter dem Gitter war das Wasser. Mit bitterem Unterton sagte sie: „Habe ich erwähnt, dass für mich hochsteigen viel schlimmer ist als runter?" Das konnte ja heiter werden. Beim Anblick des massiven Metallgitters bekam Tilly Zweifel. „Ob das erlaubt ist, was wir vorhaben?" Lotte, die immer noch angespannt wirkte, reichte Tilly wortlos die Tasche. „Klar, das macht hier jeder. Deshalb gibt es auch das Gitter." Tilly nahm die Tasche und sagte vergnügt: „Ich vermute du meinst das ironisch, oder?" „Ach was!", kam als Antwort zurück.

Tilly zog sich aus. Sie kam sich etwas komisch vor. Lotte nahm ihre Kleidung entgegen und drehte sich bei den letzten Kleidungsstücken so, als müsse sie die Einkerbungen auf der Wand begutachten. Tilly entledigte sich auch noch ihrer Unterwäsche, schlüpfte in den Shorty und zog die Hand- und die Schwimmschuhe an. Nun musste sie nur noch über das Gitter kommen. Lotte verstaute ihre Kleidung in der Tasche und bat sie wirklich sehr vorsichtig zu sein, sie hätte keine Lust sie retten zu müssen. Dann half sie ihr über das Gitter direkt auf die erste Stufe unter Wasser. Das Wasser war wirklich eisig kalt. Doch auch Tillys Anspannung wuchs. Vor lauter Aufregung spürte sie das kalte Wasser fast nicht. „Auf dem Bild ist das Kreuz direkt unter der Treppe. Am besten du schwimmst hin, tauchst ab und schaust, was da ist." Tilly fing an zu schwimmen. Bei den ersten Zügen schwappte das kalte Wasser in den Anzug und nahm ihr fast die Luft. Doch langsam wurde das Wasser im Anzug wärmer und sie schwamm schnell hinter die Treppe. Sie tauchte mit dem Kopf unter und leuchtete mit der Taschenlampe die Wand ab. Das Wasser war erstaunlich klar. Doch das Gesicht und die Augen schmerzten. Lange würde sie das nicht aushalten. Sie versuchte nach unten zu tauchen und musste alle Kraft gegen das Neopren aufwenden, dass sie nach oben zog wie ein Korken. Sie entdeckte in der Wand einen eisernen Haken. Wenn sie den erreichen würde, konnte sie sich daran nach unten ziehen. Sie packte ihn und…sah Ottilie. Auch sie trug einen Shorty, allerdings aus weißem Stoff und ihre Taille war mit einem Korsett geschnürt. Ärmel und Hosen erinnerten etwas an Pumphosen und flatterten lahm im Wasser. Auch sie tauchte mit offenen Augen. Tilly beobachtete, dass auch Ottilie sich mit der rechten Hand an dem Haken festhielt und mit der linken einen Stein in der Mauer entfernte. Tilly konnte es fast nicht glauben. Sie war in der Vergangenheit und sah Ottilie zu, wie sie etwas versteckte. Doch Tillys Köper war im hier und jetzt und etwas in ihr schrie nach Sauerstoff. Sie ließ den Haken los und tauchte auf, nicht ohne sich die Stelle zu merken, an der Ottilie damals den Stein entfernt hatte. Sie hörte Lotte nach ihr rufen. Sie schwamm kurz unter der Treppe hervor und winkte.

Lotte war sichtlich erleichtert. „Komm lieber raus Tilly, das war eine blöde Idee. Ich war eben schon kurz davor selbst ins Wasser zu springen und dich zu retten. Was hast du gemacht? Wo warst du so lange?" Tilly nahm durchaus die Angst wahr, die in Lottes Stimme mitschwang, aber jetzt, wo sie wusste, wo sie suchen musste, konnte sie noch nicht herauskommen, auch wenn sie Arme und Beine kaum mehr spürte. So locker wie nur möglich trällerte sie: „Ich komme gleich, mach dir keine Sorgen!" und schwupp, tauchte sie ab.

Sie erreichte den Haken und sofort tauchte Ottilie wieder auf, doch diesmal drückte sie sie weg und entfernte selbst den Stein aus der Mauer. Es ging einfacher als sie erwartet hatte und als sie in das Loch fasste, bekam sie ein kleines Kästchen zu fassen. Es war aus Holz und als sie fest zupackte, fürchtete sie, es könnte in ihrer Hand zerbröseln, so morsch schien es zu sein. Doch dann hatte sie es, ließ den Haken los und tauchte auf. Voller Triumph schwamm sie an die Stelle zurück, an der Lotte, die furchtbar erleichtert schien, ihr über das Gitter helfen konnte. Lotte schloss sie sofort in die Arme. Tilly zitterte am ganzen Leib. Sie reichte Lotte das Kästchen und schälte sich aus dem Shorty. Diesmal war es ihr egal, ob Lotte sie nackt sah. Sie wollte nur so schnell wie möglich in ihre warmen Klamotten. Die Haut ihrer Arme und Beine brannte wie Feuer und ihr Gesicht fühlte sich fast an, als hätte sie Fieber. Kaum war sie wieder angezogen, rubbelte Lotte an ihr, als gälte es ihr die

Haut vom Körper zu schrubben. Lotte sah wirklich elend aus. Sie musste sich wirklich furchtbar Sorgen gemacht haben. Sie sprachen kein Wort. Lotte packte die nassen Sachen mit dem Kästchen zurück in die Tasche und zog die Wollmütze über Tillys nasse Haare. Dann stiegen sie die Treppe wieder hoch. Lotte lief wie schon auf dem Weg runter, eng an der Wand. Und so schnell, dass Tilly, die behindert durch die Lederhose, die nun an ihren Beinen zu kleben schien, kaum die hohen Stufen hinterherkam. Als sie schon fast oben waren, schaute der Mann vom Eingang auf einmal durch die Tür und fragte, ob alles in Ordnung sei. In Lottes typisch lockerer Stimme rief sie ihm entgegen: „Oh vielen Dank für Ihre Sorge. Alles in Ordnung. Ich hab nur etwas Höhenangst und traute mich zunächst nicht mehr nach oben. Runter geht's immer, aber hoch, wissen Sie, ich unterschätze das immer, was die Angst so mit einem macht. Ohne meine kleine Freundin hier, wäre ich wohl nie wieder hochgekommen." Sie lachte etwas künstlich, was der Mann aber sicher als Scham fehlinterpretierte. Oben angekommen, ließ sie Tilly den Vortritt, was sie sicher einiges kostete, da sie bestimmt so schnell wie möglich das tiefe Loch verlassen wollte. Aber so konnte sie die Tasche, die etwas verdächtig zu tropfen anfing hinter ihrem Rücken verbergen. Der Mann bat sie ihre Masken wieder aufzuziehen, fragte, wie es ihnen gefallen habe und Lotte und Tilly, beide etwas außer Atem, versicherten, dass es beeindruckend gewesen sei. Der

Mann verschwand wieder hinter seiner Glasscheibe und Lotte und Tilly verließen freundlich winkend und tropfend das Gebäude.

Tilly platzte fast vor Neugierde, was sich in dem Kästchen befand, aber Lotte machte keine Anstalten stehenzubleiben und schimpfte sich selbst, dass sie Tilly so etwas Gefährliches abverlangt hatte. Tilly musste Stein und Bein schwören, es niemals, wirklich niemals ihrer Mutter zu erzählen. Lotte lief mit riesigen Schritten durch die kleinen Gassen in Richtung Hauptstraße, so dass Tilly kaum hinterherkam. Die Sonne schien und wärmte, wenn immer sie nicht von den hohen Häusern um sie herum verdeckt wurde. Schließlich betraten sie gemeinsam ein Café und nahmen, nach Vorzeigen des Impfzertifikats, Platz. Das Café war moderner eingerichtet, sachlicher als das Café, dass sie am Morgen besucht hatten. Lotte verschwand kurz auf die Toilette und kam triumphierend zurück. Es gab wohl einen elektrischen Händetrockner und Lotte forderte Tilly auf, sich ihr Haar damit zu trocknen. „Wenn ich dich so mit aufs Moped nehme, holst du dir sonst den Tod." Tilly war unwillig, sie wollte lieber schauen, was in dem Kistchen war. Aber Lotte war anderer Meinung. „Lass es uns zu Hause öffnen. Es ist schon langsam spät, wir müssen noch zwei Stunden fahren und ich möchte nicht lauter fremde Leute um uns haben, wenn wir es uns genauer anschauen." Tilly war enttäuscht, ging dann aber in die Toilette und föhnte sich die Haare trocken.

Nachdem sie sich aufgewärmt und gezahlt hatten, verließen sie das Café und traten in die Sonne, die draußen auf der Straße schien. Sie liefen zurück zum Motorrad und nachdem Lotte den Tankrucksack aus der Boutique geholt hatte und die Tasche mit dem noch feuchten Shorty und dem Kistchen darin verstaut hatte, ratterten sie nach Hause zurück. Lotte war erstaunlich wortkarg, was Tilly so interpretierte, dass sie sich immer noch Vorwürfe machte, dass sie Tilly in Gefahr gebracht hatte. Tilly war da ganz anderer Meinung. Besser hätte es nicht laufen können, und während sie hinter Lotte auf dem Motorrad saß und sich an sie klammerte, kehrte sie gedanklich noch mal ins Wasser zurück. Sie hatte keine Angst gehabt und ihre Begegnung mit Ottilie unter Wasser, hatte sie Kälte und Dunkelheit völlig vergessen lassen. Sie hatte Lotte noch nicht davon erzählt, wusste nicht, wie Lotte reagieren würde, wenn sie es ihr erzählte. Sie hatte ja noch rechtzeitig gemerkt, dass sie den Haken loslassen und auftauchen musste. In Ottilies Erinnerung war alles irgendwie heller gewesen und das Wasser weniger kalt. Lotte hatte ganz am Anfang von den Gefahren erzählt, die das Reisen mit sich brachte. War das so eine Situation gewesen, dass man nicht merkte, dass es kalt war, dass einem Sauerstoff fehlte? Und warum war ihre Mutter so ängstlich, was das Reisen betraf? Doch nicht nur, weil andere einen für verrückt halten konnten. Das Brummen des Motorrads ließ ihre Gedanken zurückschweifen zu dem, was sie die letzten Tage erlebt hatte. Es fühlte sich an, als wäre sie schon seit einer halben Ewigkeit bei Lotte und doch waren es gerade mal ein paar Tage, die ihr ganzes Leben verändert hatten. Wie hatte sie es vorher nicht merken können, dass sie reisen konnte? Oder hatte sie es vielleicht sogar manchmal gefühlt, aber gedacht, dass es nur ihre Fantasie war? Sie ging noch mal ihre Reisen durch. Der Marktplatz, der Junge, der mit dem Auto spielte, Paris, Friedberg. Am liebsten hätte sie sich alles jetzt noch mal genauer angeschaut, wäre vor Ort auf Entdeckungsreise gegangen. Der Keller, mit all den Vorräten. Alles schien auf einmal spannend, alles schien auf einmal interessant. Obwohl die Sonne noch nicht untergegangen war, nahm langsam die Helligkeit ab und bleierne Müdigkeit überfiel sie. Das Brummen des Motors lullte sie ein. Als Lotte bremsen musste, stieß sie heftig mit ihrem Helm an Lottes Helm und schreckte zusammen. Sie war doch nicht etwa eingeschlafen? Lotte fuhr diesmal durch. Tilly war es recht. Irgendwie kam ihr der Rückweg eh erheblich kürzer vor.

Bei Lotte zuhause angekommen, schälten sich beide aus den Motorradklamotten. Lotte räumte den Tankrucksack weg und bat Tilly die Hose und die Jacke wieder nach oben zu bringen und wegzuräumen. Sie selbst würde nur schnell zum Nachbarn rüberspringen und Helm, Handschuhe und

Nierengurt zurückbringen. Tilly tat wie ihr geheißen. Ein bisschen kam es ihr vor, als wolle Lotte Spuren verwischen. Als Lotte zurück war erinnerte nichts mehr daran, dass sie überhaupt weg gewesen waren. Nur die Tasche mit dem Shorty und dem Rest, inklusive dem Kästchen lag noch auf dem Küchentisch. Vorsichtig holte Lotte das Kästchen aus der Tasche und stellte es auf den Tisch. Tilly war so gespannt, sie glaubte gleich vor Neugierde zu platzen. Doch Lotte hängte zuerst die anderen Sachen inklusive der Tasche zum Trocknen auf. „Nun bist du stolze Besitzerin eines Shortys. Wir müssen uns nur noch überlegen, wie du da drangekommen bist." Tilly verstand nicht. „Na, hier im Dorf hast du ihn bestimmt nicht gekauft. Hier gibt's so was gar nicht und es sollte schwer werden deiner Mutter zu erklären, dass wir ihn beim Bummeln in Friedberg gekauft haben. Ich schlage vor, dass er ein Geschenk vom Nachbarn war, was sagst du?" Tilly nicke eifrig. Eigentlich belog sie ihre Mutter nicht gern, aber in diesem Fall musste sie zugeben, dass eine kleine Notlüge die Nerven ihrer Mutter erheblich schonen würde. Das erste Mal war sie heilfroh, dass ihre Mutter die Wahrheit nicht über eine Berührung des Shortys herausbekommen konnte. Was sie sehen würde, würde sie sicherlich nicht erfreuen. Lotte schien Ähnliches durch den Kopf zu gehen. „Ganz ehrlich, ich belüge Lisa nicht gern, aber das hier ist was anderes. Aber es sollte nicht zur Gewohnheit werden. Im Grunde ist sie ja eine ganz tolle Mutter, die es sicher nicht verdient hat, belogen zu werden." Lotte sagte das mehr zu sich selbst als zu Tilly. Sie saßen beide am Tisch und starrten auf das Kästchen. Das feuchte Holz glänzte und obwohl es fast auseinanderzufallen schien, konnte man trotzdem nicht sehen, was sich darin befand. „Ich hab Hunger", unterbrach Lotte ihr Schweigen und Tilly fiel erst jetzt auf, dass sie den ganzen Tag so gut wie nichts gegessen hatten. Trotzdem kam Lottes Äußerung zu einem sichtlich unpassenden Zeitpunkt. War Lotte denn gar nicht neugierig? Fast kam es ihr vor, als wolle Lotte das Öffnen der Kiste herauszögern. Als könnte Lotte ihre Gedanken lesen, sagte sie: „Ich hab so viel erfahren über Ottilie in den letzten Jahren, aber irgendwie kam ich dann auch nicht mehr weiter. Ich war mit ihr in den USA vor der Jahrhundertwende, nach der Jahrhundertwende, in Paris, in London, in Italien. Ich hab so viel gesehen, so viel erfahren. Und jetzt liegt vor uns ein Kästchen und vielleicht wird der Inhalt alle, oder zumindest ein paar, meiner offenen Fragen beantworten. Und einerseits würd ich mich am liebsten gleich draufstürzen, andererseits genieße ich gerade mein Kopfkino, dass sich ausmalt, was wir gleich entdecken werden." Tilly glaubte zu verstehen. Lotte kannte Ottilie schon viel länger als sie, beide hatten schon viel Zeit miteinander verbracht. Trotzdem war Lotte nie auf den Gedanken gekommen, dass vielleicht auch Ottilie eine Reisende gewesen war. Und bestimmt hätte sie Ottilie am liebsten tausend Fragen gestellt. Aber als Reisende, hatte man diese Möglichkeit nicht. Man konnte nur zuschauen, zuhören, die Umgebung anschauen. Fragen blieben unbeantwortet, es sei denn der Zufall kam der Reisenden zu Hilfe.

Lotte holte Brot, Butter, Käse und Wurst und zwei Brettchen. Beide stürzten sich aufs Essen, nicht ohne ab und zu einen verstohlenen Blick aufs Kästchen zu werfen. Dann endlich, als beide satt waren und Lotte wieder alles weggeräumt hatte, war der Zeitpunkt gekommen. Lotte hatte feierlich eine Kerze angezündet und Tilly und sich einen Tee gemacht. Draußen war es nun dunkel.

-15- DER APFEL FÄLLT RECHT WEIT VOM STAMM

Lotte schob das Kästchen rüber zu Tilly. Als Tilly es berührte, passierte nichts. Tilly fragte sich, ob Holz keine Erinnerungen speichern konnte, oder ob Erinnerungen abwaschbar waren. Hatte das Wasser sie weggespült? Sie schaute Lotte fragend an. Aber die nickte nur aufmunternd. Tilly hob den Deckel des Kästchens und hatte ihn sogleich in der Hand. Die kleinen Scharniere hatten der Zeit und dem Wasser nicht standgehalten und zerbröselten zu braunem Rost. Im Kästchen lag etwas, das in einen Lumpen eingewickelt war oder was von dem Lumpen noch übrig war. Auch er löste sich förmlich auf, als Tilly ihn in die Hände nahm und den darin befindlichen Gegenstand auswickelte. Zum Vorschein kam etwas Glänzendes, dass sich als silbernes Armband entpuppte. Und, obwohl auch die Oberfläche des Armbands unter dem Wasser und den Jahren gelitten hatte, so war es noch völlig intakt. Zunächst dachte Tilly, dass es sich an eine Aneinanderreihung von Schmetterlingen handelte, die alle einen schwarzen Körper hatten, doch als sie vorsichtig mit dem Lumpen daran reib, wurden die Körper rot und was zuvor Schmetterlingsflügeln ähnelte wurde nun zu verspielten Halbkreisen, die sich um die roten Steine anordneten. Das Armband gefiel Tilly auf Anhieb. Noch berührte sie es nicht, sondern hielt es auf dem Lappen so, dass auch Lotte es gut sehen konnte.

„Na, dann los! Mal sehen, was uns dieses Schmuckstück an Erkenntnis schenkt." Lotte und Tilly berührten das Armband gleichzeitig. Der Raum erzitterte und sie befanden sich in einem Zimmer, in dem wie in Lottes Küche zuvor, lediglich eine Kerze brannte. Ottilie saß an ihrem Schreibtisch und hielt das Armband in der Hand. Sie ließ es zwischen ihren Fingern hindurchgleiten und betrachtete es. Dann fing sie an zu sprechen. „Wenn alles so klappt, wie ich mir das vorgestellt habe, dann sollten Sie, Madame, mich jetzt sehen." Sie blickte sich im Raum um, als suche sie etwas. Dann stand sie mit dem Armreif in der Hand auf und stellte sich vor einen Spiegel. Mehr zu sich selbst sagte sie. „So ist es einfacher und ich komme mir nicht ganz so albern vor. Wenn Sie da sind, stellen Sie sich doch vor den Spiegel, dann ist es fast so, als würde ich Sie ansehen." Tilly und Lotte stellten sich vor den Spiegel und es war wirklich fast so, als sehe Ottilie sie an. „Wenn ich mit meiner Theorie richtig liege, sollten Sie weiblich sein und entweder Liese-Lotte oder Ottilie heißen." Lotte und Tilly sahen sich erstaunt an. „Ferner sollten Sie eine Patin haben, die selbst eine Reisende war oder ist. Vielleicht ist sie sogar bei Ihnen. Sie haben die Uhr von Erika erhalten und haben so die Briefe und den Ring gefunden." Tilly schaut zu Lotte und flüsterte. „Was für einen Ring?" Lotte zuckte mit den Achseln. „Erika hat also wie versprochen dafür gesorgt, dass das alte Familiengrab erhalten geblieben ist, das freut mich." Lotte flüsterte: „Erika ist die Tochter von Martha, sie, beziehungsweise ihr Bruder Otto, hat meinen Eltern das Haus in Friedberg vererbt und eine ganze Menge von alten Briefen und anderen Sachen, die ich seitdem zum Reisen benutze. Letztendlich kam ich durch sie auf Ottilie." Ottilie, die immer noch mit dem Schmuckstück in der Hand spielte wurde traurig. „Es kann natürlich auch sein, dass niemand jemals diese Erinnerung findet." Doch dann lächelte sie. „Doch warum sollten mich meine Gefühle täuschen? Und vielleicht ist es in den Zeiten, in denen Sie leben ja völlig normal in die Vergangenheit zu reisen. Vielleicht haben Sie Raum und Zeit längst überwunden und Menschen wie Sie und ich sind nur wenige unter vielen. Oh, das wäre sicher schön. Man könnte mit den anderen über das Erlebte reden, ja diskutieren, ohne für verrückt erachtet zu werden." Sie machte wieder eine Pause. „In Ermangelung eines geeigneten Gesprächspartners, erwählte ich diesen Weg, um meine Theorien zu teilen, ja zu rechtfertigen, vor Ihnen, meine Dame" Tilly und Lotte waren wie gebannt. Obwohl Ottilie einen Monolog hielt, war es wirklich fast so als spräche sie mit ihnen. „Wie wird man zu einer Reisenden? Nun, eine Reisende übernimmt eine Patenschaft, gibt den Namen. Ich weiß nicht, ob es jeder Name sein kann, aber meine Patin hieß Liese-Lotte, auch wenn man sie anders rief. Ich heiße Ottilie. Das Kind, das ich gewählt habe, habe ich, wie sie auch schon wissen sollten, Liese-Lotte genannt und hoffe, dass ich Recht behalte. Dass ich das zweifelhafte Vergnügen hatte eine andere Reisende zu treffen, die nicht Liese-Lotte oder Ottilie hieß, wissen Sie ja schon von dem Ring. Diese Begegnung kann ich nach wie vor nicht so recht einordnen." Wieder tauschten Lotte und Tilly Blicke.

„Meine Patin starb, noch bevor ich ihr irgendwelche Fragen stellen konnte. Als ich merkte, dass ich eine Reisende war, wusste ich nicht, wie mir geschah. Aber es eröffnete mir so viel Wissen, so viel Erfahrung, dass ich mich entschied Lehrerin zu werden." Lotte nutzte die Pause die Ottilie in ihrem Monolog machte, um Tilly zuzuflüstern: „Das war bei mir so ähnlich, auch meine Patin, sie hieß übrigens Ottilie, wurde aber Till genannt, konnte mich nicht mehr einweisen und ich musste alles selbst herausfinden." Doch als Ottilie wieder zu reden begann, verstummte Lotte sofort wieder. „Dass ich als Lehrerin nicht heiraten durfte, störte mich zunächst nicht. Als ich jedoch sah, dass in England, in Italien und in den USA Frauen Lehrerinnen und verheiratet sein konnten, auch wenn sie es oft nicht waren, entschloss ich mich nach Amerika auszuwandern. Allein die Sorge um meine Eltern hinderte mich lange, diese Entscheidung nicht nur zu treffen, sondern auch durchzuführen. Nun, da ich nach dem Tod meiner Mutter auch den Tod meines Vaters zu beklagen habe, werde ich in die USA gehen und, wenn das Glück mir bis dahin hold sein sollte, werde ich dort Michael heiraten." Tilly schaute Lotte fragend an. Die schüttelte nur mit dem Kopf. „Keine Ahnung wer Michael ist. Aber es könnte der Engländer sein, den sie kennengelernt hat, als sie in London war." Lotte winkte ab. „Erzähl ich dir später." Ottilie sprach weiter. „Doch das werde ich davon abhängig machen, ob er es mit einer Frau, wie ich eine bin, aushalten kann. Ich habe noch so viel vor. Doch zunächst will ich Ihnen all das mitteilen, was ich gebraucht hätte, was mir geholfen hätte, und hoffen, dass das Reisen auch hierzulande erhalten bleibt. Es sind Erfahrungen, gemischt mit Vermutungen, geteilt unter uns Schwestern, denn einen männlichen Reisenden lernte ich nie kennen. Nicht in der Vergangenheit, nicht in der Gegenwart. Es wird nicht über das Blut vererbt, wobei mir immer unklar blieb, ob dies nicht ginge oder ich es einfach nicht sah. So viele Reisende kenne ich nicht. Aber wie funktioniert es? Früher dachte ich, eine Reisende sucht sich ein beliebiges Kind aus und gibt ihm den entsprechenden Namen. Heute scheint es mir eher, als suche sich das Kind die Reisende aus. Ich habe meines noch nicht gefunden." Wieder stockte Ottilie. „Wie aber geht das Reisen vonstatten? Gegenstände eignen sich unterschiedlich gut, Erinnerungen zu speichern. Metall und Glas speichern gut, jedoch ist Glas schwer über die Zeit zu erhalten. Wird ein Gegenstand zerstört, so kann er Erinnerungsteile verlieren, er wird jedoch nicht erinnerungslos. Kleidung und Papier können nur kurze Erinnerungssequenzen speichern. Ebenso Holz.

Flüssigkeiten speichern nichts, wirken fast isolierend, weshalb man auch lebende Bäume schlecht auslesen kann. Immaterielles wie Musik oder Gerüche sind starke Erinnerungsträger, aber nur für die eigenen Erinnerungen. Vereinzelt gelang es mir in Erinnerungen einzudringen, ohne den Gegenstand zu berühren. Das waren jedoch sehr starke Erinnerungen und selten schöne. Sie überfielen mich fast. Normalerweise verlässt man die Erinnerung durch das Loslassen des Gegenstands. Es gibt jedoch Erinnerungen, die so stark sind, dass sie die Reisende so in Bann ziehen, dass man schwer wieder herauskommt. Das kann gefährlich sein. Man kann in einer Erinnerung wiederum Gegenstände berühren und in deren Erinnerung gelangen. Die Versuchung ist natürlich groß. Ich rate jedoch davon ab." Es entstand eine Pause. „Trägt ein Gegenstand mehrere Erinnerungen, so zeigt er immer zunächst die Stärkste. Doch einmal bereist, verliert die Erinnerung an Kraft. Sie wird weiter nach hinten in die Reihenfolge gedrängt, eine andere Erinnerung erhält die Oberhand. Trotzdem ist es möglich eine Erinnerung mehrere Male zu bereisen." Wieder eine Pause. „Gelangt man in eine Erinnerung wirkt alles real, man denkt, man sei wirklich dort. Doch ist man wirklich vor Ort?" Tilly erinnerte sich, dass sie im Schein der Petroleumlampe nur drei Schatten gesehen hatte. Ottilie sprach weiter: „Die Menschen in den Erinnerungen können uns nicht sehen. Sie scheinen uns aber wahrzunehmen.

Sie vermeiden Berührungen. Wir hingegen können sie berühren, was jedoch meist mit einer ängstlichen Reaktion beantwortet wird. Wie ich schon am Anfang unsere recht einseitige Unterhaltung erwähnte, kann ich Sie nicht sehen, liebe Seelenverwandte, und bilde mir doch ein, Sie spüren zu können, obwohl Ihre Reise weit in der Zukunft liegt." Sie streckte ihre Hand in Richtung Tilly und Lotte aus. „Würden Sie mir den zweifelhaften Gefallen tun, und meine Hand berühren?" Tilly tat wie ihr geheißen und Ottilie zog ihre Hand sogleich zurück. „Oh!", sagte sie. „Das ist in der Tat unheimlich." Dann lachte sie. „Ich kann verstehen, dass die Menschen die Berührung mit uns vermeiden. Es fühlt sich mehr wie ein feuchtes, kaltes Seidentuch an, als ein Kontakt mit einem lebenden Menschen. Nun, genau genommen leben Sie ja auch noch nicht." Wieder ein Lachen. Dann wurde sie wieder ernst.

„Ich danke Ihnen meine Dame für diese Erfahrung." Sie lächelte. „Wir haben leider nicht die Zeit, die ich gerne mit Ihnen hätte. Darum nun zum Schluss noch eine wichtige Erkenntnis meinerseits: wir dürfen in Büchern die romantisierte Darstellung der Vergangenheit erleben. Wenn wir sie jedoch bereisen, bleibt von dieser Romantik oft nicht viel übrig. Die Menschen der Vergangenheit waren oft grausam, wirken manchmal dumm oder verblendet. Nicht weil sie schlecht waren, nein, weil die Umstände schlecht sind. Man kann die Menschen hassen lernen, wenn man ihre Geschichte erfährt. Der Blick zurück mit einem modernen Verstand, tut den alten Verhaltensweisen oft unrecht. Es geht um das Verstehen, nicht darum zu urteilen. Sie wussten es nicht besser, erst durch Wissen konnten wir uns zu dem entwickeln, was wir heute sind. Dass dieses Wissen bis heute vor allem durch Männer weitergegeben wird, ist eine Schande und ich erhoffe mir inständig eine Besserung in der Zukunft. Nicht nur in Amerika, auch hier im neuen Deutschland und allen anderen Ländern, in denen es noch nicht normal ist, dass Frauen dasselbe lernen dürfen, wie die Männer. Und wenn Sie, meine Liebe, denken, in einer schwierigen Zeit zu leben, so bitte ich Sie an die vergangenen Zeiten zu denken. Sie werden sehen, Ihr Problem wird sich fast immer sogleich relativieren. Und nicht nur dafür ist es von Wert sich mit den Erinnerungen anderer zu befassen. Erst vor kurzem veröffentlichte George Santayana eine Schrift, in der er folgendes erklärte „Wer sich nicht seiner Vergangenheit erinnert, ist verurteilt, sie zu wiederholen". Und ja, ich stimme ihm zu, wir müssen die Vergangenheit kennen. Nicht nur die der Herrschenden, nicht die aus den Geschichtsbüchern, auch die der Leute, die einfach lebten. Nur so können wir verstehen, woher wir kommen und wer wir sind. Was wir besser tun oder besser lassen sollten. Und wir Reisenden können dazu beitragen. Wir können mehr verstehen als die, die nur Bücher haben. Wir können

Erinnerungen sehen, können eintauchen in das echte Leben. Wir wissen, dass nahezu jeder alte Gegenstand eine Geschichte hat. Sie zu bewahren, ohne sich mit zu viel Ballast zu beschweren, ist eine große Aufgabe." Lotte errötete leicht und Tilly musste unwillkürlich an die vielen Kartons in Lottes Scheune denken. „Im Übrigen, speichert Jeder und Jede Erinnerungen in Gegenständen, Reisende jedoch sind sich der Speicherung bewusst, und können, so wie bei diesem Schmuckstück, gezielt Erinnerungen hinterlassen."

Ottilie kehrte zurück zu ihrem Schreibtisch. „Ich werde diese Erinnerung nun verpacken, sie soll nichts Weiteres speichern. Dann bringe ich sie in die Mikwe wissend, dass Ihr sie dort findet, dass eine Reisende das Armband dort findet, die darin mehr sieht als ein schönes Schmuckstück."

Ihr Rendezvous mit Ottilie war beendet. Tilly und Lotte saßen wieder im Kerzenschein in Lottes Küche. Beide berührten noch das Armband, doch nichts passierte. Tilly fand zuerst ihre Worte wieder. „Du heißt eigentlich Liese-Lotte?", fragte sie. Lotte lächelte und nickte. „Aber Lotte gefiel mir immer besser." Und etwas verschämt. „Liese-Lotte fand ich immer etwas altbacken." Tilly sagte nichts zum Thema Ottilie, anders als bevor sie zu Lotte gekommen war, fand sie den Namen mittlerweile gar nicht mehr so schlimm.

-16- HURRA, HURRA DIE SCHULE BRENNT

Die restliche Zeit bei Lotte war wie im Flug vergangen. Sie unterhielten sich immer wieder darüber, was sie durch den Armreif gesehen und gehört hatten. In den nächsten Tagen hatten sie Holz gemacht, was erstaunlich viel Spaß machte, Hildegard besucht und Lotte hatte den ein oder andern Karton für sie geöffnet. Sie hatte die Biedermeierzeit gesehen, die ihrem Namen alle Ehre machte, und war mit Ottilie in New York kurz nach der Jahrhundertwende gewesen. Natürlich nahm sich Tilly auch zwischendurch die Gegenstände in Lottes Wohnung vor. Eine schon etwas beschädigte Tasse brachte ihr erhellende Einblicke über die Zeit, in der Lotte mit ihrer Mutter zusammen in einer WG gelebt hatte. Sie lernte aber auch immer besser sich gegen ungewollte Erinnerungen zur Wehr zu setzten und konnte am Schluss ohne jedes Problem mit ihrer Mutter telefonieren. Keine weinenden Frauen, keine Männer die auf Schreibmaschinen herumhackten. Dann waren die Herbstferien zu Ende und ihre Mutter hatte sie wieder abgeholt. Tilly wäre am liebsten noch geblieben.

Nun saß Tilly im Unterricht. Sie hatten Gesellschaftslehre. Seit sie von Lotte gezeigt bekommen hatte, wie man reisen konnte, hatte sie gehofft, dass sich ihr neu erlangtes Wissen auch in besseren Schulnoten in diesem Fach niederschlagen würde.

Doch der Gesellschaftskundelehrer hatte ganz offensichtlich eine andere Auffassung von dem, was wichtig oder unwichtig war zu wissen. So wollte er ihr doch partout nicht glauben, dass Bismarck große Angst vor Pferden gehabt hatte und wie die Unterwäsche in dieser Zeit so aussah oder was es bei Bismarck zum Abendessen gegeben hatte. Alles zuverlässige Informationen, die sie von einer Haarspange einer Haushälterin Bismarcks erhalten hatte, nachdem sie Lotte ihr Leid geklagt hatte, dass sie die Gründung des Deutschen Reichs einfach furchtbar langweilig fand. Stattdessen erörterte ihr der Gesellschaftskundelehrer das Verhältnis Napoleons III zu Bismarck und den Folgen für Deutschland und Frankreich. Langweilig! Ihr Smartphone piepste. Eine SMS. Wie oldschool! Sie wurde ganz aufgeregt. Oldschool? Das musste von Lotte sein. Doch wenn sie jetzt schaute, was Lotte geschrieben hatte, riskierte sie es, ihr Smartphone abgeben zu müssen. Sie musste also bis zur Pause warten. Deutsche Reichsgründung, 1870/71, da war Ottilie gerade mal 2-3 Jahre gewesen und da es kriegerische Zeiten gewesen waren, gab es entsprechend wenig aus dieser Zeit, dass es erlaubte dort hinzureisen. Nicht einmal Lottes Familie, die keine armen Leute gewesen waren, hatten damals viel gehabt. Fotos, die Lotte ihr gezeigt hatte waren entweder davor oder lange danach entstanden. Entsprechend war diese Zeit für Tilly wie ein schwarzes Loch.

Der Lehrer riss Tilly aus ihren Gedanken. „Tilly, kannst du mir sagen, wer Helene Lange war?" Tilly hatte keine Ahnung. Sie wusste nur dass in Mannheim eine Schule nach ihr benannt wurde, das so genannte Kochlöffel-Gymnasium. Sie zuckte cool mit den Schultern. Der Lehrer schüttelte enttäuscht den Kopf. „Aber du als junge Dame müsstest doch wissen, wer Helene Lange war." Er sah sie tadelnd an. Tilly hasste es, wenn man sie so ansah. „Aber Herr Schlechter, warum sollte denn gerade ich, als junge Dame, das wissen müssen?" Herr Schlechter schüttelte wieder mit dem Kopf. „Weil Helene Lange eine wichtige Persönlichkeit für die deutsche Frauenbewegung war." Tilly wurde trotzig und das konnte sie wirklich gut. Herrn Schlechter imitierend schüttelte sie nun enttäuscht mit dem Kopf. „So, so und ich dachte immer, dass die Emanzipation der Frauen für beide Geschlechter wichtig wäre. Aber wissen Sie Herr Schlechter, ich bin gerne bereit alles über die Frauen der Geschichte zu lernen, wenn die Jungs dann alles über die Männer lernen." Herr Schlechter konnte ein Lächeln nicht verbergen. „Das wäre aber ihren Klassenkameraden gegenüber nicht gerade fair, schließlich gibt es viel weniger Frauen in der Geschichte als Männer." Er bemerkte seinen Fehler erst, als er den Satz ausgesprochen hatte. Tilly grinste nun über beide Backen. „Ach, und ich dachte das Geschlechterverhältnis zwischen Männern und Frauen hätte sich seit Jahrtausenden nicht verändert. Aber wenn wir uns auf eine klare Geschlechtertrennung nicht einigen können, dann könnten sie ja jetzt Constantin fragen, was er über Helene Lange weiß." Constantin knuffte sie ärgerlich in die Seite. Der Lehrer aber schüttelte lachend den Kopf. „Tilly, Tilly, nie um eine Antwort verlegen. Also Constantin, was kannst du mir über Helene Lange berichten." Natürlich wusste Constantin genauso wenig über Helene Lange wie Tilly. Sie erfuhren, dass Helene Lange schon früh dafür gekämpft hatte, dass Mädchen so wie Jungen die höhere Schule machen konnten. Sehr erfolgreich war sie allerdings zunächst nicht gewesen. Die Geschichte von Helene erinnerte Tilly etwas an Ottilies Leben, Helene Lange war jedoch nicht nach Amerika ausgewandert und auch über andere spannende Reisen wusste ihr Lehrer nichts. Als Tilly gerade nach dem Lehrerinnenzölibat fragen wollte, klingelte es. Sie nahm es sich für die nächste Geschichtsstunde vor.

Erst als die meisten ihrer Mitschüler das Zimmer schon verlassen hatten, kramte Tilly das Smartphone hervor. Es war tatsächlich eine SMS von Lotte. Sie las: „Hi Tilly, Lust auf Grabpflege in Friedberg am WE? Wir fahren aber mit dem Auto." Mit was auch sonst dachte Tilly verschmitzt und dachte an ihre erste Motorradtour mit Lotte, von der sie leider niemandem erzählen durfte. Sie hatte es nicht einmal ihrer besten Freundin gesagt und das hatte sie einiges gekostet. Jeder Andere, der die SMS gelesen hätte, hätte sich gefragt, ob eine

12-jährige nichts Besseres zu tun hatte als am Wochenende Grabpflege zu betreiben. Doch im Armband von Ottilie, das Tilly momentan immer anhatte, hatte diese einen Ring erwähnt und das Grab der Familie Rumpf. Und seitdem suchten sie und Lotte beim Familiengrab den Ring. Und da man die lieben Verwandten nicht ausbuddeln wollte, tarnten sie ihre intensive Suche als Grabpflege. Das Familiengrab hatte noch nie so ordentlich ausgesehen, den Ring hatten sie jedoch nicht gefunden. „Klar, weiß Mama Bescheid?", schrieb sie zurück. Es kam keine Antwort. Ihre Mama behauptete manchmal, dass Lotte auf Fragen via SMS einfach nickte, statt zu antworten. Aber wahrscheinlich tat sie gerade etwas anderes und hatte ihr Handy schon wieder weggelegt. Sie würde heute Abend mit ihrer Mutter sprechen und dann noch mal kurz mit Lotte telefonieren. Über Festnetz, auch so eine seltsame Angewohnheit von Lotte.

Sie verließ das Klassenzimmer und lief den anderen Schülern folgend zum nächsten Klassenraum. Ihre Hand strich beim Laufen die Wand entlang. Der Gang erzitterte und sie sah Schüler aus vorherigen Zeiten die Gänge entlangeilen. Sie machte das zwischendurch mal ganz gerne. Anhand der Kleidung konnte sie mittlerweile zielsicherer ausmachen, ob sie sich gerade in den Sechzigern, Siebzigern oder Achtzigern befand. Alles danach jedoch wurde dann immer schwerer. Constantin unterbrach sie in ihren Gedanken und holte sie zurück. „Das war nicht nett von dir!", sagte er. Tilly konterte. „Wusste nicht, dass du das Wort „nett" innerhalb des Schulgebäudes kennst." Das war wirklich eine lustige Sache. Constantin und Tilly verstanden sich eigentlich prächtig. Wenn sie nicht in einer Klasse saßen, beziehungsweise in der Schule waren. Dann war er richtig ätzend. Doch kaum war die Schule aus und sie fuhren in der Straßenbahn nach Hause, war er freundlich, interessiert, ja nahezu ein Gentleman der alten Schule. Tilly verstand das nicht, fand es anstrengend. Constantin boxte ihr auf den Oberarm und rannte davon. Tilly rieb sich die Stelle. Wenn sie Lotte Glauben schenken durfte, bedeutete dies bei einem Jungen, dass er sie mochte. Jetzt kam sie an den Ort, den sie insgeheim am meisten liebte. Auch wenn dies vielleicht etwas gemein war. In den Achtzigern hatte hier ein Junge, dem sie eine gewisse Ähnlichkeit mit Herrn Schlechter nicht absprechen konnte, einen Versuch mit einer Blechdose, Schwarzpulver und einer kleinen Zündschnur durchgeführt. Das darauffolgende Chaos war immer wieder belustigend anzuschauen. Natürlich war das gemein, sie konnte die Angst in den Augen der Schüler sehen. Doch sie wusste, dass damals außer einem schwarzen Loch im Steinfußboden nicht viel geschehen war. Und drum bückte sie sich, um so zu tun, als würde sie sich die Schuhe neu zubinden und berührte kurz genau dieses schwarze Loch. Der Lärm des Feueralarms war ohrenbetäubend und die Blechdose stank, dass es eine wahre Pracht war. Es war Tillys kleine Rache, wenn sie die Schule mal wieder nervte. Und die Schule nervte sie oft. Zu viel Uninteressantes, dass sie auf die Schnelle in ihr Hirn pressen sollte. Danke Helene, dachte sie kurz, um sich dann aber an Emmy und Martha zu erinnern. Wenn Sticken oder Kochen die Alternative war, konnte sie sogar Mathe was abgewinnen. Apropos Mathe, sie musste sich beeilen, um nicht zu spät zu kommen.

Am Abend rief Lotte an. „Ich dachte mir, ich hole dich am Freitag nach der Schule ab und wir fahren zusammen in mein Wochenend-Domizil. Am Samstag fahren wir dann morgens früh nach Friedberg. Sonntag bringe ich dich dann wieder zurück." Tilly freute sich, aber im Hintergrund lief gerade ihre Lieblingsserie und davon wollte sie eigentlich so wenig wie möglich verpassen. „Klingt super! Willst du noch mit Lisa reden?", fragte sie deshalb und drückte das Telefon ihrer Mutter in die Hand. Kurz später saß sie wieder auf dem Sofa. „Früher war ich ja bei dir eingeladen. Jetzt also nur noch meine Tochter, so, so.", sagte Lisa zu Lotte. Aber Tilly wusste, dass es ihre Mutter durchaus genoss, mal ein Wochenende für sich allein zu haben. Und ihre Stimme klang auch eher vergnügt als verärgert. „Aber ich bin ja froh, dass du das Kind mal vom Fernseher weglockst. Ihr sucht also wieder nach dem Ring?" Tilly hatte ihrer Mutter von dem Armband erzählt und was sie gesehen hatte. Wie sie an das Armband gekommen waren, hatte sie jedoch nicht erwähnt und ihre Mutter hatte auch nicht gefragt. Überhaupt nahm es ihre Mutter mit Fassung, dass Tilly nun ab und zu nicht so recht ansprechbar war und fragte immer recht interessiert, was sie so gesehen hatte. Man merkte, dass sie das Reisen schon von Lotte kannte. Nur wenn Tilly allzu vehement bettelte, ob sie sich die alten Erbstücke ihrer Großmutter ansehen dürfe, war Lisa manchmal etwas genervt. „Als ob du nicht genug Zeug hättest, um deine kleinen Reisen zu unternehmen", sagte sie dann und spielte auf das Kästchen an, dass Lotte ihr zu ihrem 12ten Geburtstag geschenkt hatte und in dem sie nun alles verwahrte, womit man eine kleine Reise unternehmen konnte.

Ihre Mutter redete noch eine Weile mit Lotte und kam dann zu Tilly ins Wohnzimmer. „Lotte sagt, du sollst dir warme Sachen einpacken, das Haus ist nicht geheizt und bis es da warm wird, kann es etwas dauern. Außerdem sollst du feste Handschuhe einpacken, Lotte will am Freitag erst mal Holz kleinmachen." Tilly, die mit ihren Gedanken ganz woanders gewesen war, nickte nur. Sie hatte nichts dagegen am Freitag nach der Schule erst mal die Axt zu schwingen.

Am Freitag tauchte Lotte pünktlich auf, trank mit ihrer Mutter noch einen Kaffee und schaffte dann Tillys Gepäck ins Auto. Auf der Fahrt war Lotte zunächst ungewöhnlich wortkarg. Tilly hingegen erzählte von der Schule und was sie die Woche so unternommen hatte. Irgendwann sagte Lotte: „Ich hab immer noch Albträume von unserer Aktion in der Mikwe. Im Traum tauchst du einfach nicht mehr auf und ich komme über den Zaun nicht rüber. Es ist wirklich gruselig." Tilly schaute sie verwundert an. „Ich träume auch davon, aber nie als Albtraum. In meinem Traum kann ich Ottilie sprechen und sie antwortet mir sogar, was zugegeben unter Wasser etwas seltsam ist. Aber im Traum ist das Wasser auch warm und angenehm." Tilly hatte Lotte irgendwann dann doch noch erzählt, wie sie die kleine Truhe gefunden hatte, auch wenn sie sich am Anfang noch nicht ganz sicher war, wie Lotte darauf reagieren würde. Aber eigentlich hatte Tilly auf dieses Thema keine Lust. Mehr um das Thema zu wechseln, sagte sie: „Was ich bei unserem kleinen Plausch mit Ottilie nicht so richtig verstanden habe: Warum kann man Menschen hassen lernen, wenn man ihre Geschichte erfährt? Sie sagte das so eindringlich, als müsse man die Menschen der Vergangenheit alle verachten. Ich meine, klar haben die früher anders getickt. Das merkt man ja schon an der Sprache. Aber so viel Verachtungswürdiges habe ich jetzt noch nicht gesehen." Tilly wurde jetzt manchmal von ihren Klassenkameradinnen und Klassenkameraden gefoppt, da sie Ausdrücke verwendete, die die anderen, wenn überhaupt, aus Filmen oder Märchenbüchern kannten. Das war ihr aber egal. Es gab sogar alte Wörter oder Redewendungen, die ihr richtig Spaß machten. Sie benutzte sie, damit sie nicht in Vergessenheit gerieten. Wieder so eine Formulierung, die furchtbar gestelzt klang. Aber, und sie musste grinsen, einfach unheimlich schön. „Also ich kann schon verstehen, was Ottilie meint", sagte Lotte. An der Landschaft erkannte Tilly, dass sie nicht mehr allzu weit von Lottes Dorf entfernt waren. „Mir fallen da gleich mehrere Gegenstände ein, die sich nicht wirklich dazu eignen, ein positives Menschenbild zu entwickeln." Als Tilly die Strecke das erste Mal mit ihrer Mutter gefahren war, war es ihr wie eine kleine Weltreise vorgekommen. Jetzt, da sie die Umgebung kannte, kam ihr der Weg viel kürzer vor. „Diese Gegenstände hab ich dir natürlich bisher nicht gegeben. Was man sieht ist grausam." Tilly war eigentlich nicht wirklich daran interessiert grausame Dinge zu sehen. Trotzdem hatte sie das Gefühl, dass Lotte ihr einen wichtigen Teil der Geschichte vorenthielt, wenn sie sie nicht auch mal auf eine solche Reise mitnahm. „Aber ich bin jetzt 12 Jahre alt", sagte sie deshalb und etwas Stolz schwang in ihrer Stimme mit. „Ich darf jetzt auch die Harry-Potter-Filme sehen, die erst ab 12 freigegeben sind." Lotte war sichtlich beeindruckt, oder tat zumindest so. „Ich beneide dich!", sagte sie. „Nicht wegen der 12 Jahre, die du nun auf dem Buckel hast. Ich persönlich fand das die Zeit, als die Welt auf einmal komplizierter wurde. Aber ich würde viel dafür geben, die Harry-Potter-Filme noch mal das erste Mal schauen zu können. Sie werden dir gefallen! Oder bist du schon mit ihnen durch?" Tilly bemerkte durchaus, dass Lotte versuchte abzulenken, doch sie waren nun schon an der Pferdekoppel am Eingang des Dorfes und sie entschied sich, dass es mehr Sinn machte, sie noch mal darauf anzusprechen, wenn sie im Haus waren. „Nee, Mama meint, wir schauen sie uns an, wenn wir mal nen Gammeltag zu Hause machen. Dieses Wochenende hätten wir vielleicht die Möglichkeit gehabt. Aber daraus wird dann ja wohl nichts…" Tilly machte ein etwas enttäuschtes Gesicht. Lotte schmunzelte. „Ich bin mir der großen Ehre durchaus bewusst, dass du auf Harry Potter verzichtest, um mit mir dafür im Dreck zu wühlen." „Und Holz zu hacken!", sagte Tilly voller Erwartung. Lotte nickte. „Und Holz zu hacken!".

Das Haus war wirklich arschkalt. Lotte heizte den Ofen an. Dann gingen sie raus und machten Holz klein. Tilly hatte vergessen, wie schwer es war, den blöden Holzklotz zu treffen, aber wie das letzte Mal ging es schnell immer einfacher und schließlich hatten sie ausreichend Holz, um gut übers Wochenende zu kommen. „Nachher zeige ich dir noch nen Trick, den ich von meinem Vater hab. Damit das Feuer auch über Nacht brennt, wickeln wir ein paar Briketts in nasser Zeitung ein und legen sie in den Ofen. Dann ist morgen früh zumindest noch ausreichend Glut da, sodass das Anfeuern kein Problem darstellen sollte." Tilly dachte an die Zentralheizung, die sie zu Hause hatten. Da drehte man an einem Knopf und schon wurde es warm. Allerdings hatte auch schon das Holzhacken dazu beigetragen, dass sich Tilly über die Kälte nicht beschweren konnte. Es wurde schnell dunkel und sie setzten sich in die warme Küche und tranken einen Tee. Das Lustige mit dem Tee war, dass sie außer bei Lotte nach wie vor keinen Tee trank. Aber irgendwie war hier alles anders und der Tee schmeckte nach Abenteuer, nicht nach heißem Wasser mit etwas Geschmack. Lotte holte einen matt silbrig glänzenden Teller aus ihrem Arbeitszimmer und legte ihn so auf den Tisch, dass Tilly ihn nur mit Mühe hätte erreichen können. „Du willst also die eher unschönen Teile der Geschichte sehen. Da eignet sich dieser Teller recht gut. Und im weitesten Sinne hat es sogar was mit Harry Potter zu tun." Tilly schaute sie verwirrt an. Lotte genoss es sichtlich sie etwas hinzuhalten. „Ach Lotte! Spann mich nicht auf die Folter!", sagte Tilly und rutschte auf dem Stuhl hin und her. „Ja", sagte Lotte, „auch damit hat es etwas zu tun." Tilly verstand zunächst nicht, was Lotte meinte. Erst, als sie sich ihre letzten Worte noch mal durch den Kopf gehen ließ, verstand sie. „Der Teller ist von 1670. Historisch rechnet man diese Zeit zur frühen Neuzeit, die das Mittelalter ablöst. In dieser Zeit herrschte eine kleine Eiszeit. Das Wetter spielte verrückt. Die Sommer waren deutlich zu kalt und zu kurz. Das Korn verfaulte an den Stängeln. Die Menschen hatten Hunger. Das begünstigte Krankheiten. Vor allem die Pest griff um sich und tötete viele Menschen. Die Frauen bekamen damals bis zu 14 Kinder, von denen die wenigsten das Erwachsenenalter erreichten. Gleichzeitig führten einige Erfindungen dazu, dass die Menschen nicht mehr alles als gottgegeben ansahen, sondern auch feststellten, dass es in ihrer eignen Macht stand Dinge zu ändern. Die naturwissenschaftliche Revolution führte dazu, dass die normalen Menschen nicht mehr genau wussten, was sie glauben sollten. Die Verunsicherung war groß. Und nun kommt es zu einem Phänomen, dass es bis heute gibt. Angst und Verunsicherung führte dazu, dass man einen Schuldigen oder eine Schuldige brauchte. Und da der Aberglaube in dieser Zeit noch recht weit verbreitet war, war auch schnell jemand gefunden. Die Hexen mussten es sein. Heute verbrennt man natürlich keine Hexen mehr, aber der Wunsch nach einfachen Lösungen gewinnt auch heute noch leicht seine Anhänger und Anhängerinnen. Die Hochzeit der Hexenverbrennung war im Übrigen 1620 bis 1650, also zwanzig oder mehr Jahre vor den Erinnerungen, die wir uns gleich anschauen werden. Das heißt jedoch nicht, dass 1670 keine Hexen mehr verbrannt wurden. Die Kindersterblichkeit war immer noch hoch und auch der Hunger hatte nicht abgenommen. Entsprechend wurde speziell auf dem Land immer wieder mal jemand verbrannt, in der Hoffnung, dass sich die Zeiten bessern mögen. Die Besitzerin unseres Tellers hatte das Pech, dass sie zum einen rote Haare hatte, was damals ein recht deutliches Indiz war, dass man eine Hexe war und zusätzlich noch ein Muttermal in Form einer Krähe. Zumindest konnte man eine Krähe erkennen, mit etwas Fantasie, welche man damals bedauerlicherweise immer an der falschen Stelle hatte. Du wirst es ja gleich sehen. Es ist unübersehbar auf ihrer Hand. Ich war schon öfter mit dem Teller unterwegs. Keine Ahnung, was er uns heute zeigen wird. Ich hoffe für dich, dass wir nicht in eine Hexenverbrennung hineinstolpern."

Klatsch! Ein grauer Matsch landete auf dem Teller, der vor einer jungen Frau stand, in der Tilly, dank der vorherigen Beschreibung die Besitzerin des Tellers erkannte. Sie waren in einer Stube. Der Raum war dunkel. Durch die kleinen, runden Scheiben des Fensters kam nur wenig Licht. Fast alle Gegenstände im Raum waren aus Holz. Die wenigen Möbel, zu denen ein Tisch, sowie eine Bank und zwei Stühle gehörten, waren grob und klobig. Über einer Feuerstelle hing ein Kessel, in dem die graue Masse, die zuvor auf dem Teller des Mädchens gelandet war, dampfte. Neben dem Mädchen stand eine Frau, gekleidet in ein braun-graues Kleid, dass durch die Schürze eine Taille andeutete. „Du musst fortgehen.", sagte die Frau. „Jetzt, wo sogar der Vater davon überzeugt ist, dass dein Mal ein böses Omen ist, kannst du nicht mehr hierbleiben." Das Mädchen sah die Frau ängstlich an. „Aber, wie kann der Vater so etwas von mir denken?" Die Frau schubste den Teller etwas an und forderte die junge Frau auf zu essen. „Er ist ganz irre vor Trauer und Angst, seit Gott deinen kleinen Bruder zu sich rief. Und die Nachbarn reden. So kräftig war der Kleine, so lebendig und dann über Nacht war er tot. Sie glauben dein Mal ist schuld. Es ist der Eingang des Bösen in dieses Haus." Die Frau schaute ängstlich auf ihre Tochter und Tilly war sich nicht sicher, ob sie Angst vor den Nachbarn oder vor ihrem eigenen Kind hatte. „Aber Ihr Mutter, Ihr glaubt den Nachbarn doch nicht?", fragte das Mädchen flehend. Die Mutter schaute zum Fenster. Ihr Blick war weit, als könne sie durch die Wand hindurchsehen. „Es ist egal, was ich glaube. Wenn der Vater glaubt, dass du das Böse anziehst, wird es nicht mehr lange dauern und man wird dich holen." Das Mädchen fing an zu weinen. „Dann kommt mit mir! Wie soll eine junge Frau außerhalb der Familie bestehen, ehrbar bleiben, ja wie einen Ehemann finden?" Doch die Mutter winkte ab. „Und den eigenen Ehemann alleine lassen? Kind, wie stellst du dir das vor. Zugrunde würde er gehen, ohne Frau, ohne Nachkommen. Es wäre sein Todesurteil. Nein, das kann ich nicht verantworten." Das Mädchen war nun aufgestanden und versuchte die Mutter zu umarmen. Diese jedoch stieß sie von sich. „Geh!", sagte sie. „Nimm mit, was dir gehört und komm nicht zurück. Ich werde dem Vater sagen, dass du gingst, um unser Haus zu schützen. Vielleicht gibt ihm das neuen Lebensmut."

Das Bild erzitterte und ein Wald erschien. Es war Nacht und ein kleines Feuer brannte. Davor das Mädchen, das sich die Hände daran wärmte. Seine roten Haare waren unter einem weißen Häubchen verborgen. Im Teller lagen ein paar Pilze, die das Mädchen wohl am Feuer erwärmt hatte. Aus dem Wald kamen Geräusche, die das Mädchen zusammenzucken ließen. Unsicher sah es sich um und nahm dann wieder einen Stecken und stocherte im Feuer. Der Schein fiel auf ihre Hand. An der Stelle, wo sich zuvor das Mal befunden hatte, war eine Narbe, die sich unschön und rot leuchtend von der Haut abhob. Gedankenverloren strich das Mädchen darüber. Es war kalt, das Mädchen hüllte sich in eine Decke, die voller Löcher war. Tilly fand den Anblick so traurig, dass sie den Teller losließ. Sie hatte genug gesehen. Sofort war sie wieder in Lottes Küche. „Die eigene Mutter hat sie fortgeschickt? Wie kann man als Mutter so was tun?" Es klang fast wie eine Anklage, die sich an Lotte richtete. Lotte schaute sie mitleidig an. „Das war das einzige, was die Mutter tun konnte, wollte sie nicht, dass ihr Kind vom Dorf-Mob gefangengenommen und gefoltert würde. Durch ihren Weggang hatte das Mädchen zumindest die geringe Chance in der Stadt eine Arbeit zu finden. Nachdem sie sich ihres Mals entledigt hatte. Im Dorf hätte ihr das nichts genützt. Jeder und jede kannte das Mal. In der Stadt hingegen konnte sie irgendeine Geschichte erzählen, woher die Narbe stammte. Außerdem waren auch damals schon die Städte etwas fortschrittlicher als die Dörfer." Tilly schüttelte mit dem Kopf. Natürlich hatte sie von der Hexenverfolgung schon gehört, aber die Szene in der Stube hatte sie tief getroffen. Die eigene Mutter. Der eigene Vater. Wie groß musste die Not damals gewesen sein. Sie musste an die Worte von Ottilie denken und versuchte den Vater und die Mutter nicht zu verurteilen. Doch es fiel ihr schwer. Als könnte Lotte ihre Gedanken lesen, sagte sie: „Ja, es ist schwer. Ich war mal mit Freunden in Gurs, in Frankreich, wo die Deutschen mit Hilfe der Franzosen ein Lager hatten, in dem sie badische Juden kasernierten. Juden, die später nach Auschwitz gebracht wurden. Wir halfen damals die Überbleibsel der alten Baracken zu säubern, damit darauf eine Gedenkstätte errichtet werden konnte. Beim Saubermachen fanden wir in einem Loch eine kleine Goldkette mit Anhänger, eine Zahnbürste und ein Taschentuch. Die Habseligkeiten eines Insassen, die er vor den Wärtern und Wärterinnen, aber auch vor den mit ihm Kasernierten, versteckte. Bevor wir das Gefundene an die örtlichen Behörden gaben, konnte ich die Kette berühren. Und glaube mir, was ich da sah, ließ mich daran zweifeln, dass es unsere Spezies verdient hatte bis heute zu überleben. Unvorstellbar, zu was Menschen fähig sind. Unvorstellbar, welches Leid sie anrichten können. Fast hätte ich mir gewünscht, dass wir die Dinge niemals gefunden hätten. Wenn du solche Ereignisse siehst, ist es schwer die Menschen von damals nicht zu verurteilen. Allerdings, sie zu hassen, hilft nichts. Man muss verstehen, was sie zu dem machte, was sie damals waren. Nur so kann man vielleicht verhindern, dass es sich wiederholt."

-17- HÖRT IHR DIE REGENWÜRMER HUSTEN?

Am nächsten Morgen brachen Lotte und Tilly früh nach Friedberg auf. Bewaffnet mit kleinen Schäufelchen, Handschuhen und ein paar Pflanzen, die Lotte besorgt hatte, um das Familiengrab nach ihrer Suche etwas aufzuhübschen. Sie parkten vor dem Eingang, rafften alles was sie brauchten zusammen und betraten den Friedhof. Wie immer begrüßte sie die weiße Kirche, in der sich die Toilette befand, die trotz Corona geöffnet war, ein Umstand, den Lotte sehr begrüßte. Sie ließen die Kirche rechts liegen und bogen nach einem kleinen Gebäude links ein. Dann standen sie vor dem Familiengrab, dass dank ihrer letzten Einsätze schon viel hübscher aussah. Sie machten sich an die Arbeit. Tilly, die mit der Berührung der Grabsteine schon Erfahrung hatte, vermied diesmal die weinenden Menschen und befreite stattdessen das Beet vor Berthas Grabstein vom Unkraut, indem sie größere Brocken Erde aushob und vorsichtig durch die Hände gleiten ließ. Lotte und sie hatten überlegt, dass Ottilie unmöglich den Ring direkt in der Erde vergraben haben konnte, sondern dass sie vielmehr nach einem Kästchen suchten, das dem ähnelte, das Tilly in der Mikwe gefunden hatte. Dennoch schauten sie sich jeden Brocken Erde genauer an. Holz konnte vergammeln und hatte vielleicht den Ring längst freigegeben. Lotte grub auf der anderen Seite.

„Das ist aber schön, dass sich nun doch jemand um das Grab der Familie Damm kümmert." Die Stimme kam aus dem Off. Lotte und Tilly schauten auf. Vor dem Grab stand eine elegant gekleidete Dame. Ihr Alter war schwer zu schätzen, aber sie musste deutlich älter sein als Tillys Oma. Lotte richtete sich auf und fasste sich ins Kreuz. Die Dame sprach weiter. „Sind Sie mit den Damms verwandt? Ich kannte den Otto und seine Frau, die ja auch hier liegen." Lotte trat hinaus auf dem Weg. „Ich bin die Großnichte von ihm, Bertha Damm ist meine Ururgroßmutter." Wie als wolle sie das unterstreichen zeigte sie auf Berthas Grab. Die Dame lächelte. Sie streckte die Hand aus. Doch Lotte lächelte entschuldigend. „Ach ja, Corona", sagte die Dame und zog die Hand wieder zurück. „Mein Name ist Adelheid, und wie heißen Sie?" „Lotte!", sagte Lotte. „Und das ist meine Freundin Tilly". Tilly putzte sich unauffällig die Hände an der Hose ab und lächelte die Dame an. Die Dame zeigte auf das Familiengrab „Früher hab ich ja auch ab und zu das Unkraut ein bisschen weggemacht. Aber," sie zeigte auf ihren Rücken, „in meinem Alter gehört das Bücken nicht mehr zu den Lieblingsbeschäftigungen." Tilly musterte die Dame. Sie strahlte eine enorme Stärke und Eleganz aus, obwohl sie recht klein war, wirkte sie innerlich groß. Auch Lotte schien das zu bemerken und es schien ihre Neugierde geweckt zu haben. „Woher kannten Sie Otto?" fragte sie. Die Dame bückte sich und strich über den Grabstein. „Das waren feine Leute, Otto und seine Frau. Auch wenn er und ich, was die deutsche Geschichte angeht, manchmal etwas unterschiedlicher Meinung waren. Für Otto war der Krieg ein großes Abenteuer gewesen. Wir hingegen mussten fliehen, was wir natürlich auch Hitler und seiner verdammten Wehrmacht zu verdanken hatten. So sehe ich das wenigstens." Die Dame hatte das mehr zu sich selbst gesagt. Dann schien sie sich an Lottes Frage zu erinnern. „Wir waren quasi Nachbarn. Otto, seine Frau, mein Mann und ich haben in den Sechzigern eine wilde Zeit miteinander verbracht. Man tanzte, ging zusammen aus, feierte Feste. Wir blieben befreundet, bis zu ihrer beider Tod." Sie sagte das etwas verlegen. Dann aber richtete sie das Wort wieder an Lotte. „Aber wie kommt es, dass Sie hier ihre Zeit verbringen? Wohnen Sie in Friedberg?" Lotte schüttelte mit dem Kopf. „Nein, wir sind heute Morgen aus dem Odenwald hierhergefahren, wohnen aber beide in Mannheim, beziehungsweise Ludwigshafen. Wir erforschen gerade gemeinsam meine Familiengeschichte. Sagt Ihnen der Name Wiechard vielleicht etwas?" Tilly wurde aufgeregt. Doch die Dame schüttelte mit dem Kopf. „Tut mir leid. Der Name sagt mir nichts. Aber wenn ich sie hier so arbeiten sehe. Vor ein paar Jahren, als ich hier ein Blümchen eingesetzt habe, fand ich einen Ring." Tilly und Lotte schauten sie wie vom Donner gerührt an. „Ich nahm ihn mit, in der Hoffnung mal jemanden hier am Grab zu treffen und ihn so den rechtmäßigen Besitzern zukommen zu lassen." Lotte stotterte fast. „Dürfte ich fragen, ob der Ring noch in ihrem Besitz ist?" Die Dame lächelte aufmunternd. „Natürlich ist er noch in meinem Besitz. Ich kann gehen und ihn holen. Das wird allerdings etwas dauern, da ich heute Morgen noch ein paar Termine habe. Aber vielleicht wollen die Damen heute Nachmittag bei mir auf eine Tasse Tee oder Kaffee vorbeikommen. Viel Zeit habe ich nicht, um 17 Uhr muss ich ins Yoga, dass Gottlob endlich wieder stattfindet. Dürfte ich fragen, ob Sie geimpft sind?" Lotte lachte. „Bin ich und meine Freundin hier können wir noch frisch testen." Tilly verzog das Gesicht. Sie hasste es sich von fremden in der Nase rumpopeln zu lassen. Aber Lotte überging ihre Miene und fuhr fort. „Gerne würden wir ihre Einladung annehmen. Wann wäre es ihnen recht?" Die Dame schien zu rechnen. „Wenn Sie um 15 Uhr vorbeikämen. Dann könnte ich alles erledigen und noch ein kleines Nickerchen halten. Und Sie haben noch ausreichend Zeit ihr Werk hier zu Ende zu bringen. Lotte und mein kleines Fräulein, ich würde mich über Ihr Kommen freuen." Tilly musste beim Wort Fräulein lächeln. Ob sie junge Männer auch Männlein nannte? Aber Lotte dankte der Dame, ließ sich noch die Adresse geben und man verabschiedete sich.

Kaum war die Dame weit genug weg ergriff Lotte das Wort. „Wir haben den Ring!", sagte sie lachend. „Wir haben ihn!" Tilly betrachtete die Grabanlage und überlegte, wie lange sie wohl hier noch gegraben hätten, ohne je etwas zu finden. Lotte streichelte den Grabstein von Otto und seiner Frau. „Na da habt ihr uns ja Adelheid zum richtigen Zeitpunkt geschickt, ihr raffinierten Hunde. Erst von uns das Grab wieder toll herrichten lassen und dann zur Belohnung den Ring rausrücken, hä? Ich hab euch durchschaut." Lotte hatte schon öfter mit den Verstorbenen gesprochen. Hatte mit ihnen geschimpft, sie sollten doch endlich mal mit dem Ring rausrücken. Jetzt war es, als hätten sie sie erhört. Tilly dachte über das nach, was Adelheid gesagt hatte. „Hat dein Großonkel den Krieg wirklich als großes Abenteuer erlebt?", fragte sie. Vor ihren Augen erschienen wieder die Toten und der Lärm, den sie durch den seltsamen Armreif zu sehen bekommen hatte. Wie konnte man so etwas als Abenteuer sehen. „Ich hatte genau einmal die Gelegenheit mit ihm über den Krieg zu sprechen, bevor er starb. Es ergab sich durch Zufall, dass wir auf dieses Thema kamen. Er erzählte, dass er als junger Mann in der Familie keinen ganz leichten Stand hatte. Du musst dir vorstellen, dass mein Großonkel der einzige in der Familie gewesen ist, der die Schule nicht mit Bravour bestanden hatte. Anders als die anderen Männer der Familie studierte er danach nicht, sondern machte eine Lehre als Bankkaufmann. Er war 24 Jahre alt, als der Krieg begann und zog voll Eifer mit seinen Kameraden los. Auf ihren Etappen Richtung Frankreich schliefen sie in großen Villen in Federbetten, wie die Fürsten. Villen, in denen zuvor reiche Familien gewohnt hatten, die alles zurückließen, als sie gingen. Dass er sich in Häusern befand, deren Bewohner vor den Nazis geflohen oder gar deportiert worden waren, war ihm entweder damals nicht klar, oder es interessierte ihn nicht. Die nicht-jüdischen Deutschen glaubten die Lügen von Hitler. Sie waren dazu erzogen worden einen Teil der Herrenrasse darzustellen. Menschen, die aus welchen Gründen auch immer, kein gutes Selbstwertgefühl hatten, genossen es ganz besonders über anderen zu stehen. Versteh mich nicht falsch. Mein Großonkel war kein böser Mensch. Er war eigentlich sehr nett. Und dumm war er ganz bestimmt nicht, eher ein Glücksritter, der später ein kleines Vermögen machte. Als er mir erzählte, wie das damals im Krieg so für ihn war, hatten wir schon ganz schön was getrunken und ich verkniff mir, ihn zu kritisieren, weil ich fürchtete, dass er dann nichts mehr sagen würde. Und wirklich war es der einzige Abend, an dem er mir über diese Zeit erzählte. Alle anderen Male, packte er lieber lustige Geschichten aus der Zeit nach dem Krieg aus." Tilly fiel es schwer sich vorzustellen, dass ein Mensch, der Hitler toll gefunden hatte, ein netter Mensch sein konnte. Doch dann fiel ihr ihre Mutter ein, die immer mal wieder davon erzählte, wie ihr Großvater an Weihnachten Nazilieder gesungen hatte und nicht verstand, warum er das nicht mehr durfte. Wahrscheinlich war es vielen so gegangen, dass sie Personen mochten, die irgendwann Hitler zugejubelt hatten oder gar schlimmeres. Gab ja auch ziemlich viele davon im Nachkriegsdeutschland. „Warum musste Adelheit fliehen?" Lotte zuckte mit den Schultern. „Ich kann das nur vermuten. Im Januar 1945 mussten viele Familien aus Schlesien und den Ostgebieten fliehen. Die Wehrmacht verlor eine Schlacht nach der anderen und wurde Stück für Stück zurückgedrängt. Und wo keine Wehrmacht mehr war, besetzten die gegnerischen Truppen das Land. Die Leute hatten Angst, dass sie Vergeltung übern würden für die Gräueltaten der Deutschen und flohen." Tilly verstand. „Aber wohin sind sie denn geflohen?" Wieder ein Schulterzucken. „Mein Vater floh mit seiner Familie nach Bayern, weil der Bruder meiner Oma dort mit seiner Frau lebte. Man erhoffte sich bei den Verwandten aufgenommen zu werden. Das stieß aber nicht immer auf Begeisterung. Nach dem Krieg gab es viele, die selbst nicht viel hatten. Und es war schwer die zusätzlichen Münder zu stopfen. Ich habe ein paar Erinnerungsstücke davon, wenn es dich interessiert. Aber lass uns jetzt hier noch etwas aufräumen und schauen wir, dass wir für dich einen aktuellen Test bekommen." Tilly verzog das Gesicht. „Ich hasse das!", sagte sie fast weinerlich. „Ich lass mir nicht von Fremden ein Stäbchen in die Nase schieben." Lotte jedoch achtete nicht auf ihr Gejammer, sondern zog sich die Handschuhe an und zeigte auf die Gräber. „Wer bekommt die Blümchen?"

Nachdem sie das ausgerissene Unkraut entsorgt hatten und die Blümchen eingepflanzt hatten – Otto und seine Frau hatten sie bekommen, für das Vorbeischicken von Adelheid - machten sie sich auf den Weg in die Stadt, um ein Testzentrum zu finden. Sie hielten an einem Zelt und man sah schon von weitem, dass Personen, die aussahen, als hätten sie eine Mondwanderung vor, den Leuten, die in ihren Autos hielten, Stäbchen in die Nase schoben. Tilly wurde bockig. Schon wenn sie es sah, wurde ihr ganz anders. „Nein, das lasse ich nicht mit mir machen. Nein, nein, nein!" Lotte war verwundert. „Aber du machst das doch andauernd in der Schule? Was ist hier so anders?", fragte sie. „In der Schule mache ich es selbst. Ich weiß, wie weit ich da rein muss. Aber ich lass das nicht von Fremden machen." Da Tilly sich standhaft weigerte, brauchten sie eine Weile, um eine Apotheke zu finden, die

Backenabstriche machte. Fünfzehn Minuten später hielten sie ihr frisches Zertifikat in den Händen. „Ich finde das ja immer furchtbar mit der Warterei", sagte Lotte als sie kurz später in einem Café Platz genommen hatten. „Immer bin ich schon am Überlegen, was ist, wenn der Test positiv ausfällt." Tilly, die sich bei Lotte ein Schokoladeneis erbettelt hatte, war völlig unbeeindruckt. „Dann testet man halt noch mal!", sagte sie und schob sich den nächsten Löffel Eis in dem Mund. „Ich war schon ein paar Mal zuerst positiv und dann negativ. Ist doch lustig, dass das Wort positiv auf einmal so nen negativen Beigeschmack bekommt." Tilly grinste. Lotte schüttelte tadelnd, aber lachend, den Kopf. „So cool wie du, will ich mal sein.", sagte sie und Tilly war ein bisschen stolz.

Dann schlenderten sie noch etwas durch das kleine Städtchen. Tilly fragte Lotte, ob sie noch mal Lust hätte die Mikwe zu besuchen. Der Blick von Lotte verriet ihr, dass sie dankend darauf verzichten konnte. So besuchten sie die kleine Burg in deren Burggarten gerade eine Ausstellung im Freien aufgebaut war, auf der man uralte Bilder von Friedberg betrachten konnte. Noch vor einem Jahr wäre Tilly an den Bildern einfach vorbeigelaufen. Alte schwarz-weiß Fotos hatte sie früher unendlich langweilig gefunden. Doch nun blieb sie bei jedem Bild stehen und schaute, ob sie irgendwo Emmy, Martha oder Ottilie entdecken konnte. Die Zeit stimmte ungefähr und vielleicht hatte der Zufall ja eine von ihnen eingefangen.

Natürlich entdeckte sie sie nicht, aber sie entdeckte das Haus, in dem sie in der Erinnerung gewesen war, das Café, in dem sie gesessen hatten und das es wohl damals schon gegeben hatte. Und sie betrachtete die Kleidung, die die Menschen damals trugen. Schließlich fing Lotte an zu drängeln und Tilly bedauerte es fast, dass sie es nicht geschafft hatten, alle Fotos anzuschauen. „So alte Herrschaften legen sehr viel Wert auf Pünktlichkeit. Ich möchte nicht zu spät kommen." Tilly dachte an ihre Oma und ihren Opa. Einen Pünktlichkeitsfimmel wollte sie ihnen nicht gerade unterstellen. „Ich glaube, dass das nicht alle alten Herrschaften so sehen.", sagte sie, kam aber mit. Auch sie war furchtbar gespannt auf den Ring.

Kurze Zeit später standen sie vor einem kastenförmigen Haus. Sie drückten auf die Klingel. Es dauerte eine Weile und Adelheid erschien in der Tür. Sie wirkte noch etwas verschlafen. „Ach du liebe Güte!", sagte sie lachend. „Ich dachte man könnte sich heutzutage auf die Unpünktlichkeit der Gäste verlassen. Aber kommen Sie rein. Kaffee ist jetzt natürlich noch nicht fertig. Aber, Sie können mir beim Aufbrühen Gesellschaft leisten, wenn Sie wollen. Sie trinken doch einen Kaffee, Lotte. Und du Tilly, was möchtest du trinken? Ich darf doch „Du" sagen? Ich nehme an, Kaffee schmeckt dir noch nicht?" Tilly, die durch vornehme Herzlichkeit etwas eingeschüchtert war sagte, sie könne auch einfach ein Wasser trinken. „Ich habe aber keins mit Sprudel da.", sagte Adelheid. Tilly schauderte es bei dem Gedanken an Wasser ohne Sprudel. „Dann nehme ich auch einen Kaffee.", sagte sie schnell und Lotte schaute sie an, als hätte sie gerade um ein Bier gebeten. Sie sagte jedoch nichts und Adelheid führte sie in die Küche. Tilly wusste sofort, dass Lotte am liebsten alles sofort angefasst hätte, und sie konnte es ihr nicht verdenken. Neben einer recht modernen Kücheneinrichtung befanden sich viele kleine Gegenstände in den Regalen, die von einer längst vergangenen Zeit erzählen wollten. Die Küche war groß genug für einen Tisch mit zwei Stühlen und einer Eckbank. Adelheid bat sie Platz zu nehmen und setzte mit einem Wasserkocher Wasser auf. Dann holte sie eine alte Kaffeekanne aus dem Wohnzimmer, setzte einen Kaffeefilteraufsatz aus Keramik darauf, legte einen Filter ein und gab drei große Löffel Kaffee in den Filter. Dann drehte sie sich um. Tilly hatte sie fasziniert beobachtet. Zu Hause hatten sie einen Kaffee-Vollautomaten, um Cappuccino zu machen und selbst Lotte hatte in ihrem Haus eine Kaffeemaschine. „Schön, dass Sie hier sind. Wenn sie vielleicht den Kaffee aufbrühen könnten, sobald das Wasser gekocht hat. Ich laufe nur schnell hoch in mein Schlafzimmer und hole den Ring. Dann machen wir es uns im Wohnzimmer gemütlich." Nun, unter schnell laufen verstand Tilly etwas anderes. Die alte Dame hatte sichtlich Mühe mit dem Gehen. Aber sie verließ die Küche und verschwand im Flur. Lotte war von ihrem Stuhl aufgestanden und stellte sich vor den Wasserkocher. Als dieser abschaltete füllte sie Wasser in den Filter. Ein zunächst fließendes, dann tröpfelndes Geräusch verriet, dass der Kaffee in die Kanne floss. Es roch wunderbar und Tilly konnte das erste Mal verstehen, dass Kaffeegeruch Wärme und Gemütlichkeit ausstrahlte. Lotte schien es ebenfalls zu spüren. Sie lachte. „Dieses Geräusch, dieser Geruch. Man fühlt sich sofort zu Hause. Komisch, ich hatte völlig vergessen, wie entspannend das Aufbrühen von Kaffee wirken kann." Sie berührte die kleine Kanne und ihr Blick wurde gläsern. Tilly hatte Lotte bisher noch nicht bewusst reisen sehen. Und eine Mischung von Neid und Verunsicherung kam in ihr auf. „Lotte!", sagte sie streng und Lotte nahm sofort die Hand von der Kanne. Als hätte Tilly sie bei etwas Verbotenen ertappt, füllte sie schnell noch etwas Wasser nach und schaute interessiert auf die Kochbücher, die direkt über dem Herd standen. Kurze Zeit später kam Adelheid wieder zurück. In ihrer Hand befand sich ein kleines Kästchen. „Tilly, könntest du mir helfen im Wohnzimmer aufzudecken?" Tilly folgte Adelheid ins Wohnzimmer. Dort zeigte Adelheid auf ein Schränkchen. Tilly bückte sich, schloss das Schränkchen auf und holte ein Service heraus. Das Zimmer zitterte, eine junge Frau, in der Tilly Adelheid erkannte nahm einen Schluck Kaffee und lachte lauthals. Bei ihr saßen drei weitere junge Frauen. Die Kleider waren in ziemlich grellen Farben und die

Friseure mussten in dieser Zeit Hochkonjunktur gehabt haben. Tilly zwang sich in Adelheids Wohnzimmer zurück. Adelheid war zum Wohnzimmertisch gelaufen und wies Tilly nun wie eine geübte Dirigentin an, wie sie den Tisch decken sollte. Tasse, Untertasse, Zuckerdose. Alles musste seinen Platz haben. „Haben Sie Milch im Haus, Adelheid?", hörte sie Lotte aus der Küche rufen. „Im Kühlschrank müsste Kondensmilch sein. Ich hoffe, sie mögen Kondensmilch?", rief Adelheid zurück. Lotte kam mit der Kaffeekanne und einer kleinen Konservendose herein und sie setzten sich. Adelheid legte die kleine Schachtel auf den Tisch, erhob sich und schenkte ihnen allen dreien etwas umständlich Kaffee in die kleinen Tassen. Tilly angelte sich die kleine Zuckerdose. Als sie sie öffnete fand sie darin lauter kleine bunt bedruckte Tütchen allerlei Herkunft. Adelheid lächelte, als sie Tillys überraschtes Gesicht sah. „Ich kaufe keinen Zucker mehr. Der Arzt hat es mir verboten. Aber wo immer ich einen Kaffee zu mir nehme, nehme ich den abgepackten Zucker mit, der auf der Untertasse liegt. Falls ich Besuch bekomme. Das Gleiche gilt im Übrigen für die Kekse, die du in der kleinen Dose vor dir findest. Warum sollte ich sie nicht mitnehmen, ich habe sie schließlich bezahlt. Und…", sie konnte sich ein Lachen nicht verkneifen, „…die Kekse sollten nicht älter als zwei Jahre sein. Ich bin zwar alt, aber mein Gedächtnis funktioniert noch ganz gut." Tilly öffnete vorsichtig die Keksdose und fand sie voller kleiner abgepackter Kekse, wie man sie in Cafés zum Kaffee oder heißen Kakao bekam. Etwas misstrauisch angelte sich Tilly ein Kekstütchen heraus, öffnete es und biss vorsichtig hinein. Er schmeckte gut. „Nimm nur!", sagte Adelheid. Lotte nahm die kleine Konservendose und goss eine dickflüssige, hellbraune Flüssigkeit in den Kaffee. Tilly nahm sich Zucker und tat es ihr nach. Vorsichtig probierte sie den Kaffee. Er schmeckte anders als erwartet und eigentlich gar nicht so schlecht. Nachdem auch Adelheid an ihrem Kaffee genippt hatte, griff sie nach dem kleinen Kästchen und öffnete es. Es kam ein Ring zum Vorschein, der dieselbe Gestaltung hatte, wie das Armband, dass Tilly trug. Doch diesmal waren drei rote Steine von geschwungenen Bögen umrahmt. Tilly zeigte Adelheid wortlos das Armband.

Adelheid strahlte. „Wie hübsch! Du hast das passende Armband dazu. Na, wenn das nicht der Beweis für den rechtmäßigen Eigentümer ist", sagte sie und reichte Tilly die Schachtel mit dem Ring. „Willst du ihn nicht anprobieren? Dir könnte er passen. Er ist nämlich ziemlich klein." Lotte protestierte und Tilly wusste genau warum. Den Ring berühren? Hier, jetzt? „Ich weiß noch nicht, ob du den bekommst.", sagte sie und zog das Schächtelchen zu sich. Sie betrachtete ihn ausführlich, ohne ihn zu berühren. Es war eindeutig. Ring und Armband gehörten zusammen. „Ich weiß gar nicht, wie ich Ihnen danken soll, Adelheid." Adelheid schaute etwas verlegen. „Ach danken Sie mir nicht, schließlich war er lange Zeit ganz unrechtmäßig in meinem Besitz. Ich bin froh, Sie heute getroffen zu haben." Lotte klappte das Kästchen zu.

Sie unterhielten sich noch etwas, dann schaute Adelheid auf die Uhr. „Oh, es ist schon spät, ich verpasse mein Yoga. Es tut mir leid, meine Damen, leider muss ich unser Gespräch für heute beenden, aber ich würde mich freuen, wenn ich sie mal wieder auf einen Kaffee in meinem Haus begrüßen dürfte."

Lotte und Tilly erhoben sich. Sie dankten Adelheid und verabschiedeten sich.

-18- HAB MEIN WAGE VOLL GELADE, VOLL MIT ALTEN SACHEN

Der Ring! Sie hatten den Ring. Sie setzten sich ins Auto und fuhren los. Lotte hatte das Radio angemacht. Sie hörten Musik aus den Achtzigern und natürlich die Nachrichten. Tillys Gedanken schweifen immer wieder ab zum Ring und was er ihnen erzählen würde. Schließlich sah sie das Dorfschild und sie kamen kurz später an Lottes kleinem Häuschen an.

Lotte heizte zuerst einmal den Ofen an und kochte Tee. Dann nahmen sie beide ganz routiniert am Küchentisch Platz. Die Reise konnte beginnen. Lotte hatte die kleine Schachtel schon aufgeklappt und so hingelegt, dass sie gleichzeitig den Ring berühren konnten, als es an der Tür klingelte. Tilly hoffte fast, dass Lotte das Klingeln ignorieren würde. Doch Lotte klappte das Kästchen zu und ging zur Tür. Tilly folgte ihr. Es war Hildegard. Sie stand vor der Tür mit einem kleinen Einkaufstrolley. Sie schnaufte etwas. Die letzten Meter bergauf, auch noch eine Maske tragend, waren wohl ziemlich anstrengend gewesen. Aber ihre Augen lächelten ihr bezauberndes Lächeln. Lotte bat sie etwas verwundert herein, was Hildegard dankend annahm. Lotte sagte ihr, dass Tilly frisch getestet war und eine Maske wohl nicht nötig sei. Kaum hatte sie sich gesetzt und die Maske ausgezogen, fing sie an zu reden. „Lotte, ich hab etwas für dich. Ich war vorhin auf meinem Speicher, um etwas auszumisten…" Weiter kam Hildegard erst mal nicht. Lotte fiel ihr ins Wort: „Du bist doch nicht etwa allein die wackelige Leiter auf deinen Speicher raufgekraxelt? Du weißt doch, dass ein Oberschenkelhalsbruch in deinem Alter kein Spaß ist." Hildegard lächelte. „Nein, nein! Mein Neffe ist da. Er hat die Leiter gehalten." Lotte schüttelte den Kopf. „Na dann bin ich ja beruhigt, du bist also MIT IHM die wackelige Leiter hochgekraxelt." Hildegard war sich keiner Schuld bewusst. „Er ist stark, wäre ich von der Leiter gepurzelt, hätte er mich aufgefangen." Wohl mehr, um sich selbst zu beruhigen schenkte Lotte Hildegard einen Tee ein und stellte ihn vor die alte Dame. „Jedenfalls haben wir auf dem Speicher etwas ausgemistet und da ich weiß, dass dir so altes Zeugs Spaß macht, hab ich einen kleinen Karton vollgepackt, um ihn dir zu bringen." Sie schlürfte an ihrem Tee und es machte ihr sichtlich Spaß, dass sie Lotte etwas mitgebracht hatte. Aber Lotte war mit dem Kopf immer noch bei Hildegard, wie sie eine steile, wackelige Leiter bestieg. „Aber du hast deinen Neffen und deine anderen Verwandten schon gefragt, ob nicht sie es haben wollen, oder? Ich will nicht, dass es Streit gibt, weil du mir all diese Dinge schenkst." Hildegard winkte ab. „Es ist nichts von Wert dabei. Nur altes Zeug. Altes Zeug, an dem viele Erinnerungen kleben." Sie sagte dies mit einem Augenzwinkern und Tilly war sich plötzlich nicht ganz sicher, ob Hildegard womöglich Bescheid wusste über das Reisen.

„Ihr müsstet mir aber helfen den Karton aus dem Trolley zu befreien. Mein Neffe hat ihn mit all seiner Kraft hineingestopft. Ich bekomme ihn da nicht mehr raus." Tilly war neugierig geworden. Und auch Lotte näherte sich nun dem Trolley. Hildegard machte eine aufmunternde Bewegung. Tilly öffnete die Klappe und Lotte und sie versuchten den alten Karton, der selbst schon mindestens ein halbes Jahrhundert auf dem Buckel haben musste, aus dem Trolley zu ziehen. Verschiedene Bilder durchfuhren Tilly, aber sie drückte sie weg. Indem Lotte an dem Trolley zog und Tilly an dem Karton, ruckelten sie ihn heraus, bis sie ihn schließlich in den Händen hielt: ein Postbote mit lustiger Uniform, Kinder, die den Karton öffneten, eine Frau, die Dinge hineinlegte. Christbaumschmuck. Tilly stoppte die Bilder, stellte den Karton auf den Tisch und ließ ihn los. Ihre Neugierde wuchs ins unermessliche. Der Ring war fast vergessen, ob der Bilder, die sie eben gesehen hatte. Was mochte Hildegard ihnen mitgebracht haben?

Lotte öffnete den Karton und vor ihnen lag ein wildes Sammelsurium an Dingen. Hildegard grinste über beide Backen. Sie zog ein grünes Gerät mit einer Kurbel aus den Sachen und reichte es Lotte. Es schien schwer zu sein. Tilly hatte keine Ahnung, worum es sich handelte. Gegenüber der Kurbel befand sich so eine Art Schraubzwinge, oben war ein Loch und seitlich konnte Tilly mehrere scheibenförmige Klingen sehen. Sie schaute Hildegard fragend an. Die wandte ihren Blick von Lotte ab und sagte: „Ein top-modernes Küchengerät. Ein Bohnenschneider. Das war der letzte Schrei um die letzte Jahrhundertwende. Gehörte meiner Oma."

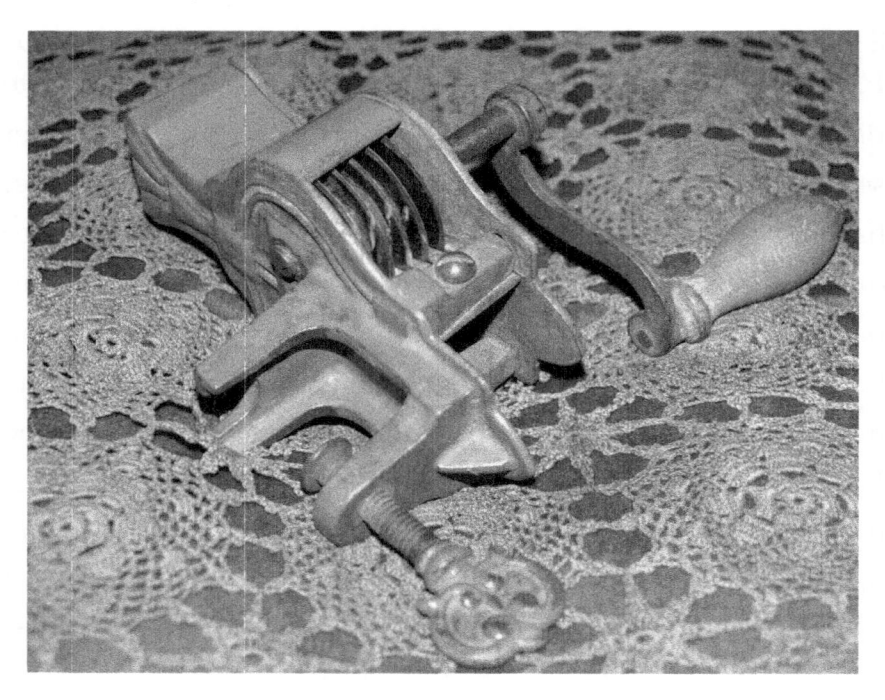

Lotte hielt den Bohnenschneider in der Hand. Ihr Blick wirkte abwesend. Tilly streckte die Hand aus und spürte das kalte Gusseiserne Material.

Sie waren in einer Küche. Die Dame des Hauses trug ein schwarzes, hochgeschlossenes Kleid und darüber eine mit weißen Spitzen versehene Schürze. Neben ihr standen zwei deutlich jüngere Mädchen, eines ebenfalls sehr elegant gekleidet, das andere eher schlicht. Auch sie trugen Schürzen und dazu eine weiße Haube. Die Korsettpflicht war offensichtlich noch nicht abgeschafft. Der dunkelbraune, matt glänzende Dielenboden ließ den Raum dunkel erscheinen. An der Wand stand ein Ofen, auf dem heißes Wasser in einem Kessel dampfte. Um den Ofen herum hingen allerlei Werkzeuge und Küchenutensilien. In der Mitte standen ein schlichter, großer Holztisch und drauf ein Korb über und über gefüllt mit Bohnen. Das elegant gekleidete Mädchen entfernte mit einem Messer die Stiele der Bohnen und legte sie dann in eine kleine, weiße Emaille-Schüssel. Die elegant gekleidete Frau wiederum steckte die Bohnen in den kleinen, grünen Apparat, der mit der Schraubzwinge am Tisch befestigt war, und drehte an der Kurbel. Unter dem Gerät stand ein Tontopf, der aussah wie der Sauerkrauttopf, den Tilly von Lotte kannte. Die Bohnen glitten durch den Bohnenschneider und fielen direkt in den Topf. „Emma, hol bitte Wasser und einen zweiten Gärtopf! Der hier ist fast voll.", sagte die Frau. Das schlicht gekleidete Mädchen verließ den Raum und kam kurz später mit zwei Eimern Wasser wieder zurück. Dann lief sie wieder nach draußen und schleppte einen großen Gärtopf ins Zimmer. Die Berge von Bohnen, die vor Tilly lagen, erzeugten in ihr ein tiefes Mitleid gegenüber den Frauen, die hier schufteten.

Tilly war die ganze Zeit neben Lotte gestanden, als diese auf einmal verschwand. Es war etwas gruselig, eben hatte sie noch neben ihr gestanden und sich dann einfach in Luft aufgelöst.

Tilly spürte noch immer das kühle Metall der Bohnenschneidemaschine an ihren Fingern, eben die, die sie einen Arm weit entfernt an dem Tisch angeschraubt sah. Wie detailreich die Erinnerungen dieser kleinen Maschine waren. Am liebsten wäre sie noch länger geblieben, aber für Hildegard musste es seltsam anmuten, wenn zwei Personen reglos an einem Gegenstand klebten. Sie ließ die Maschine los und war sogleich zurück bei Lotte in der Küche. Hildegard lächelte sie an. „Sie kann es also auch?", fragte sie Lotte. Tilly schaute misstrauisch zu Lotte und dann zu Hildegard. Lotte nickte. Hildegard wand sich nun an Tilly. „Ach wie ich dich beneide. Was habt ihr gesehen? Wo wart ihr? Ihr müsst mir alles erzählen."

Tilly spürte den Zorn in ihr hochsteigen. Hilde war also eingeweiht, sie wusste Bescheid. Warum hatte Lotte ihr das nicht gesagt. Das letzte Mal hatten sie noch bei Hildegard im Garten gesessen und Tilly hatte sich andauernd auf die Zunge gebissen, um sich nicht zu verraten. Sie schaute Lotte vorwurfsvoll an: „Sie weiß Bescheid? Alles? Warum hast du mir das nicht gesagt? Es hieß doch, wir sollten anderen Leuten nicht davon erzählen. Oder gilt das nur für mich?" Lotte wurde etwas verlegen. „Tilly, ich kenne Hildegard schon sooo lange. Sie hat es irgendwann mehr oder minder von allein herausgefunden. Sie war mit meiner Reise-Patin befreundet gewesen und als sie mich immer mal wieder versteinert an

Dingen kleben sah, reimte sie sich den Rest zusammen." Tilly war immer noch sauer. „Und warum hast du mir nicht gesagt, dass sie es weiß? Unser letztes Kaffeetrinkern wäre erheblich unverkrampfter abgelaufen." Lotte versuchte zu beschwichtigen. „Deine Mutter hatte dir gerade erst gesagt, man solle nicht mit anderen Leuten drüber reden. Und ich wollte nicht, dass der Rat deiner Mutter unglaubwürdig würde." Tilly blinzelte zornig. „Weil es dich sonst so wahnsinnig interessiert, was mir meine Mutter rät." Lotte lachte, wenn auch ein wenig verkrampfter, als sonst. „Das hat gesessen!".

Hildegard hatte den beiden belustigt zugesehen. „So jetzt reicht's aber mal. Ich bin ja nicht hier, um zwei Leuten beim Streiten zuzusehen, sondern, um etwas über meine Vergangenheit herauszubekommen. Lotte, wer war da? Hast du meine Mama gesehen?" Tilly empfand es seltsam, fast etwas anrührend, wie die alte Dame vor ihr über ihre Mutter sprach, die das Alter von Hildegard bedenkend, schon sehr lange tot sein musste. Trotzdem wirkte Hildegard, wie ein kleines Mädchen, wenn sie das Word „Mama" aussprach. Lotte wandte sich zu Hildegard. „Deine Oma und deine Mutter waren da. Sie machten gerade saure Bohnen. Deine Mutter war etwa 14 oder 15 Jahre alt. Deine Oma etwas jünger als ich heute." Hildegard klebte an ihren Lippen. „War sie glücklich, meine Mama?" Tilly ging die eben gesehene Szene durch den

Kopf. „So glücklich, wie eine 14-Jährige sein kann, wenn sie vor einem Zentner grüner Bohnen sitzt", schoss es aus ihr heraus. Lotte blickte sie tadelnd an. Tilly konterte mit einem rebellischen Blick. "Wa-as? Wärst du mit 14 Jahren glücklich gewesen, in der Küche zu stehen und riesige Mengen Grünzeug zu schnippeln?" Hildegard berührte den kleinen Apparat, als versuche sie selbst in die Vergangenheit zurückzureisen. „Ich meine, lächelte sie ihr bezauberndes Lächeln?" Tilly war kein bezauberndes Lächeln aufgefallen. Die Szenerie war ihr insgesamt eher trist vorgekommen. Sie berührte erneut den Bohnenschneider. Sie sah die Küche, diesmal war der Bohnenschneider nicht im Einsatz, sondern stand sauber glänzend auf einem Regal. Diesmal waren auch nur die beiden jungen Mädchen im Raum und säuberten zusammen den Boden. Die beiden unterhielten sich leise. Tilly musste ganz nah an sie herantreten, um sie zu verstehen. „Findest du nicht, dass du noch etwas jung, bist, um dir über das Heiraten Gedanken zu machen?" fragte die besser Gekleidete von den beiden. „Aber Johann ist so nett, so hilfsbereit. Er ist ein echter Gentleman.", schwärmte die andere. Das besser gekleidete Mädchen schüttelte mit dem Kopf. „Er ist ein Rabauke, glaub es mir. Es ist nicht lange her, da hat er mich noch an den Haaren gezogen, um mich zu ärgern. Und er hat geschummelt, wenn wir gemeinsam spielten." „Aber da waren wir noch Kinder! Jetzt ist alles anders.", antwortete das andere Mädchen. Das besser gekleidete Mädchen lächelte wissend. Und ja, zugegeben, dieses Lächeln war umwerfend.

Tilly war wieder bei Lotte in der Küche. Hildegard schaute sie fast flehend an. Tilly grinste. „Ja sie hatte wirklich ein bezauberndes Lächeln!", sagte sie und beobachtete Hildegard, wie sich ihr Gesicht entspannte und die Lachfalten, um die Augen tiefer wurden. „Und ja, ich glaube, sie war glücklich, auch wenn mir etwas unklar ist, wie Boden schrubben und glücklich sein so zusammen gehen. Sie kniete mit einer Freundin auf dem Küchenboden und putzte. Sie redeten übers Heiraten. Die Freundin war wohl verliebt in einen Johann. Deine Mutter, fand es etwas zu früh sich mit 14 Jahren über das Heiraten den Kopf zu zerbrechen." Nun klebte Hildegard an ihren Lippen, wie zuvor an Lottes. „Und was das Lächeln deiner Mutter betrifft, so weiß ich jetzt wenigstens, woher du es hast." Es dauerte etwas, bis Hildegard das Kompliment verstand. Dann huschte ein zarter Hauch von Röte über ihr Gesicht.

Kurz später verließ Hildegard überglücklich das Haus, nicht ohne Lotte und Tilly das Versprechen abzunehmen, bald wiederkommen zu dürfen. Sie hätte noch so viele Fragen. Lotte und Tilly betrachteten das Sammelsurium von Erinnerungen, dass Hildegard ihnen gebracht hatte. Wertloses Zeug und doch von so unschätzbarem Wert für eine Person, mit mehr als 90 Jahren Geschichte auf dem Buckel. Sie schlossen den Karton und Lotte stellte ihn in ihr Arbeitszimmer. Dann setzen sie sich wieder an den Küchentisch. Es wurde Zeit, sich den Ring anzuschauen. Beide waren sehr aufgeregt.

Sie waren auf einem großen Schiff. Ottilie stand oben auf der Reling und blickte in die Ferne. Sie folgten ihrem Blick, aber außer einem schier unendlichen Horizont aus Wasser konnten sie nichts sehen. Der Wind war stark, aber nicht unangenehm. Die Sonne schien und Ottilie hatte ein kleines Schirmchen aufgespannt, dass sie jedoch nur mit etwas Mühe so halten konnte, dass sie Schatten abbekam. Sie trug wie immer ein elegantes Kleid und einen auffälligen Hut, den sie wohl mit Nadeln an ihrer Frisur festgesteckt hatte, denn er bewegte sich, trotz des starken Windes nur leicht. Sie war nicht allein an Deck. Herren flanierten mit ihren Stöcken und Hüten und Damen standen in Grüppchen beieinander und unterhielten sich angeregt. Alle versuchten der Sonne aus dem Weg zu gehen, so dass an den wenigen schattigen Orten, Menschen eng beieinanderstanden. Ein junger Mann, ebenfalls elegant gekleidet, kam zu Ottilie. Der Wind zerrte an seinen Hosen und an seiner Jacke. Er musste mit einer Hand den Zylinder auf seinem Kopf festhalten, damit dieser nicht über die Reling geweht wurde. Nun nahm er ihn ab und verbeugte sich leicht. „Meine geehrte Frau Mama schickt mich mit der höflichen

Frage zu Ihnen, ob sie uns wohl heute beim Dinner mit ihrer reizenden Gesellschaft beglücken würden." Ottilie, schreckte etwas zusammen. Sie hatte wohl nicht damit gerechnet, von jemanden angesprochen zu werden. Dann lächelte sie höflich, antwortete nicht, sondern musterte den Mann abwartend. Nun wurde der junge Mann verlegen. „Entschuldigen Sie, ich hätte mich natürlich vorstellen müssen." Er nahm den Hut erneut ab, verbeugte sich und sagte dann: „Wenn Sie gestatten? Richard, Richard von Stolze!" Ottilie lächelte. „Ottilie Wiechard, es freut mich Ihre Bekanntschaft zu machen." Sie machte ebenfalls einen leichten Knicks. „Richten sie ihrer Frau Mutter aus, dass ich mich freuen würde mit ihr zu dinieren. Hat ihre Mutter auch etwas über die Uhrzeit verlauten lassen, an der sie mit meiner Gegenwart rechnet?" Tilly entging nicht der leicht ironische Unterton, mit dem Ottilie dem Herrn antwortete und auch der junge Mann schien nun etwas weniger selbstsicher als zuvor. „Acht Uhr, wenn es Ihnen genehm ist. Wir erwarten Sie dann im Speisesalon." Ottilie nickte und blickte dann wieder auf das Meer. Der junge Mann wusste nicht so recht, ob er noch etwas sagen sollte. Entschied sich dann aber offenkundig dagegen und ging davon. „So, so, Freifrau von Stolze wünscht mit mir zu dinieren. Nun gut, dann soll es so sein", sagte Ottilie noch zu sich selbst. Dann brach die Erinnerung ab.

Lotte und Tilly sahen sich an. Das konnte nicht alles gewesen sein. Sie nickten sich zu und berührten erneut den Ring.

Dunkelheit. Der Ring war offensichtlich noch in einer Schmuckschatulle. Dann wurde es hell und Ottilie stand in einem recht kleinen, aber hübsch eingerichteten Raum. An den Bullaugen konnte man erkennen, dass sie sich in einer Kajüte befand. Sie enthielt ein Bett, eine kleine Kommode, einen Spiegel und einen Waschtisch. Neben dem Waschtisch stand ein Krug mit Wasser. Ottilie trug ein hoch geschlossenes Kleid. Ein junges Mädchen, dass ihr offensichtlich beim Ankleiden geholfen hatte, machte einen dezenten Knicks und verließ den Raum. „Möchte mal wissen, ab wann man Kleider erfindet, die sich eine Frau auch alleine anziehen kann.", sagte Ottilie und betrachtete sich im Spiegel. „Na dann auf ins Gefecht. Bin gespannt, was der alte Drachen von einer wie mir will. Aber wahrscheinlich muss jede Person an Bord mal bei ihr vorsprechen." Sie richtete sich noch mit eine paar Klammern die Frisur, drehte sich, schnappte sich eine kleine Handtasche in Form eines Beutels und verließ das Zimmer. Lotte und Tilly folgten ihr. Sie lief durch einen langen Flur. Rechts und links sah man eine Tür, neben der anderen. Ihre Schritte wurden durch einen Teppich verschluckt, der dem Flur eine gewisse Eleganz verlieh. Am Ende erreichten sie eine Art Treppenhaus, das offensichtlich über mehrere Stockwerke ging. In Bögen führten die Treppen ein Stockwerk nach oben, wo sich der Speisesaal zu befinden schien.

-19- ADEL SITZT IM GEMÜTE, NICHT IM GEBLÜTE

Es war ein großer Saal, bestückt mit runden Tischen, an denen vereinzelt Menschen saßen. Es gab offensichtlich Elektrizität, denn ein riesiger Kronleuchter, bestückt mit tausend und abertausend Kristallen erhellte den Raum. Auf den Zweiertischen rund um den Saal, standen kleine Lampen, die zusätzlich Licht verschafften. Kellner in Uniform und kleinen runden Schachteln auf dem Kopf eilten zwischen den Tischen hindurch oder versorgten die Menschen mit Getränken. Andere Kellner, die weiße Leinentücher über dem Arm trugen, beugten sich zu den Gästen hinab und nahmen deren Bestellung auf. Die Gäste waren allesamt elegant gekleidet, die Männer in Smoking oder ähnlichen Anzügen, die Frauen in hübschen Kleidern, mit aufwendigen Frisuren. Ottilie blieb etwas unschlüssig stehen und schaute suchend umher. Schließlich schien sie zu entdecken, wonach sie gesucht hatte und lief nun, ihre Tasche fest an sich gedrückt, zu einem Tisch, an dem eine ältere Frau und der junge Mann vom Deck bereits saßen. Als der junge Mann sie kommen sah, erhob er sich von seinem Stuhl und machte eine dezente Verbeugung. Er nahm Ottilies Hand, deutete einen Kuss an. „Wie schön, dass sie meiner Einladung Folge leisten konnten, Fräulein Wichard", sagte die Frau, die auf ihrem Stuhl sitzen geblieben war. Ottilie nickte kurz mit dem Kopf, was wohl so etwas wie einen kleinen

Knicks andeuten sollte. „Es ist mir eine Ehre, Frau von Stolze." Die Frau lächelte und deutete mit einer einladenden Handbewegung an, dass sich Ottilie setzten solle. Sofort eilte ein Kellner herbei und zog einen Stuhl in eine Position, dass Ottilie bequem Platz nehmen konnte und schob dann den Stuhl samt Ottilie wieder an den Tisch.

Ein zu Tisch geeilter Kellner nahm die Bestellung auf. Dann ergriff Frau von Stolze wieder das Wort. „Ich beobachte Sie schon ein paar Tage, mein Fräulein." Tilly fand, dass dieser Satz eher bedrohlich als freundlich klang. Aber vielleicht war das auch nur das Auftreten der Frau. Sie war schon etwas älter, sehr elegant gekleidet und aufwendig zurecht gemacht. Sie trug mehrere Ringe an ihren Fingern und ein Collier, dass auf dem Stoff ihres dunklen Kleides glitzerte. Auch Lotte schien der Schmuck aufgefallen zu sein, denn sie trat nun näher an die Dame heran, um den Schmuck besser betrachten zu können. „Wie kommt es, dass Sie allein nach Amerika reisen, wenn es mir erlaubt ist, das zu fragen?" Ottilie schien weniger eingeschüchtert zu sein von ihrem Erscheinungsbild als Tilly. Sie legte den Kopf leicht schief und lächelte. „Oh, ich habe eine Anstellung als Lehrerin, für ein paar Monate. Und da ich sowieso vorhatte, meine Sprachkenntnisse im Englischen, sowie mein Wissen über fremde Kulturen zu erweitern, habe ich beschlossen, diese Reise auf mich zu nehmen." Frau von Stolze lachte. „Fremde Kultur, in Amerika, na da werden Sie wohl kaum fündig werden. Zum einen würde ich bei Amerika nicht unbedingt von Kultur sprechen, zum anderen waren es ja wohl wir Europäer, die alles dorthin brachen, was sie nun vorfinden werden." Ottilie lächelte interessiert und antwortete höflich. „Eine interessante Einstellung, die Sie da an den Tag legen. Meine Erfahrung jedoch ist etwas anders. Die Mehrzahl der Amerikaner mag von Europäern abstammen, dennoch macht gerade die Mischung aus, dass sich eine neue Kultur entwickelt." Frau Stolze lachte laut, aber etwas unangenehm. „Kultur? Wie können sie in diesem Fall von Kultur sprechen. Sie als Reisende müssten doch wissen, dass es keine Kultur ohne Geschichte gibt." Tilly war bei diesem Satz zusammengezuckt. Sie und Lotte beschrieben ihre Fähigkeit immer mit dem Wort „Reisen" und Menschen, die es konnten als „Reisende", aber das konnte die Frau ja kaum wissen. Doch auch Ottilie war leicht zusammengezuckt. Frau Stolze musterte Ottilie, als erwarte sie eine bestimmte Reaktion. Ottilie nahm einen Schluck von ihrem Wasser, das der Kellner ihnen eingeschenkt hatte. „Oh ja, ich reise viel und gerne. Fremde Kulturen, so wie meine eigene, interessieren mich sehr." Richard von Stolze schaute von seiner Mutter zu Ottilie und dann wieder zu seiner Mutter, als wisse er nicht recht, welches Spiel beide hier spielten. Auch Tilly beobachtete beide nun ganz genau. Frau von Stolze kniff die Augen leicht zusammen. „Oh, soweit ich beobachten konnte, interessieren Sie sich bei weitem nicht nur für Kultur. Es schien mir vielmehr als interessierten Sie sich für Dinge, alte Dinge. Es ist mir nicht entgangen, mein Fräulein, mit welcher Inbrunst, Sie die Bronzestatue im Atrium berührten. Fast als besäßen Sie die Fähigkeit mit ihr, na ja, wie soll ich sagen, Kontakt aufzunehmen. Ihr enttäuschter Blick verriet mir jedoch, dass Sie schnell merkten, dass sie nicht echt war und nur so aussah, als käme sie aus weit vergangener Zeit." Der Blick von Frau Stolze wurde nun lauernd und das schien auch Ottilie zu bemerken. „Oh ja, Kunst interessiert mich selbstredend natürlich ebenfalls und ich muss zugeben, dass es schade, wenn wohl auch verständlich ist, dass man hier eine billige Replik ins Atrium stellt. Es scheint mir, als hätten Sie eine ähnliche Erfahrung gemacht." Diesmal war es Ottilie, die ihren Blick fordernd auf Frau von Stolze richtete. Frau von Stolze lächelte etwas gekünstelt. „Da haben Sie wohl recht. Wir beiden sind uns wohl in einigen Fähigkeiten ähnlicher, als man denken sollte. Wir scheinen beide das Reisen zu lieben." Wieder fiel Tilly auf, dass sie das Wort „Reisen" besonders zu betonen schien. Überhaupt war sich Tilly fast sicher, dass diese Frau ganz genau wusste, wovon sie und Ottilie sprachen. Sie schaute zu Lotte, die ähnlich gebannt wie sie, der Unterhaltung folgte. Tilly wusste, dass die Menschen der Vergangenheit sie nicht hören konnten, trotzdem trat sie jetzt nahe an Lotte heran und flüsterte. „Sie weiß es, oder?" Lotte machte eine

Kopfbewegung, die eine Mischung aus „Ja" und „Nein" war. „Ich bin mir nicht sicher. Der Eiertanz hier erinnert mich tatsächlich an das Gespräch zwischen Hildegard und mir, als sie rausbekommen wollte, ob ich auch eine Reisende sei oder nicht. Nur, dass Hildegard mir um eine vielfaches sympathischer ist als diese seltsame Dame." Frau von Stolze sprach weiter. „Wissen Sie, meine Liebe, man trifft solche wie uns selten. Was mich dazu bewegte, Sie heute Abend zu bitten uns beim Dinner Gesellschaft zu leisten. Haben Sie denn schon gewählt?" Sie überging damit geschickt Ottilies fragenden Blick. „Natürlich ist die Auswahl bei weitem nicht, wie in der Heimat, aber…", sie seufzte „…für ein primitives Schiff, wie dieses, leistet der Koch, übrigens ein Deutscher, doch ganz Ordentliches." Tilly blickte sich um. Prunk und Protz lächelte ihr aus allen Ecken entgegen. Primitiv wäre das letzte gewesen, mit dem sie diesen Saal betitelt hätte. Lotte prustete und äffte die alte Dame nach. Auch Ottilie schien sich zusammenreißen zu müssen. „Ach wissen Sie Frau von Stolze, auf einer meiner früheren Reisen hatte ich einmal das recht zweifelhafte Vergnügen, auf einem der unteren Decks zu reisen. Und damit meine ich nicht die, wo die armen Teufel in Hängematten hausen und 14 Tage den Himmel nicht sehen. Ich denke, Menschen wie wir sollten uns glücklich schätzen, dass wir die Möglichkeit haben in diesem schönen Saal zu speisen und uns nicht kümmern müssen, wie uns das mitgeführte Essen auf der

Reise nicht verdirbt." Tilly beobachtete Frau von Stolze. Würde sie ärgerlich werden über den Tonfall, den Ottilie sich anmaßte? Doch das Gegenteil war der Fall. Frau von Stolze lehnte sich zufrieden zurück, als hätte sie von Ottilie nichts anderes erwartet. „So sind sie also eine Philanthropin. Ich hatte mir schon fast so etwas gedacht." Tilly schaute Lotte fragend an. Lotte erklärte. „Das sind Menschen, die andere Menschen lieben. Heute würde man wohl „Gutmenschen" sagen. Zumindest wenn jemand wie Frau von Stolze das Wort so verächtlich betont. Es ist eigentlich kein negatives Wort, es sei denn, man ist der Meinung, dass die meisten Menschen schlecht sind." Frau von Stolze sprach weiter. „Ich dachte immer, dass Reisen bildet. So lernt man die Menschen, oft fremde Menschen, erstaunlich gut kennen und doch selten lieben. Wissen Sie, Geschichte hat viel zu tun mit Geschichten und nicht jede Geschichte ist es wert erzählt zu werden. Die meisten Geschichten sollten da bleiben, wo sie hingehören. Auf den Abfallhaufen der Zeit." Sie winkte eine Ober zu sich und zeigte damit deutlich, dass sie an einer Antwort von Ottilie nicht interessiert schien. Der Ober eilte sogleich herbei. Richard sah Ottilie entschuldigend an. Ihm schien nicht wohl dabei, wie seine Mutter mit Ottilie sprach. Ottilie lächelte zurück, wohl glücklich, dass er mit seiner Einstellung zu anderen Menschen nicht nach seiner Mutter kam. Sie bestellten das Abendessen. Der Ober eilte davon und brachte kurz darauf etwas Wein.

Dann schenkte er allen Personen am Tisch erneut Wasser ein. Als er Ottilie fragte, ob auch sie Wein wolle, lehnte diese ab. Frau von Stolze hingegen machte eine einladende Geste und der Kellner füllte ihr Glas mit tiefrotem Wein. Auch Richard nahm einen Schluck. Frau von Stolze war offenbar noch nicht fertig mit ihren Erklärungen. „Wissen Sie, meine Liebe, Reisen bringt nicht nur Erkenntnis, es bildet nicht nur, nein, Menschen wie wir haben auch eine gewisse Verantwortung. Mit dem was wir weitergeben bildet sich eine Geschichte heraus, die sich zum Guten oder Schlechten wenden kann. Ich nenne Ihnen ein Beispiel. Unser guter Otto von Bismarck, Gott habe ihn selig, ihm haben wir unser Deutsches Reich zu verdanken. Er war ein großer Mann, von unglaublicher Eleganz und Intelligenz. Wen interessiert es, dass er Angst vor Pferden hatte, oder was er zu Abend aß. Oder dass er das eine oder andere Gläschen zu viel trank." Tilly schaute Lotte an. Sie verstand nicht, worauf diese Frau von Stolze herauswollte. „Seine Taten sind entscheidend, den Ruhm, den er uns Deutschen brachte. Dass sollen die Menschen erfahren. Wir brauchen Helden, keine Menschen." Ottilie schüttelte mit dem Kopf. „Wissen Sie, Frau von Stolze, ich habe mich schon immer mehr für die einfachen Menschen interessiert. Die, über die keine Bücher geschrieben werden. Die, die wir nicht aus den Geschichtsbüchern kennen. Verraten sie uns nicht mehr, über die Geschichte, als die Großen?" Frau von Stolze schnaufte verächtlich. „Es betrübt mich zu hören, dass sie ihre Möglichkeiten so vergeuden. Ich selbst setze viel daran den wirklich wichtigen Persönlichkeiten ihren wohlverdienten Platz in der Geschichte zu sichern. Und dies ist nun mal nur möglich, in dem man die Streu vom Weizen trennt. Die Menschen kleben an ihren persönlichen Erinnerungen, als sei alles wert der Nachwelt vererbt zu werden. Sie verlieren das Große aus den Augen." Ottilie schien sich nicht sicher, ob sie richtig verstanden hatte. „Und was ist Ihrer Meinung nach „das Große", wenn ich Sie das fragen dürfte?" Frau von Stolze sah sie an, als sei sie nicht ganz bei Trost. „Die deutsche Kultur, natürlich. Das müssten Sie als Lehrerin doch wissen. Unser schönes Land ermöglicht Ihnen doch all diese Reisen, damit sie unsere Kultur in der Welt verbreiten, die deutschen Tugenden, die deutsche Philosophie, ja unsere Werte." Frau von Stolze schien bei Ottilie einen wunden Punkt getroffen zu haben. Ottilie wehrte sich heftig. „Ich werde schon lange nicht mehr vom deutschen Reich für meine Reisen bezahlt. Ich finanziere diese Reise aus meinen eignen Ersparnissen. Und was unsere deutschen Werte betrifft, sie mögen von vielen bewundert werden, letztendlich sind sie jedoch nicht mehr als ein Mittel, die Bevölkerung ruhig zu halten, egal ob sie auf der Sonnenseite oder der Schattenseite leben. Oder glauben Sie, dass ein Hausmädchen tatsächlich die Zeit hätte sich mit der deutschen Philosophie zu beschäftigen? Sie hat weit mehr damit zu tun, den Nachstellungen des reichen Hausherrn zu entfliehen. Wo sind hier ihre hochgelobten Tugenden?" Frau von Stolze schaute sie nun feindselig an. „Und wissen Sie, genau diese Überschätzung des Individuums, meine ich. Was sollten uns die Gedanken und Gefühle einer Hausangestellten interessieren, wenn der Herr des Hauses die Geschicke der Welt lenkt. Würde man die Tugenden des deutschen Volkes vom Gehabe des Pöbels ableiten, wären die Deutschen schon längst ein Volk der maßlosen Trinker und der Hurenböcke." Frau von Stolze war nun ganz rot im Gesicht geworden und nahm erst einmal einen kräftigen Schluck Wein zu sich, um sich zu beruhigen. Ottilie, aber erhob sich. „Mit Verlaub, meine Gnädigste, das Trinken und Huren sollte selbstverständlich nur dem deutschen Adel vorbehalten bleiben. Ich bedanke mich herzlich für die von Ihnen ausgesprochene Einladung, ziehe es aber vor das Abendbrot ein Deck tiefer zu mir zu nehmen." Und bevor Frau von Stolze etwas antworten konnte, verneigte sich Ottilie leicht vor ihrem Sohn und verließ den Raum. Leider konnten Lotte und Tilly die Reaktion der Adeligen nicht mehr verfolgen, denn um sie verschwammen die Gesichter und so folgten sie Ottilie, die durch die Tür des Saales verschwand.

Der Ring schmiss sie aus der Erinnerung. Sie saßen beide in der Küche und sahen sich an. Tilly schüttelte mit dem Kopf. „Boa, was für eine ätzende Tussi, diese Frau Stolze." „Frau von Stolze", korrigierte Lotte in strengen Ton. Tilly äffte sie nach.

„Frau von Stolze! Na, jedenfalls hat Ottilie es ihr ganz schön gegeben, oder?" Lotte lachte. „Eine Freundin hat sie sich definitiv nicht gemacht. Das mit dem „Rumhuren" hast du verstanden?" Ein erschrecktes Gesicht von Tilly. „Du willst mir jetzt aber nicht so ein komisches Aufklärungsgespräch aufdrücken, oder?" kam zur Antwort. Lotte schüttelte mit dem Kopf. „Nein, keine Angst, ich sehe, du bist im Bilde. Ich glaube nicht, dass du noch mehr Details wissen musst." Tilly warf ihr einen bösen Blick zu, sagte aber nichts. „Also bevor wir das Thema jetzt doch noch vertiefen, diese Frau von Stolze schien doch zu wissen, dass Ottilie eine Reisende war, oder? Ich meine, sie hat es nie so ganz klar ausgesprochen, aber es war ja schon fast unheimlich, wie sie Ottilie zwischen den Zeilen klar machte, dass sie Bescheid wusste, oder?" Tilly nickte. „Manches klang fast wie eine Drohung, fand ich. Ich würde gern schauen, was der Ring noch so gespeichert hat. Was sagst du, sollen wir ihn noch mal berühren?" Lotte trank von ihrem Tee, er war mittlerweile kalt geworden. Tilly dachte schon, dass sie jetzt wieder Bedenken, wegen möglicher Kopfschmerzen anbringen könnte, aber es schien, dass Lotte genauso neugierig war, wie sie selbst. Sie nahm noch einmal einen Schluck Tee, dann nickte sie. „Na, dann los", sagte sie.

Es war helllichter Tag, die Sonne schien, und die Gischt schäumte um das Schiff. Ottilie stand an der Reling im Freien und der Wind zerzauste einige Strähnen, die sich aus ihrer

Frisur gelöst hatten. Weit und breit war kein Land in Sicht. Richard näherte sich ihr. Er trug eine schwarze Hose und ein Hemd mit Weste. Seine Jacke lag leger über dem Arm. Es schien als wüsste er nicht so recht, ob er es wagen sollte sie anzusprechen. Schließlich schien er all seinen Mut zusammenzunehmen und sprach sie an. Ottilie, die ihn wohl längst wahrgenommen hatte, schien wenig überrascht. „Ein herrlicher Tag, Fräulein Wiechard. Dürfte ich es mir herausnehmen, Sie kurz zu stören?" Ottilie sah ihn an, in ihrem Blick war etwas Herausforderndes. „Oh bien sûr, Herr von Stolze.", erwiderte sie. „Tun Sie sich keinen Zwang an." Richard errötete leicht. „Oh, bitte nennen Sie mich Richard. Anders als meine Mutter lege ich nicht so viel Wert auf meinen Nachnamen." Er schien die Aufmerksamkeit von Ottilie geweckt zu haben. Ihr Blick wurde etwas freundlicher. „Das freut mich zu hören, Richard. Aber lassen Sie ihre werte Mutter nicht hören, wie sie ihren Titel als Nachnamen bezeichnen, sie könnte denken, Sie hegen demokratisches Gedankengut, was ihr sicherlich zuwider wäre." Lotte erklärte kurz. „Momentan haben die deutschen einen König. Wilhelm der Zweite regiert das Land. Doch die demokratischen Kräfte kämpfen dafür, die Monarchie und den Adel abzuschaffen. In ein paar Jahren, ich glaube es war so gegen 1920, werden, so wie es heute auch ist, Adelstitel nur noch ein Nachname sein. Also man darf sich dann „von Stolze" nennen, aber die Privilegien, die der Adel momentan noch hat, fallen dann weg." Richard lächelte. „Verzeihen Sie das Verhalten meiner Mutter. Sie ist eine etwas raue Person und ich gebe zu, dass sie gestern Abend zu ihrer Höchstform auflief. Sie müssen etwas an sich haben, dass sie verunsicherte. Sie ist selten sehr freundlich zu anderen, aber die Zusammenkunft mit Ihnen gestern, war selbst für sie ungewöhnlich. Ich möchte mich jedenfalls entschuldigen, sollte sie Sie gekränkt haben und ausdrücken, dass ich mit der Meinung meiner Mutter nicht übereinstimme. Hinzu muss ich gestehen nicht ganz sicher zu sein den vollständigen Diskurs verstanden zu haben. Sie jedoch, schienen ihr folgen zu können." Er schaute Ottilie fragend an. Sie winkte ab und lachte, wenn auch etwas gekünstelt. „Oh bei weitem nicht, Richard, die Äußerungen Ihrer Mutter hinterließen auch bei mir ein paar offene Fragen." Richard schien etwas enttäuscht, als hätte er erwartet, dass Ottilie ihm eine paar brennende Frage hätte beantworten können. Und wahrscheinlich hätte sie das auch. Aber Tilly konnte verstehen, dass sie dem jungen Mann nicht so recht traute. Er schien durchaus freundlich und ehrlich. Aber es war schwer zu glauben, dass die Erziehung seiner Mutter spurlos an ihm vorüber gegangen sein sollte. Als könne er Ottilies Gedanken lesen sagte er: „Wissen Sie, ich habe meine gute Erziehung nicht meiner Mutter zu verdanken. Sie hätte wohl kaum die Zeit, vielleicht aber auch nicht die Fähigkeit gehabt, sich um ein Kind zu kümmern. Meine

Erziehung hat eine bürgerliche Kinderfrau übernommen. Sie hat mich wohl etwas mehr geprägt, als es meiner Mutter heute lieb ist." Richard lächelte, als hoffte er Ottilie ließe sich zu einem weiteren Gespräch erwärmen. Und tatsächlich schien Ottilie etwas mehr Vertrauen zu gewinnen. „Dürfte ich Sie wohl nach dem Vornamen Ihrer Mutter fragen, Richard?" Richard schien etwas erstaunt über Ottilies Frage. „Oh, sie heißt Magarete von Stolze. Und ihre Frage ist durchaus interessant, denn auch meine werte Mutter erkundigte sie nach dem Ihren. Dürfte ich fragen, was es mit dieser Frage auf sich hat?" Ottilie winkte ab. „Reines Interesse, lieber Richard.", sagte sie und blickte wieder über das Meer. „Reines Interesse!", wiederholte sie. Die Erinnerung brach ab.

Unter Deck, eine Frau schreit. Ottilie durchquert einen langen Gang, der bei weitem nicht so heimelig war, wie der, den Tilly und Lotte in der vorletzten Erinnerung gesehen hatten. Es war recht dunkel. Ottilie schien den Schreien der Frau zu folgen. Das Schiff schwankte stark. In einem großen Raum sah man im Halbdunkel mehrere Menschen, die etwas unschlüssig um eine Frau herumstanden, die offensichtlich kurz davor war, ein Kind zu gebären. Ottilie schubste die gaffende Menge beiseite und bückte sich zu der Frau herunter. „Wie heißen Sie?", fragte sie die Frau, die sich gerade wieder etwas beruhigt hatte. Schweißtropfen waren auf ihrem Gesicht, was jedoch hier unter Deck kaum ein Wunder war. Es war heiß und stickig. Sie trug ein Kleid, unter dem sich der dicke Bauch deutlich hervorhob. „Maria.", sagte die Frau. Und ihr Gesicht verzerrte sich wieder unter Schmerzen. „Hallo Maria, ich bin Ottilie. Ich würde sie gerne in meine Kajüte bringen lassen. Glauben Sie, dass Sie das schaffen?" Die Frau blickte sie erstaunt an. „Aber, …!", weiter kam sie nicht. „Maria, sie wollen doch nicht etwa in dieser Umgebung…" Ottilie zeigte auf all die Männer, die sie etwas hilflos begafften, „…ihr Kind zur Welt bringen. Bestimmt wird sich jemand von den Gentlemen finden, der mir behilflich sein wird, sie in meine Kajüte zu bringen." Ottilie blickte sich um. Die meisten der Männer waren auf einmal weit weniger interessiert an dem Geschehen als noch vor wenigen Sekunden. Dass sie nicht pfeifend davonliefen, war alles. Ottilie schaute sie sich genau an. Dann sagte sie: „Sie, der Herr mit der schwarzen Kappe, wären Sie und ihr Freund uns vielleicht behilflich?" Ein Mann in der Menge, der eine schwarze Kappe trug, blickte fragend um sich. Ein anderer Mann, der direkt neben ihm stand, stieß ihn an, als wolle er sagen. „Komm! Lass uns ihnen helfen." Der Mann kämpfte kurz mit sich, schien dann aber aufzugeben, da der andere Mann schon Ottilie zur Seite geeilt war. Mit vereinten Kräften schafften sie es die Frau aus dem Raum zu bringen. Ottilie dirigierte das Ganze. „Bitte bringen Sie die Frau in Kajüte 109. Wenn Sie jemand fragt: Mein Name ist Ottilie Wiechard und die Dame ist mein Gast. Könnten sie bitte kurz sagen, ob sie mich verstanden haben. Der Mann mit der Mütze stammelte kurz: „Ottilie Wiechard, Kajüte 109, die Dame ist Ihr Gast." Ottilie nickte zufrieden. „Ich hingegen werde versuchen einen Arzt aufzutreiben."

Ottilie lief eine Treppe hinauf, Tilly drehte sich noch mal um, um zu sehen, wie die beiden Männer mit der Frau vorankamen. Doch die beiden Männer, die die Frau stützten, lösten sich außerhalb von Ottilies Blickfeld auf, wie Figuren aus Rauch, die der Wind wegblies. Lotte, die ihren Blick zurück bemerkte, grinste, als sie ihren erschrockenen Blick sah. „Ja, es ist immer wieder etwas gruselig, was im Rücken einer Erinnerungsträgerin passiert. Komm, wir müssen hinter Ottilie her, bevor auch um uns herum alles verschwimmt." Sie folgten Ottilie, die schließlich in dem großen Vorraum mit der Treppe ankam. Auf den Schildern konnten sie lesen, dass sich einen Stock höher ein Rauchersalon befinden musste, zu dem sie nun eilte. Lotte und Tilly kamen kaum die Treppen hinterher. Vor dem Rauchersalon stand ein Diener, der Ottilie ungläubig anstarrte, als sie an ihm vorbeilief. Ganz offensichtlich war es eher ungewöhnlich, dass eine Frau diesen Bereich betrat. Der Salon war voll von Männern, die beieinanderstanden, Gläser mit klaren Flüssigkeiten in den Händen hielten, Karten spielten oder einfach Zeitung lassen. Der Raum war von schwerem Tabakrauch erfüllt. Ottilie, die wohl selbst noch nicht oft an solch einem Ort gewesen war, schaute sich um, als suche sie jemanden. Sie entdeckte Richard und lief auf ihn zu. Als Richard sie bemerkte, legte er sofort die Zeitung nieder, stand von einem Sessel auf und lief ihr entgegen. „Richard, Sie müssen mir helfen. Ist einer der Herren hier vielleicht ein Arzt. Eine Frau von unter Deck bekommt gerade ein Kind. Ich habe sie in meine Kajüte bringen lassen." Richard schaute sie erstaunt an. „Fräulein Wiechard! So hat meine Mutter doch recht, wenn Sie sie eine Philanthropin nennt. Aber die Frauen aus diesem, wie soll ich sagen, Milieu bekommen doch sonst auch ihre Kinder einfach so, ich meine ohne Arzt." Ottilie schaute Richard an, als sei er irre. „Waren Sie schon mal bei einer Geburt dabei?", fragte sie. „Wir benötigen dringend heißes Wasser und ein paar Tücher, die nicht allzu verschmutzt sind. Ein Arzt könnte hier helfen, dem Personal, dass sicher nicht sehr glücklich über die Situation sein dürfte, etwas Beine zu machen. Richard, unter diesen Bedingungen kann die Frau nicht nur vielleicht ihr Kind verlieren, sondern vielleicht sogar ihr Leben." Richard schaute sie skeptisch an. Er schien weder viel von Frauen noch vom Kinderkriegen zu verstehen. Nicht dass Tilly viel vom Kinderkriegen wusste, aber alles, was sie wusste, ließ sie eher zu der Panik von Ottilie tendieren als zur scheinbaren Gleichgültigkeit Richards. Dennoch ging Richard auf eine Gruppe älterer Männer zu, die allesamt Bärte trugen und schon einige Male irritiert zu Ottilie und Richard herübergeblickt hatten und sprach in gedämpftem Ton mit

Ihnen. Die Reaktionen fielen unterschiedlich aus, auch wenn Tilly nicht verstand, was die Herren sprachen. Man schien zu diskutieren, ob Hilfe von Nöten sei. Ottilie, die nervös von einem Bein auf das andere trat, schien die Hutschnur zu platzen. Sie lief auf die Herren zu, die auseinanderstoben, als hätte Ottilie eine ansteckende Krankheit. Nun hatte sie die Aufmerksamkeit des ganzen Raumes. „Entschuldigen Sie meine Herren, aber ist irgendein Gentleman in diesem Raum, der einer Gebärenden etwas Unterstützung zukommen lassen würde? Ich würde es ja selbst tun, allein es fehlt mir der Glaube, dass das Personal einer Frau Folge leisten würde." Aus der Menge der Bärtigen, löste sich ein Mann und trat an Ottilie heran. „Gestatten Sie mir mich vorzustellen. Mein Name ist Wilhelm Reichard. Ich bin Arzt und wäre bereit, Sie zu unterstützen. Wie ist Ihr werter Name?" Ottilie schien kaum gehört zu haben, was der Herr gesagt hatte. Anstatt sich vorzustellen, sagte sie: „Es ist mir eine Ehre Ihre Bekanntschaft zu machen, mein Herr, aber wenn Sie vielleicht heißes Wasser und einigermaßen saubere Tücher organisieren könnten. Die Frau befindet sich in der Kajüte 109, und ich fürchte, für den Austausch von Höflichkeiten, bleibt uns wenig Zeit." Sie machte einen höflichen Knicks und verschwand. Sie eilte zu ihrer Kajüte, aus der man wieder das Schreien der Frau hörte und Tilly und Lotte folgten ihr. Ottilie klopfte an die Tür und betrat das Zimmer. Die Frau lag auf ihrem Bett. Die beiden

Männer waren verschwunden. Ottilie trat vor ihren Spiegel und betrachtete sich, als wolle sie sich selbst Mut zureden. Dann zog sie den Ring aus. Die Erinnerung brach ab.

„Kannst du noch?", fragte Lotte. Tilly schaute Lotte an, als wäre diese verrückt geworden. „Klar, kann ich noch. Man hört doch nicht auf, wenn es gerade am spannendsten ist. Ich muss nur kurz aufs Klo, dann können wir weitermachen." Sie flitzte auf die Toilette.

Kurz später und sehr viel erleichterter, als sie zuvor gedacht hätte, saß sie wieder am Tisch, bereit, den Ring weitererzählen zu lassen. Lotte hatte noch mal Wasser aufgesetzt und war gerade dabei einen neuen Tee aufzubrühen. Es schien ewig zu dauern, bis sich Lotte wieder setzte. „Eins, zwei, drei!", sagte Lotte und sie berührten gleichzeitig den Ring.

Sie waren in Ottilies Kajüte. In ihrem Bett lag die Frau und hielt ein kleines Kind in ihren Armen. Es schlief und die Frau betrachtete es ganz ungläubig, als könne sie sich selbst nicht erklären, wo es auf einmal hergekommen war. Ottilie stand neben dem Bett und betrachtete die beiden. Tilly hatte noch nie ein so kleines Kind gesehen. „Es ist so klein!", sagte sie zu Lotte. „Ist es nicht viel zu klein?" Lotte grinste. „Es ist auch nicht kleiner als du warst, als ich dich das erste Mal sah. Kinder sind am Anfang so klein." Tilly schaute Lotte ungläubig an. Ottilie unterbrach die Szene. „Geht es Ihnen gut, Maria? Oder soll ich

Ihnen noch etwas bringen lassen." Maria blickte zu Ottilie. „Ich will Ihnen keine Umstände machen, gnädige Frau. Sie haben schon zu viel für mich getan, ich werde es niemals wieder gutmachen können." Ottilie antwortete mit strengem Tonfall. „Maria! Ich habe ihnen doch gesagt, Sie sollen mich Ottilie nennen. Und Sie haben überhaupt nichts gut zu machen." Maria hatte Tränen in den Augen. „Ich werde sie nach Ihnen nennen, Fräulein Wiechard. Sie soll Ottilie heißen, wie Sie." Ottilie schüttelte mit dem Kopf. „Sie wollen ihre hübsche Tochter doch nicht nach einer blinden Heiligen benennen, die noch dazu die meiste Zeit ihres Lebens in einer Höhle oder im Kloster verbrachte. So ehrenwert das ist, ich stelle es mir recht langweilig vor, Sie nicht?" Ottilie lächelte, Maria jedoch schien zu erschrecken, hatte Ottilie doch gerade scheinbar schlecht über eine Heilige gesprochen. Auch Ottilie schien den Blick bemerkt zu haben und beeilte sich das Thema zu wechseln. „Was halten Sie von Liese-Lotte? Der Name würde meine eigene Patentante ehren, die sich sicher freuen würde, wenn jemand ihren Namen trägt. Ich selbst habe keine Kinder und sie würden mir einen großen Gefallen tun." Maria blickte auf das kleine Wesen in ihrem Arm. „Liese-Lotte.", murmelte sie und strich dem Kind über die Wange. Das Kind öffnete die Augen und blickte sie an.

-20- RINGLEIN, RINGLEIN, DU MUSST WANDERN

Es war schon spät und Lotte schickte Tilly unter Protest ins Bett. „Du reist aber nicht ohne mich, versprochen?", rief Tilly von oben aus ihrem Zimmer, als sie hörte, dass Lotte noch mal nach unten ging. „Nein.", rief sie zurück. Großes Indianerinnenehrenwort." Dann war unten Stille. Tilly lag im Bett und ließ sich die Erinnerungen noch mal durch den Kopf gehen. Ottilie hatte nach ihrer Ankunft in Amerika mit Maria und Liese-Lotte Kontakt gehalten. Doch sie hatte wieder zurück nach Deutschland reisen müssen, da ihre Schwester erkrankt war. Aus ihrem Vorhaben vollständig in die USA auszuwandern, wurde erst mal nichts. Dies hatte sie jedoch nicht davon abgehalten immer wieder in die USA zurückzukehren und auf diesen Reisen besuchte sie Maria und Liese-Lotte. Dann war der erste Weltkrieg ausgebrochen und Ottilie konnte als Deutsche nicht so einfach in die USA reisen. Aber sie schrieb Briefe. Nach dem Krieg, als es wieder möglich war, besuchte sie das Liesel, wie Maria ihre Tochter nannte, öfter. Als Lotte in der Erinnerung das erste Mal hörte, wie die Mutter das Mädchen „das Liesel" nannte, steckte sie sich den Finger in den Hals und tat so, als müsse sie sich übergeben. Tilly fand die nächsten Minuten äußerst amüsant, da Lotte nicht aufhörte darüber zu schimpfen, wie man den Namen „Liese-Lotte" so verunglimpfen konnte und dass sie schon

„Lottchen" früher bei ihr völlig daneben fand, aber „das Liesel" ja wohl das Letzte sei. Außerdem würden ihr diese Verniedlichungsformen, die Mädchen zu Sachen degradierten, eh auf den Wecker gehen. Schließlich war Tilly froh, dass diese Erinnerung abbrach und hoffte inständig, dass es nur eine Phase war, in der die Mutter das Mädchen „das Liesel" genannt hatte. Jedenfalls zeigte Ottilie bei einem dieser Besuche „dem Liesel" wie man reisen konnte und tatsächlich schien auch das Mädchen die Gabe zu haben. Zu ihrem 21sten Geburtstag schenkte Ottilie Liese-Lotte den Ring. So erfuhr Liese-Lotte, wie Ottilie und ihre Mutter sich kennengelernt hatten. Dieser Teil der Erinnerung war etwas langweilig gewesen, da Lotte und sie auf eine junge Frau starrten, die gebannt den Ring in den Händen hielt und verträumt aus dem Fenster sah. Natürlich wusste Tilly, was Liese-Lotte da erlebte, aber jemanden beim Reisen zuzusehen, war wirklich alles andere als spannend. Sie fragte sich, ob ihre Mutter sich auch gelangweilt hatte, wenn sie neben Lotte gesessen und wartete hatte, dass diese aus der Erinnerung zurückkehrte. Da es spät gewesen war und Tilly beinahe in der Erinnerung eingeschlafen wäre, hatten sie dann für heute abgebrochen und Lotte hatte ihr versprochen, dass sie am nächsten Morgen, bevor Lotte Tilly wieder nach Hause brachte, schauen würden, was der Ring noch so gespeichert hatte. Der Ring war jetzt im Amerika der 20er Jahre, in denen die ersten Autos die Straßen von New York verstopften, vom Gesetz her Alkohol verboten war, die Leute aber trotzdem tranken und feierten. Tilly war fasziniert von den zwanziger Jahren, sie waren wild und bunt. Sie war gespannt, was sie alles zu sehen bekommen würden. Allerdings wurde es langsam mit der Sprache immer schwieriger. Maria, die eine Anstellung als Hausdame bei einer österreichischen Familie bekommen hatte sprach ein so schlechtes Englisch, dass Tilly sie problemlos verstand. Außerdem sprachen sie und Liese-Lotte eh untereinander Deutsch. Aber in Erinnerungen ohne ihre Mutter sprach Liese-Lotte immer öfter eine Sprache, die Tilly noch nicht mal richtig als Englisch erkannte. Lotte hatte das Problem nicht, sie verstand alle Erinnerungen, unabhängig von der Sprache. Und so übersetzte sie, wann immer sie Tillys fragenden Blick sah.

Doch wie war der Ring zurück nach Friedberg gekommen? In dem Armband hatte Ottilie den Ring erwähnt. Auch, dass sie ihm am Grab finden würden. Doch die Erinnerung auf dem Armband war älter als einige Erinnerungen auf dem Ring. Das war alles irgendwie nicht logisch. Obwohl Tilly todmüde war, kreisten ihre Gedanken. Der Ring musste später nach Deutschland zurückgekommen sein. Aber wie? Warum? Und was hatte das alles mit Lottes Familie zu tun? Ottilie war die Lehrerin von Lottes Urugroßmutter gewesen. Der Ring war bei deren Grab gefunden worden. Die Karte für die Mikwe in ihrem Haus. Alles drehte sich irgendwie um Friedberg. Tilly schwamm durch das klare Wasser der Mikwe. Ottilie an ihrer Seite. Das Wasser war angenehm. Beide konnten problemlos unter Wasser atmen. Ottilie lächelte sie freundlich an, als wolle sie sagen: „Du wirst es schon noch herausbekommen, nur Geduld." Durch die Wasseroberfläche konnte sie eine Gestalt sehen, die sie beide beobachtete. Es war Frau von Stolze, mit verkniffenem Gesicht, so als missbillige sie, was sie sah. Und auf einmal konnte Tilly unter Wasser auch laufen und eigentlich umgab sie auch gar kein Wasser mehr. Stattdessen schien die Sonne und Lotte lag auf einer Wiese am Strand eines Sees. Sie winkte. Tilly verließ das Wasser und aus dem See wurde eine Wiese mit herrlichem, grünem Gras. Rundherum standen große, alte Bäume.

Tilly wachte auf. Die Sonne strahlte in ihr Zimmer. In der Küche unten klapperte es. Lotte musste schon wach sein. Sie war noch völlig benommen von dem Traum und hatte das Gefühl überhaupt nicht geschlafen zu haben. Doch langsam fing ihr Gehirn wieder an zu arbeiten. Sie steckte einen Fuß aus dem Bett und stellte fest, dass es außerhalb ihrer Bettdecke ganz schön kalt war. Normalerweise hasste sie es, wenn sie aus dem warmen Bett ins Kalte musste, aber heute empfand sie die Kälte eher erfrischend. Sie machte wach und klar. Sie sprang aus dem Bett, zog sich etwas Warmes an und lief runter in die Küche.

Lotte hatte schon ganz schön gewirbelt. Auf dem Tisch standen frische Brötchen, in der Teekanne dampfte frischer Tee. Auf dem Tisch standen Marmeladen und Honig. Lotte hielt sich an einer Kaffeetasse fest und begrüßte sie mit einem freundlichen: „Boa, was ne Nacht. Ich hab vielleicht einen Scheiß geträumt. Hast du wenigstens gut geschlafen?" Lotte sah wirklich etwas übernächtigt aus. Und anders als sonst, schien sie sich auch nicht wirklich dafür zu interessieren, ob Tilly gut geschlafen hatte. „Wieso? Was hast du geträumt?", fragte Tilly deshalb. „Ach!", winkte Lotte ab. „Quatsch halt. Von Ottilie, der Mikwe, Frau von Stolze. Alles ziemlich wirr." Tilly starrte sie an. „Was hat Frau von Stolze gemacht?", fragte sie vorsichtig. „Uns angestarrt hat sie! Sauer schien sie zu sein, dass du mit Ottilie schwimmst. Aber irgendwie war sie dann auch weg. Und dann erinnere ich mich nicht mehr richtig." Lotte nahm einen großen Schluck Kaffee, schüttelte sich kurz, und schaute dann zu Tilly. Tilly saß wie vom Donner gerührt auf ihrem Stuhl. Konnte das sein? Hatten sie und Lotte dasselbe geträumt? Lotte schien zu merken, dass Tilly beunruhigt war. „Was ist mit dir?", fragte sie deshalb. Tilly wusste nicht so recht, was sie sagen sollte. Es war nicht möglich, dass zwei Personen dasselbe träumten. „Ich hab was ganz ähnliches geräumt." Und sie erzählte Lotte von ihrem Traum, nur das Ende ließ sie weg, auch weil sie nicht so richtig beschreiben konnte, was am Schluss geschehen war. Lotte schaute sie ungläubig an. „Das ist schon echt etwas unheimlich. Die beiden Träume ähneln sich wirklich sehr." Doch dann machte sie eine Handbewegung, als wolle sie alles Gesagte wegwischen. „Lass uns frühstücken. Ich hab einen Bärenhunger. Ich meine, wir haben gestern gemeinsam die ganzen Erinnerungen gesehen, kein Wunder, dass wir ähnliches träumen. Und diese Frau von Stolze war ja wirklich keine sympathische Persönlichkeit." Sie setzte sich, stellte ihren Kaffee auf den Tisch und nahm sich ein Brötchen. Tilly tat ihr gleich. Auf ihrem Marmeladenbrötchen herumkauend fragte sie Lotte: „Aber wie ist der Ring wieder nach Deutschland gelangt und vor allem wann?" Lotte kaute und schluckte. „Liese-Lotte muss den Ring am Grab versteckt haben." Tilly schüttelte mit dem Kopf. „Und sie soll den Ring zurückgebracht haben? Das passt doch alles nicht zusammen. Die Erinnerung vom Armband war vor dem ersten Weltkrieg, oder?" Lotte nickte. „In dieser Erinnerung wird der Ring schon erwähnt und auch, wo wir ihn finden können. Wie kann er dann die ganze Zeit in den USA gewesen sein? Ich kann mir das alles selbst nicht erklären. Aber vielleicht verrät uns der Ring doch noch, wie er wieder nach Friedberg kam. Nach dem Frühstück, machen wir uns noch mal auf die Reise, oder?" Tilly nickte aufgeregt und verschlang ihr restliches Brötchen. „Fertig!", sagte sie und Lotte musste lachen. „Darf ich noch fertigkauen?".

Und wieder saßen sie am Küchentisch und berührten den Ring. Liese-Lotte wartete in New York an einer Ankunftsstation am Hafen. Sie trug einen Hut, der fast aussah wie ein Helm und ein buntes Blumenkleid, das ihr knapp über die Knie ging. Ein kleiner Junge mit Kappe stieß mit ihr zusammen und flitzte dann um die nächste Ecke, gefolgt von zwei bullig aussehenden Männern, denen offensichtlich irgendetwas abhandengekommen war, dass sie nun in den Händen des Jungen vermuteten. Liese-Lotte überprüfte noch mal ihre Handtasche und stellte zufrieden fest, dass ihr nichts fehlte. Aus der Ankunftsstation kamen Menschen, die aussahen, als würde ihnen ein Bad und frische Kleidung guttun. Liese-Lotte reckte sich und suchte in der Menge nach jemanden. Schließlich schien sie gefunden zu haben, was sie suchte, denn sie nahm ihre Tasche eng vor die Brust und quetschte sich durch die Menge. Lotte und Tilly folgten ihr. Im echten Leben voll an den Abstand wegen Corona gewohnt, fanden sie es fast unnatürlich, wie nah sich hier die Menschen kamen. Etwas weiter entfernt stand eine elegant gekleidete Frau, drückte gerade zwei kräftig gebauten Männern Geld in Hand und zeigte auf zwei schwere Koffer. Der eine der Männer lupfte kurz die Kappe und nickte. Dann wurden die Koffer auf einen Karren geladen und die beiden zogen damit von dannen. Liese-Lotte winkte und die Frau drehte sich um. Es war Ottilie. Sie trug einen Hut, der ihr tief ins Gesicht viel. Von Korsett keine

Spur mehr, sie trug vielmehr ein etwas schlabberiges Oberteil, dass durch einen Gürtel etwas unterhalb der Hüften etwas nach oben geschoben wurde. Darunter einen Rock, der ihr bis knapp über die Knie ging. Sie lächelte, als sie Liese-Lotte sah und eilte ihr entgegen. Nach einer kurzen Umarmung hakte sich Ottilie bei Liese-Lotte ein und die beiden liefen die Köpfe eng zusammen gesteckt los. Als sich die beiden eine Straßenbahn eroberten, mussten Tilly und Lotte rennen, um nicht abgehängt zu werden. Und als schienen beide Liese-Lotte und Ottilie zu wissen, dass sie in Begleitung waren, verzögerten sie den Einstieg in die Bahn etwas, was zu wilden Protesten der anderen Bahnfahrer und Bahnfahrerinnen führte. Doch die beiden lachten nur. Schließlich waren sie alle vier in der Bahn und durchquerten das New York der Zwanziger Jahre. Was für ein Verkehr, dachte Tilly. Überall stank es nach Abgasen und die Autos hupten wild an jeder Ecke. Wie mochte das erst heute sein. „Da vorne ist ein nettes Straßencafé, lass uns aussteigen und etwas trinken gehen", sagte Ottilie so laut, als wolle sie die gesamte Bahn von ihrem Vorhaben wissen lassen. Lotte schüttelte mit dem Kopf. „Die wissen doch ganz genau, dass wir ihnen zuschauen, oder?", sagte sie zu Tilly. „Aber nett, dass sie uns vorwarnen." Sie stiegen aus und die beiden Frauen liefen zum Straßencafé, wo vor kleinen, gepolsterten Stühlen kleine, runde Tische standen. Sie setzten sich und Tilly und Lotte stellten sich so hin, dass sie gut hören konnten, was die Frauen sprachen.

„Und du bist mir nicht böse, dass ich dir den Ring wieder abnehme?", fragte Ottilie. „Ach, was", antwortete Liese-Lotte. „Ich habe alles gesehen, was ich sehen wollte und es war ehedem schon sehr nett von dir, dass du ihn noch mal ausgegraben hast, um mir die Möglichkeit zu geben, mehr über meine Geschichte zu erfahren. Mutter redet ja nicht viel über ihre Anfangszeit hier in den USA und wer mein Vater war, weiß ich bis heute nicht. Egal, was ich anfasse, er taucht einfach nie auf. Ich muss nur manchmal aufpassen, dass ich mich nicht verplappere. Notfalls sage ich immer, dass du es mir erzählt hast." „Zu freundlich.", erwiderte Ottilie. „Und ich darf mir dann wieder anhören, dass ich intime Details aus ihrem Leben ausplaudere." Die beiden Frauen lachten. „Und du glaubst, sie wird die Nachricht finden?", fragt Liese-Lotte nun etwas ernster. Ottilie nickte. „Ich bin mir völlig sicher. Ich sagte dir doch, ich hab sie gespürt, als ich das Armband besprach. Besuchst du mich denn in Deutschland im Herbst? Ich würde dir so gern Friedberg zeigen. Sicher, es ist nicht so modern wie hier, aber Freunde von mir haben einen großen Garten und geben dort Gartenfeiern, die so manche Feier hier in den Schatten stellen." Liese-Lotte lächelte etwas ungläubig. „Na ja, etwas frische Luft und Natur werden mir guttun. Ja, ich komme im Herbst, auch wenn meine Mutter jetzt schon Angst hat, dass ich dort einen Mann kennenlerne und nie wieder zu ihr zurückkomme. Außerdem macht ihr dieser Hitler Angst." Ottilie lachte. „Hitler! Das ist ein Idiot. Man sollte ihn nicht so ernst nehmen." Doch Liese-Lotte schüttelte mit dem Kopf. „Das sehen meine Verwandten aus Bayern aber ganz anders. Mein Cousin wurde von der SS verschlagen." Tilly schaute Lotte fragend an. Lotte überlegte. „Wir müssen etwa in 1927 oder 1928 sein. Die Weltwirtschaftskrise 1929 herrscht noch nicht, sonst sähe es hier anders aus. An einen Kaffee auf der Straße, war damals nicht mehr zu denken. Aber man spricht schon über Hitler. Seine Partei wird in Deutschland schon gewählt, allerdings liegen sie noch weit unter 5%. Was sie nicht daran hindert sich aufzuführen, als wären sie in der Mehrheit. Und natürlich sind Hitlers Schlägertrupps schon unterwegs." Tilly nahm sich nochmals vor, in Geschichte besser aufzupassen. Sie hätte jetzt Anfang der zwanziger Jahre getippt. „Jedenfalls muss sich deine Mutter keine Sorgen machen. Du wirst heil bei mir ankommen und wieder heil zurückkommen.", sagte Ottilie. „Seit sie damals das Schiff von Bremen nach New York nahm, hat sich viel verändert. Wir leben ja nicht mehr im 19ten Jahrhundert. Sie wäre erstaunt, wie sich der Komfort an Bord geändert hat, selbst für Menschen mit geringeren Einkommen. Es ist nicht mehr unüblich, dass junge Damen allein nach Deutschland reisen. Und was den Mann angeht, den du kennenlernen könntest, so müsste das schon ein ordentliches Prachtexemplar sein, dass du dein geliebtes New York gegen Friedberg eintauschen würdest, oder?" Liese-Lotte errötete. Erst jetzt bemerkte Tilly, dass Liese-Lotte den Ring trug. Die drei kleinen roten Korallen waren deutlich zu erkennen. Liese-Lotte zog den Ring aus und ließ ihn verträumt durch die Finger gleiten, als wolle sie sich verabschieden. Dann reichte sie ihn Ottilie. Die steckte ihn sich jedoch nicht an den Finger, sondern packte vielmehr eine kleine Schachtel aus und legte ihn hinein. Die Schachtel klappte zu. Die Erinnerung brach ab.

Sie saßen sich beide gegenüber an Lottes Küchentisch. Lotte fing zuerst an zu sprechen. „Das erklärt zumindest, wie der Ring wieder nach Friedberg kam. Allerdings erklärt es nicht, warum meine Patentante Till, dort lebte. Sie muss die Patentochter von Liese-Lotte sein. Aber Liese-Lotte lebte in New York. Und Till ist soweit ich weiß in Deutschland geboren." Tilly überlegte. „Aber Liese-Lotte ist doch nach Friedberg gereist. Wir haben es ja selbst gehört. Ende 1927 oder 1928 war sie da." „Wenn sie gekommen ist. Wir wissen nur, dass sie es vorhatte.", antwortete Lotte. Sie schwiegen. Der Ring stand zwischen ihnen auf dem Tisch und als Lotte die kleine Schachtel zuklappte, war Tilly klar, dass sie jetzt hochgehen konnte, ihre Sachen zu packen. Tilly fiel auf einmal ein, dass sie Lotte noch etwas ganz anderes fragen hatte wollen. „Sag mal, Lotte, hast du eigentlich irgendwas aus dem

Mittelalter in deinen Kartons?" Lotte wurde aus ihren Gedanken gerissen. „Wieso?", fragte sie fast misstrauisch. „Wir nehmen gerade in Gesellschaftslehre das Mittelalter durch. Und…", sie überlegte, wie sie das jetzt formulieren sollte. Lotte war manchmal für ihren Geschmack etwas zu begeistert von dem, was die Schule so an Wissen zu bieten hatte. „…etwas aus dem Mittelalter würde mir vielleicht helfen dem Unterricht mit noch mehr Interesse zu folgen." Tilly war mit sich zufrieden. Das hatte doch jetzt ganz anders geklungen, als dass, was ihr eigentlich auf der Zunge gelegen hatte. Nämlich, dass das Thema einfach stinklangweilig war, der Lehrer es überhaupt nicht draufhatte, ihr zu vermitteln, warum sie das interessieren sollte und dass sie die Hälfe des Unterrichts damit verbrachte, Manga-Figuren zu zeichnen. Lotte überlegte. „Ich hab da tatsächlich was, auch einen Ring. Aber ganz ehrlich, wenn auf dem Zinnteller… du erinnerst dich? Der aus dem Spätmittelalter? …eigentlich „Freigegeben ab 12 Jahren" stehen müsste, dann stände auf dem Ring „ab 18". Den will ich dir eigentlich gar nicht geben." Tilly konnte sich noch allzu gut an den Zinnteller erinnern. Ja, es war schon ein bisschen gruselig und traurig gewesen, aber sie fand, dass Lotte mit ihren Altersbeschränkungen etwas übertrieb. Sie hatte jetzt schon so viel gesehen und das war auch nicht immer schön gewesen. So war sie halt, die Geschichte, nicht immer schön, ziemlich spannend und …vergangen. Außerdem war eine Zwölfjährige heutzutage ganz anderes gewohnt. Corona, Krieg, Internet. Was konnte eine da noch schocken. Sie überlegte noch, wie sie Lotte überreden konnte, ihr den Mittelalterring zu überlassen, als Lotte plötzlich sagte: „O.K., du bekommst den Ring. Aber du musst mir versprechen, dass deine Mutter dabei ist, wenn du ihn benutzt." Wie war das noch mal gewesen mit dem Kreuzen der Finger beim Geben von Versprechen? Tilly konnte sich nicht so recht vorstellen, dass ihre Mutter in Begeisterung ausbrechen würde, wenn sie sie bitten würde bei ihr zu sitzen, wenn sie mit dem Ring das Mittelalter erkundete. „Finger kreuzen gildet nicht!", sagte Lotte. Tilly musste erst mal tief durchatmen. „Versprochen!", sagte sie und hielt die Hand auf. Lotte lief in ihr Arbeitszimmer und holte den Ring.

Eine halbe Stunde später saßen sie im Auto und fuhren in Richtung Ludwigshafen. Beide waren nicht sehr gesprächig, aber Tilly ging noch einmal ihr Traum durch den Kopf und die Tatsache, dass sich ihr Traum und der Traum von Lotte sehr ähnelten. „Und du kannst dich echt an den Schluss deines Traumes nicht erinnern?", fragte sie in die Stille hinein. Lotte schüttelte den Kopf. Aber Tilly konnte es. „Also bei mir wurde die Mikwe zu einem See und am Ufer lagst du im Gras uns hast mir zugewunken. Und auf einmal war der See eine Wiese und…" Lotte unterbrach sie. „Sag das noch mal!" Tilly dachte, Lotte würde sich nun an ihren eigenen Traum erinnern und überlegte, ob sie etwas vergessen hatte. „Auf einmal war der

See eine Wiese?" weiter kam sie nicht. Lotte schüttelte mit dem Kopf. „Ich bin so doof! See. Wiese. Seewiese! Die Gärten an der Seewiese. Ottilie hat sie beim letzten Gespräch mit Liese-Lotte sogar erwähnt." Tilly verstand gar nichts. Lotte erklärte. In Friedberg gibt es eine so genannte Seewiese. Direkt angrenzend befindet sich ein Garten, bzw. heute ist er in mehrere Schrebergärten aufgeteilt. Aber früher war es der Nutzgarten meiner Familie. Mit den Erträgen hat meine Urgroßtante in der Weltwirtschaftskrise meine Urgroßmutter und meine damals noch sehr junge Oma durchgefüttert. Riesige Körbe mit Gemüse und Obst wurden damals von Friedberg ins Saarland verschickt, wo die Familie meiner Großmutter damals lebte. So ein Korb steht noch bei meiner Mutter und der konnte mir einiges über den Garten und die Weltwirtschaftskrise erzählen. Meine Mutter hat erzählt, dass sie nur den kleinsten Korb aufgehoben haben, und der ist schon so groß, dass du zwei Mal reinpassen würdest." Sie lächelte. „Ein Garten war während der Krise Gold wert." Tilly war immer noch etwas verwirrt. „Und du glaubst, dass Ottilie im Garten was versteckt hat? Dann lass uns hinfahren und danach suchen." Lotte lachte. „Du kannst dir nicht vorstellen, wie groß dieser Garten ist. Außerdem sind die Parzellen verpachtet. Da können wir nicht einfach reinspazieren und alles umgraben. Außerdem glaub ich nicht, dass sie dort etwas versteckt hat.

Aber ich glaube, dass wir dort eine ganze Menge Erinnerungen finden werden."

-21- KATZENKLO, KATZENKLO, JA DAS MACHT DIE KATZE FROH

Lotte hatte ihren Plan nicht verraten. Sie schmunzelte nur vor sich hin, als Tilly sie fragte. Schließlich hatte sie Tilly zu Hause abgeliefert, kurz mit ihrer Mutter geplaudert und war gefahren. Tilly zog sich vor den Fernseher im Wohnzimmer zurück, um ihre Lieblingsserie zu schauen. Doch ihre Gedanken kreisten um den Garten, den sie sich riesig vorstellte, wie die Schrebergartenanlage, in der ihre Eltern früher mal einen Garten hatte. Daneben ein großer See, der von Wiesen umgeben war. Wie sollten sie dort irgendetwas finden. Doch Lotte schien sich sicher, dass sie dort erfahren konnten, wie Till mit Liese-Lotte zusammenhing. Aber das Einzige, was dort vielleicht noch von früher vorhanden war, waren vielleicht die Bäume. Und so, wie Lotte es ihr erklärt hatte, konnte man Bäume nicht auslesen. Sie speicherten keine Erinnerungen, oder zumindest konnte man sie nicht sehen. Sie schnappte sich das Mobiltelefon ihrer Mutter und suchte nach Seewiese. Was sie fand, war enttäuschend und erinnerte mehr an ein Fußballfeld als an eine Wiese mit See. Dass sollte die Seewiese sein? Ihr wurde immer unverständlicher, was Lotte dort finden wollte. Sie schaute sich das Satellitenbild an und sah neben der Seewiese Gärten. Dass mussten die Gärten sein, die Lotte erwähnt hatte. Sie zoomte alles so nahe heran, dass sie kleine Häuschen entdecken konnte. Dann ließ sie frustriert das

Mobiltelefon sinken. Wenn hier jemand etwas vergraben hatte, würden sie es niemals finden. Dann klingelte das Festnetz-Telefon. Tilly flitzte in den Flur und noch bevor ihre Mutter am Telefon war, hatte Tilly es schon in der Hand. Es war Lotte. „Seit wann gehst du ans Telefon?", sagte sie lachend. „Ich dachte, es kommt gerade deine Lieblingsserie." Es stimmte, normalerweise ging Tilly nie ans Telefon. Es waren eh immer nur Leute dran, die ihre Mutter sprechen wollten. Etwas genervt sagte sie: „Ja, ja, lach dir doch nen Ast." Und etwas neugieriger: „Warum rufst du an?" Lotte lachte wieder. „Ich dachte, ich könnte ein wenig mit deiner Mutter plaudern. Wie sie so ihr Wochenende verbracht hat." Tilly war enttäuscht, doch irgendwas in Lottes Stimme verriet ihr, dass Lotte nur den Moment auskostete, dass sie etwas wusste, wovon Tilly keine Ahnung hatte. Lotte wollte nicht mit ihrer Mutter reden, zumindest jetzt nicht, sie wollte ihr, Tilly, etwas erzählen. Und wahrscheinlich platzte sie fast vor Vorfreude, es Tilly zu sagen. Aber gemein sein, dass konnte Tilly auch. „Ach so!", flötete sie ins Telefon. „Na dann geb ich sie dir mal. Ich war eh gerade dabei meine Serie zu schaun." Sie wartete kurz. Stille. „Na gut, du hast gewonnen", kam von der anderen Seite des Telefons. „Nimm dir mal nächsten Samstag nix vor. Wir fahren nach Friedberg. Ich habe die eine Pächterin erreicht. Wir treffen uns mit ihr im Garten." In Tilly tobten zwei Gefühle. Der Aufregung wich die Erkenntnis, dass sie noch 6 Tage würde warten müssen, bis sie…ja bis sie was. Die Suche am Grab hatte Wochen gedauert. Wie lange würde es dauern, bis sie in den Gärten etwas fanden. Und trotzdem! „Nächsten Samstag erst? Aber warum?" Ihre Stimme bekam einen jämmerigen Ton. „Weil du zur Schule und ich arbeiten muss? Weil es mich eh schon einige Überredungskunst gekostet hat, dass die Pächterin ihren Termin am Samstag verschiebt? Weil…" Tilly unterbrach sie. „Schon gut, schon gut. Hab ja verstanden. Willst du jetzt noch Mutti sprechen?" Und ohne auf eine Antwort zu warten, reichte sie ihrer Mutter, die das Gespräch mit angehört hatte, den Hörer. „Für dich!", sagte sie und verschwand ins Wohnzimmer.

Später saßen sie und ihre Mutter beim Abendessen. Manchmal durfte Tilly das vorm Fernseher tun, aber heute hatte ihre Mutter darauf bestanden, dass der Fernseher ausblieb und sie am Wohnzimmertisch aßen. „Ich hoffe, ihr findet bald mal, wonach ihr sucht. Ich dachte mit dem Ring würdet ihr eure Reiserei endlich mal etwas einschränken und wie normale Menschen eure Freizeit verbringen. Wonach sucht ihr überhaupt, kannst du mir das mal sagen?" Ihre Mutter schien etwas genervt zu sein und das Gespräch mit Lotte, hatte das wohl eher noch verschärft. War sie eifersüchtig? Aber Tilly musste überlegen. Nach was suchten sie eigentlich. „Nach Erkenntnis!", schoss es plötzlich aus ihr heraus. „Ho, ho, ho! Nach Erkenntnis!", sagte ihre Mutter in ironischem Ton.

„Findest du dieses Wort nicht etwas hochtrabend für eine Zwölfjährige?" Tilly überlegt, wie sie ihrer Mutter erklären konnte, was sie und Lotte antrieb. „Aber Mama. Kannst du nicht verstehen, dass Lotte und ich wissen wollen, wo wir herkommen, woher wir unsere Begabung haben?" Ihre Mutter grinste. „Nun, was dich betrifft, so weiß ich ziemlich genau, wo du herkommst. Ich wollte dieses Gespräch zwar eigentlich unter anderen Bedingungen mit dir führen, aber wenn du jetzt so offen fragst. Also als dein Papa und ich uns so richtig lieb hatten…" Tilly war entsetzt. „Mama! Das ist nicht lustig. Ich weiß, wie kleine Babys entstehen. Du weißt genau, wie ich das meine." Ihre Mutter seufzte tief. „Ich kann es ja eh nicht verbieten." Dann ein zögern. „Das heißt, könnte ich natürlich schon, aber wer will schon Tochter und beste Freundin gleichzeitig verlieren." Und als spräche sie mehr zu sich selbst: „Erst die Tochter, dann die Freundin, o.k., oder umgekehrt. Aber gleichzeitig?" Tilly schüttelte verärgert ihren Kopf. Immer diese blöden Witze. Nie konnte ihre Mutter mal ernst bleiben.

Tilly fiel wieder Ring aus dem Mittelalter ein. Na, dann wollen wir doch mal sehen, ob ihr das Lachen vergeht, dachte sich Tilly. Eine kleine Provo-Nummer, hatte sich ihre Mutter doch jetzt redlich verdient. Tilly lächelte freundlich und klimperte ein wenig mit ihren Augen. „Ach Mama, ich müsste im Übrigen noch was für die Schule machen und es wäre echt unheimlich nett, wenn du mir dabei behilflich wärst. Ihre Mutter blickte sie mit einer Mischung von Ungläubigkeit und Misstrauen an. Und zugegeben, Tilly konnte sich nicht so recht entsinnen, wann sie a) freiwillig darauf aufmerksam gemacht hatte, dass sie noch was für die Schule zu tun hatte und b) ihre Mutter gebeten hatte ihr dabei zu helfen. Aus dem überraschten Blick ihrer Mutter wurde ganz langsam ein Wissender. „Lass mich raten, es geht nicht vielleicht um Geschichte, oder wie heißt das jetzt gerade bei euch? Ach ja, Gesellschaftskunde. Was nehmt ihr da noch mal gerade durch? Mord und Totschlag im Mittelalter, Hexenverbrennung und die Pest? Ach nein, das nehmt ihr ja gar nicht durch. Das ist nur das, was du zu sehen bekommen wirst, wenn du mit Lottes Ring auf die Reise gehst. Und ich soll daneben sitzen und meinem eignen Kinde in die angsterfüllten Augen blicken?" Der Schuss war nach hinten losgegangen. Und Lotte war ne alte Petze. Sie hätte ihr wenigstens sagen können, dass sie ihrer Mutter Bescheid gegeben hatte. Doch ihre Mutter war noch nicht fertig. „Du willst etwas über das Mittelalter erfahren. Kein Problem, frag deine Mutter. Also...", sie machte eine kurze Pause, als wolle sie Tillys Reaktion sehen. Tilly hatte unwillkürlich das Bedürfnis so schnell wie möglich in ihr Zimmer zu verschwinden. Am liebsten eigentlich vor den Fernseher. Aber wahrscheinlich musste sie da jetzt durch. „Soll ich mir was zu schreiben holen?", frage sie säuerlich. Die

Augen ihrer Mutter signalisierten Kampfbereitschaft. „Nein, bleib einfach ruhig sitzen und hör zu, das kannst du doch so gut." Tilly sackte in sich zusammen. Hätte sie doch nur nicht damit angefangen. Ihre Mutter nickte zufrieden. „Also das Mittelalter ist die Zeit von etwa 1000 nach Christus bis 1500 nach Christus. Der Ring, den Lotte dir gegeben hat ist später hergestellt und getragen worden. Das war schon eher das Spätmittelalter. Ist aber insofern egal, weil nur die bisher bestehenden Grausamkeiten ihren Höhepunkt gefunden haben. Im Prinzip gab es im Mittelalter nur vier verschiedene Arten von Menschen. Die Bauern, die Feudalherren, das sind die, die in den Märchen immer die Schicken Kleider tragen, die Mönche und der König. Der König beutete die Klöster und die Feudalherren aus, die Feudalherren wiederum die Bauern. Sprich, in den Dörfern herrschte Hunger, die Menschen schufteten den ganzen Tag und die Feudalherren und der König verprassten das Geld. Die Bauern bekamen Land, das in zwei Teile geteilt wurde und alles was auf dem einen wuchs, musste an die Feudalherren abgegeben werden, den anderen Teil konnten sie theoretisch behalten. Wenn man krank wurde oder alt, hatte man Pech gehabt, oder besser, dann war das halt Gottes Wille. Die Feudalherren kloppten sich ab und zu die Schädel ein und wenn sie gerade dabei waren gegeneinander zu kämpfen, dann verwüsteten sie mal schnell das Land der armen Bauern. Dass deren Kinder dann verhungerten, war denen schnuppe. Viele Bauern flohen irgendwann in die Stadt, wo sie dasselbe in grün erwartete. Nur schuftete man da nicht auf dem Feld, sondern machte sonst irgendwelche Drecksarbeiten für die Kaufleute, Handwerker und den Rat. Dafür waren die Städte aber auch eine einzige Kloake, in der Krankheiten und Seuchen wüteten." Ihre Mutter schaute sie provokant lächelnd an. „Klingt das sehr verlockend für dich?" Tilly hatte schon längst keine Lust mehr mit ihrer Mutter zu streiten. „So, und jetzt gibst du mir den Ring und wenn ich freundlich bin, bekommst du ihn vielleicht mit 18 wieder." Tilly wollte protestieren, aber ihre Mutter ließ sie nicht zu Wort kommen. „Und wenn dir nach Kloakengeruch ist, so kannst du gerne das Flair des Mittelalters in unsrem Bad beschnuppern, wenn du das Katzenklo reinigst. Das befindet sich nämlich im hier und jetzt und nicht irgendwo in der Vergangenheit." Ihre Mutter streckte die Hand aus. Missmutig fummelte Tilly den verpackten Ring aus ihrer Jeans und gab ihn ihr. Sie würde schon rausbekommen, wo ihre Mutter ihn versteckte.

Die Woche verlief schleppend. Und in Gemeinschaftskunde pries der Lehrer die Errungenschaften des Mittelalters an. Die Burgen, die Klöster, das Handelswesen. Das klang so gar nicht nach dem Vortrag, den ihre Mutter ihr gehalten hatte. Aber natürlich ging es auch um Feudalherrschaft und wie die Städte damals ausgesehen hatten. Tillys Vergleich mit einem ungereinigten Katzenklo kam beim Lehrer nicht so gut an, erbrachte ihr aber zumindest einen Lacherfolg in der Klasse. Immer wieder wanderten ihre Gedanken in den Garten in Friedberg und wie sie dort etwas finden sollten, von dem sie nicht einmal wussten, was es war. Und noch etwas anderes beschäftigte sie: sollte sie ihre beste Freundin einweihen? Und wer war ihre beste Freundin. Sie hatte eine alte beste Freundin und eine neue. Die alte kannte sie noch aus dem Kindergarten. Sie sahen sich häufig, hatten schon viel zusammen erlebt. Die andere kannte sie erst kurz. Sie war ein Jahr älter als Tilly und entsprechend schon viel reifer als alle ihren anderen Freundinnen. Sie war sich unschlüssig. Ihre neue beste Freundin war viel cooler, hatte immer interessante Dinge zu erzählen. Die alte beste Freundin wollte hauptsächlich mit ihr spielen, so wie früher. Wann hatte Lotte ihrer Mutter erzählt, dass sie Reisen konnte? Wie alt waren die beiden damals gewesen? Wer von den beiden Freundinnen würde ihr eher glauben, wer von den beiden es nicht weitertratschen. Vielleicht sollte sie es Constantin anvertrauen. Er war doch so sein Nerd. Sie wurde jäh aus ihren Gedanken gerissen, als die Pausenglocke klingelte. Na ja, Pausenglocke war wohl eher im übertragenen Sinne gemeint. Aus den Lautsprechern verkündete ein elektronischer Gong, dass die Stunde endete. Sie packte ihre Sachen ein und ging Richtung Tür. Da stand Constantin mit seinen beiden Freunden. Sie grölten lachend: „Katzenklo, Katzenklo, ja das macht die Katze froh." Sie strich

Constantin von ihrer kleinen Liste. Jungs waren in diesem Alter einfach zu unreif, zumindest wenn sie im Rudel auftraten.

Dann war endlich Freitag und Tilly war so gespannt, dass sie die Nacht auf Samstag kaum schlafen konnte. Sie träumte wirre Dinge. Wie sie ihrer Mutter den Ring stahl und dabei erwischt wurde. Wie sie Lotte anbrüllte, dass sie gepetzt hatte. Als sie aufwachte war sie froh, dass alles nur ein Traum gewesen war und beschloss Lotte wegen des Rings keine Vorwürfe zu machen. Sie hatte mittlerweile herausgefunden, dass Lotte ihrer Mutter wohl an dem Sonntag vor dem desaströsen Abendessen noch gestanden hatte, dass sie Tilly den Ring gegeben hatte und sie gebeten die Reise zu beaufsichtigen. Ihre Mutter hatte Lotte daraufhin Vorwürfe gemacht und so war eines zum anderen gekommen, bis zu dem Punkt, als sie Lotte gesagt hatte, dass Tilly ganz sicher nicht am Samstag mit nach Friedberg kommen würde. Lotte und ihre Mutter hatten das wohl mittlerweile geklärt, so dass ihrer Reise heute nach Friedberg nichts mehr im Wege stand. Aber Begeisterung sah anders aus, als sie ihre Mutter am Frühstückstisch sitzen sah. „Du musst dich etwas beeilen. Lotte kommt in einer Stunde und holt dich ab.", sagte sie kurz und griff nach ihrer Kaffeetasse. Tilly konnte es gar nicht leiden, wenn ihre Mutter so war. Deshalb umarmte sie sie von hinten und pustete ihr in den Nacken. Ihre Mutter gab einen kurzen Schrei von sich, schnappte sich Tilly und kitzelte sie. Erst als beide vor Lachen nicht mehr konnten, hörte sie auf. „Is ja schon gut!", sagte sie deutlich besser gelaunt als zuvor. „Ich bin ja schon längst nicht mehr sauer. Beeilen musst du dich aber trotzdem. Soll ich dir schnell ein Marmeladenbrot schmieren, während du dich anziehst?" Tilly nickte und flitzte in ihr Zimmer, um sich umzuziehen.

Kurze Zeit später klingelte es und Lotte stand vor der Tür. Sie hatte einen Strauß Blumen in der Hand, hinter dem sie sich versteckte. Lisa musste lachen, als sie es sah. „Oh, vielen Dank. Was hast du jetzt schon wieder ausgefressen?", sagte sie zu Lotte und umarmte sie. „Ich habe unseren Hochzeitstag vergessen!", sagte Lotte und zwinkerte Tilly zu. Ihre Mutter spielte mit. „So? Den wievielten haben wir dann?" Lotte zuckte mit den Schultern, trat in die Küche und ließ sich auf einen Küchenstuhl fallen. Dann griff sie sich Lisas Kaffeetasse. „He!", sagte die „Ich mach dir ja gleich deinen eigenen, wenn du mich noch schnell die Blumen versorgen lässt." Tillys Mutter stellte die Blumen in eine Vase und die Vase mitten auf den Frühstückstisch. Tilly nahm sich vor das nächste Mal, wenn es Stress gab an Blumen zu denken. Es sah schön aus und ihre Mutter strahlte. „Wann seid ihr beiden dann heute Abend wieder da? Und bleibst du zum Abendessen, Lotte? Ich könnte uns was kochen." Tilly hoffte inständig, dass ihre Mutter nicht vorhatte ihre Kochkunst durch besonders experimentelle Küche unter Beweis zu stellen. Lotte überging Tillys warnenden Blick. „Klar, gerne. Wenn wir nicht in nen Stau kommen, sollten wir gegen spätestens 19 Uhr wieder da sein. Eher früher." Lisa winkte ab. „Nee, früher muss gar nicht sein, wenn ich mich hier so umschaue. Aber soll ich nicht Harry fragen, ob er nicht auch Lust hat zu kommen? Ich finde es manchmal mittlerweile ganz nett, wenn außer mir noch jemand da ist, der oder die ganz normal ist." Sie sagte das in einem Ton, der klar machte, dass sie zwar nicht mehr sauer war, aber dass sie eigentlich nicht gewillt war den Abend nur über das Reisen zu sprechen. Lotte schien die Zwischentöne völlig überhört zu haben. Sie freute sich. „Das ist ne tolle Idee, dann müssen wir nicht alles zweimal erzählen. Er ist ja auch schon voll gespannt, was wir herausbekommen. Sagst du ihm Bescheid?" Lisa rollte genervt mit den Augen. Lotte richtete sich nun an Tilly. „Jetzt aber hopp, wir müssen los. Wir haben eine Verabredung."

-22- AM BRÜNNLEIN VOR DEM TORE, DA STEHT EIN LINDENBAUM

Tilly hatte eigentlich gar nicht vor gehabt die Sache mit dem Mittelalterring noch mal anzusprechen. Aber kaum waren sie ins Auto gestiegen und losgefahren, platze es aus ihr heraus. „Das war übrigens ne Scheißidee, Mama von dem Mittelalterring zu erzählen. Sie hat ihn mir abgenommen und jetzt kommen wir beide nicht mehr ran." Lotte war von ihrem Kraftausdruck völlig unbeeindruckt. „Es war ne Scheißidee, dir den Ring zu geben. Und deine Mutter hatte Recht, dir den Ring abzunehmen." Tilly fühlte sich als wäre sie ein zweites Mal verraten worden. Sie sagte nichts mehr und blickte nur aus dem Fenster. Aber was hatte sie erwartet. Natürlich hielt Lotte zu ihrer Mutter. Sie war ja auch die Freundin ihrer Mutter. Nicht ihre Freundin. Sie spürte der Klos im Hals größer werden. Aber für Lotte war das Thema anscheinend abgeschlossen. Entweder bemerkte sie Tillys Reaktion nicht, oder sie wollte es nicht merken. „Fass doch mal nach hinten. Da liegt ein Buch auf der Rückbank." Tilly bewegte sich nicht, sondern schaute immer noch unbewegt aus dem Fenster. Lotte griff nach hinten und tastete mit der Hand nach etwas, was dort liegen müsste, während sie natürlich auf die Straße schaute. Tilly beobachtete das Treiben eine Weile, schließlich fürchtete sie, dass Lotte in das nächste Straßenschild fahren könnte und dann drehte sie sich um. Auf der Rückbank lag ein großes, grünes Buch mit der Aufschrift „Gartenbuch". Sie griff nach hinten und bekam die eine Ecke in die Finger. Nach etwas Gefummel hatte sie es so gedreht, dass sie es nach vorne heben konnte. Es war eigentlich nicht dick aber ganz schön schwer und als sie es berührte, sah sie eine ältere Frau, die liebevoll mit einer Schere Artikel aus einem Gartenratgeber ausschnitt und die Papierschnipsel in das Buch klebte. Sie schüttelte die Erinnerung ab und schlug das Buch auf. Nach eine paar Seiten Zeitungsausschnitten, waren Fotos eingeklebt. Die Fotos waren in altdeutscher Schrift beschriftet. Tilly konnte die Schrift immer noch nicht lesen. Lotte hatte zwar mal versucht es ihr beizubringen, aber Tilly hatte schnell die Lust verloren. Obwohl ihr vieles an der Schrift bekannt vorgekommen war, konnte sie die Es, die As, die Us und die Ns einfach nicht auseinanderhalten. Lotte, die damit beschäftigt war zu fahren, schielte in ihre Richtung. „Das in der Hängematte, das ist Emmy. Erkennst du sie noch? Tilly schaute sich das Foto genauer an und mit ein bisschen Fantasie konnte sie in der jungen Dame das kleine Mädchen aus der Bibliothek und dem Keller erkennen. Sie blätterte weiter und wieder zeigte Lotte kurz auf ein Foto. „Und das ist Martha!" Tilly bewunderte die großen Hüte und die Strandkörbe. „Wo ist das?", fragte sie. Mittelalterring und Lottes blöde Antwort waren plötzlich vergessen. Lotte rollt mit den Augen. „Na wo wird das wohl sein. Es steht Gartenbuch drauf und Martha und Emmy springen rum. Das ist der Garten in Friedberg. Ich hatte das Buch zu Hause und habe die Tage mal genauer geschaut, was uns vielleicht weiterhelfen kann. Blätter mal noch weiter."

Tilly drehte die großen Seiten um und hatte etwas Angst das schon etwas brüchige Buch dabei zu beschädigen. Lotte redete weiter. „Ich hab nach irgendwas gesucht, was vielleicht heute noch da sein könnte und dann hab ich die Pumpe auf einem der Fotos entdeckt und mich erinnert, dass es sie bis heute noch gibt." Tilly blätterte, bis sie auf eine Seite kam, die mit den Worten „Am Brunnen" überschrieben war. Lotte deutete auf ein Bild links unten auf der Seite. Darauf war eine Pumpe abgebildet. „Reinster Jugendstil!", sagte Lotte. „Der muss da seit der Jahrhundertwende gestanden haben und ich bin mir sicher, dass er uns einiges erzählen kann." Tilly schaute sich das Bild genauer an. Auf dem Bild war eine gusseiserne Pumpe, mannshoch mit einem Bottich darunter abgebildet. Ein bisschen erinnerte die Pumpe an die in Lottes Garten, die man mit der Hand bedienen konnte. Nur dass diese Pumpe viel größer war. Aber wahrscheinlich musste sie es auch sein. Der Garten war riesig, erinnerte eher an einen Park als an einen Garten. Tilly war beeindruckt. „Und da fahren wir jetzt hin?" Lotte nickte. „Es sieht aber heute ganz anders aus. Aber die Pumpe, die Pumpe, die gibt es noch."

Sie passierten das Ortsschild von Friedberg. Sie fuhren die Kaiserstraße entlang. Vor der Burg bog die Straße nach links ab. Sie folgten ihr. Schließlich parkten sie und stiegen aus. Lotte holte das Gartenbuch aus dem Auto und steckte es in eine Tasche. Sie nahmen den Weg, der an einer kleinen Kapelle entlangführte. Normalerweise wäre Tilly jetzt gleich dort hingelaufen, um zu sehen, ob sie ein paar Erinnerungen preisgab, aber Lotte lief zielstrebig einen Weg entlang, der von großen, alten Bäumen gesäumt war und der links durch hohe Zäune und wuchernden Pflanzen begrenzt war. Ab und zu war ein Tor darin zu entdecken. Lotte steuerte auf ein Tor zu, dass fast etwas versteckt in viel Gebüsch lag. „Die Pächterin hat gesagt, wir könnten jederzeit kommen, mal sehen, ob sie schon da ist." Da es keine Klingel gab, drückte Lotte vorsichtig die Türklinke nach unten. Die Tür öffnete sich. „Hallo?", rief Lotte in den Garten, der sich vor ihnen auftat. Tilly staunte. Riesige Bäume standen hier und aus einem kleinen Eingangstor, das den vorderen Teil des Gartens von einem hinteren Teil abgrenzte, kam ihnen eine Frau entgegen, etwas jünger als Lotte sein durfte. Die Frau begrüßte sie herzlich. „Schön, Lotte, dich mal wieder hier begrüßen zu dürfen.", sagte sie und streckte Lotte den Ellenbogen entgegen. Lotte erwiderte den Ellenbogengruß und Tilly hoffte inständig, das peinliche Ritual möge an ihr vorüber gehen. Aber da kam auch ihr der freundlich gemeinte Ellenbogen entgegen und sie lächelte und berührte mit ihrem Ellenbogen den der Frau. „Ist es für euch o.k. keine Maske zu tragen?", fragte die Frau. Lotte antwortete. „Hallo Melanie, klar ist das für uns o.k., oder Tilly?" Tilly nickte. „Darf ich dir Tilly vorstellen? Sie ist der eigentliche Grund für unseren Besuch. Tilly nimmt gerade unterschiedliche Stilrichtungen durch und momentan geht es um Jugendstil. Da fiel mir die alte Pumpe ein, die hier steht. Schönerer Jugendstil geht ja fast gar nicht." Tilly war immer wieder beeindruckt, wie leicht es Lotte viel eine gute Ausrede zu erfinden. Melanie lachte freundlich. „…sagt die Frau, die aus einer Stadt kommt, in der mit dem Wasserturm, dem Rosengarten und den Arkaden die größte zusammenhängende Jugendstilanlage Europas steht." Tilly hatte noch nie darüber nachgedacht, aus welcher Zeit der Wasserturm stammte, obwohl sie mit ihrer Mutter schon oft daran vorbeigefahren war. Sie nahm sich vor ihn sich das nächste Mal näher anzuschauen. Vielleicht konnte sie ein paar Erinnerungen von der Jahrhundertwende in Mannheim erhaschen. Lotte blieb ganz cool. „Ja schon, aber es geht eher um Alltagsgegenstände. Und die Pumpe ist halt so was Typisches aus der Zeit. Heute sind die Gegenstände ja eher nüchtern. Das Verspielte von damals ist wirklich einmalig." Melanie bat sie an einem Tisch im Schatten Platz zu nehmen und servierte kaltes Wasser und ein paar Kekse. Tilly schaute sich um, sie konnte die Pumpe nicht entdecken. Auf dem Foto hatte sie so groß ausgesehen. Lotte hatte das Gartenbuch eingesteckt und legte es nun auf den Tisch. „Ich hab dir das Gartenbuch mitgebracht, von dem ich das letzte Mal erzählt habe. Ich glaube, du wirst begeistert sein. Für den Scanner ist es zu groß, aber wenn du willst, kannst du es ja abfotografieren. Wie würden dann so lange zur Pumpe gehen. Tilly will sie abmalen." Lotte zog nun auch einen Zeichenblock und Bleistifte hervor. Tilly schaute sie etwas ungläubig an. „Also wundere dich nicht, wenn es etwas länger dauert." Tilly verstand, lächelte und nickte. Melanie schaute sie etwas erstaunt an. „Wie ihr denkt. Aber ich würde da unten zwischen all dem Krabbelzeug nicht mehr Zeit als nötig verbringen." Tilly verging das Lächeln. Krabbelzeug? Doch Lotte winkte ab. Ach Tilly und ich sind da hart im Nehmen. Oder?" Tilly versuchte wieder verkrampft zu lächeln, war sich aber nicht ganz sicher, worauf sie sich da einließ.

Melanie saß schon längst ganz vertieft vor dem Gartenbuch, als Lotte und Tilly ein kleines Tor am Ende des Gartens durchschritten. Die Pumpe, so hatte Melanie erklärt wurde vom oberen Garten, sprich ihrem Garten, und vom unteren Garten gemeinsam benutzt. Sie lag gerade zwischen den beiden Gärten und um zu ihr zu kommen, musste man einen kleinen Streifen zwischen den Gärten entlang gehen, der niemandem gehörte und um den sich folglich auch niemand so richtig kümmerte. Auf dem alten Foto hatte die Pumpe frei im Garten gestanden, jetzt war sie von einem Zaun umgeben, in dem alles wuchs und lebte, dass aus den übrigen Gärten vertrieben worden war. Tilly schauderte. Sie wollte gar nicht wissen, wie viele Spinnen, Weberknechte oder sonstige Tiere unter oder neben ihr im Gestrüpp waren. Lotte war ihr vorausgegangen und war als erste bei der Pumpe. Sie bog das Gestrüpp etwas zu Seite und stelle sich daneben. Tilly fand Platz in dem Bereich, der relativ frei war von Pflanzen und den die Gartenbewohner wohl nutzten, um problemlos zur Pumpe zu gelangen, wenn mal was war. Der Brunnen war längst an eine elektrische Pumpe angeschlossen, doch der alte, gusseiserne Teil ragte noch zwischen den Pflanzen empor. Lotte schaute Tilly erwartungsvoll an. „Alles klar bei dir?" Tilly nickte. Nicht an die Spinnen und Weberknechte denken! „Na dann los, lass uns schauen, was uns die Pumpe erzählen kann."

Das erste, was geschah, als sie die Pumpe berührten war, dass sich alle Pflanzen und das Gestrüpp in Luft auflösten. Um sie herum waren jetzt Beete, teils mit Blumen, teil mit Gemüse bestückt. Dazwischen wuchs Gras, das ordentlich auf eine gewisse Höhe getrimmt war. Das zweite, was Tilly auffiel, war die Anzahl von Insekten, die durch die Luft schwirrten. Schwebfliegen, Hummeln, Bienen, Schmetterlinge. Tilly hatte den Eindruck noch nie so viele Insekten an einem Ort gesehen zu haben. Die Blumen auf den Beeten schienen sie magisch anzuziehen. Wie auf dem Foto stand unter der Pumpe ein großer Bottich. Ein kleines Mädchen kam zur Pumpe gerannt und holte mit einer kleinen Gießkanne Wasser aus dem Bottich. Lotte grinste. „Schau mal, das ist meine Oma. Ellen." Ihr Blick wurde ganz zärtlich, als sie das junge Mädchen betrachtete. Sie hatte eine Art Matrosenanzug an und eine große weiße Schleife im Haar. „Aber leider sind wir in der falschen Zeit. Wenn Ellen gerade mal acht Jahre alt ist, dann sind wir etwa 10 Jahre zu früh. Und auch wenn ich ihr noch ewig zusehen könnte, lass uns gehen und es noch mal versuchen." Tilly sah, wie Lotte aus der Erinnerung verschwand und ließ ebenfalls die Pumpe los. Sie waren wieder in dem Dickicht der wuchernden Pflanzen im Hier und Jetzt. Lotte schüttelte etwas mit dem Kopf. „Das kann jetzt etwas dauern, bis wir in dem Jahr ankommen, in dem wir uns versprechen mehr zu erfahren. Aber los, mal sehen, was uns die Pumpe noch so präsentiert." Sie brauchten fünf Versuche und jedes Mal erklärte Lotte ihr anhand der auftretenden Personen, wann sie sich ungefähr befanden und warum sie zu früh oder zu spät waren. Gesichter änderten sich, die Mode ebenfalls. Schließlich, Tilly war schon langsam etwas genervt, sie wäre manchmal einfach gern noch etwas länger geblieben und hätte sich die Unterhaltungen angehört, sah sie an Lottes Gesicht, dass sie wohl in der richtigen Zeit gelandet waren. Sie folgte Lottes Blick und sah, dass wenige Meter entfernt, zwei Frauen auf die Pumpe zukamen. Sie erkannte sofort Ottilie. Neben ihr Liese-Lotte. Ihr alter und der Kleidungsstil entsprach dem, den sie schon von der letzten Reise in New York kannte, als Liese-Lotte angekündigt hatte, nach Friedberg zu kommen. Beide trugen Hüte, die eher an Schwimmkappen älterer Damen erinnerten als an Hüte. Die beiden sprachen aufgeregt miteinander. „Na dann hatte deine Mutter ja gar nicht so unrecht mit ihrer Angst dich hier an einen Mann zu verlieren.", sagte Ottilie und in ihrer Stimme schwang nicht eine Spur von Freude mit. „Aber warum ausgerechnet Richard von Stolze. Er ist fast zwanzig Jahre älter als du." „Er nennt sich nicht mehr Richard von Stolze. Richard Stolze heißt er jetzt und das ganze Adelsgetue seiner Mutter erfüllt ihn mitnichten mit Freude." In Liese-Lottes Stimme lag etwa Flehendes, doch Ottilie schien das nicht wahrnehmen zu wollen „Aber er ist der Sohn dieser Frau. Du glaubst doch nicht im Ernst, dass ihre Erziehung spurlos an ihm vorüber gegangen ist! Wie habt ihr euch überhaupt kennengelernt? Das kann doch kein Zufall gewesen sein." „Er hat wohl meine Adresse in New York herausgefunden. Vor zwei Jahren bekam ich den ersten Brief von ihm. Seit dem schreiben wir uns regelmäßig. Als ich hierherkam, habe ich ihn das erste Mal gesehen und wusste sofort, dass ist der Mann, mit dem ich zusammen sein will. Er hat sogar angeboten mit mir nach Amerika zurückzugehen. Er hat mit seiner Familie gebrochen. Sogar auf das Erbe hat er verzichtet." Ottilie schüttelte mit dem Kopf. „Ich weiß nicht, ich traue dieser Frau nicht. Und, wie wollt ihr eure Kinder nennen? Du weiß, die von Stolzes glauben an die Blutlinie, es wäre Frau von Stolzes größter Triumph unsere Linie durch ihre verdammte Blutlinie zu ersetzten. Dabei ist es nicht das Blut, das unsere Fähigkeit weitergibt. Du selbst bist der beste Beweis dafür." Liese-Lotte lachte verbittert. „Diese verdammte Fähigkeit ist das Einzige, was dich interessiert, oder? Dass zwei Menschen sich einfach lieben können, das kommt dir gar nicht in den Sinn. Nur weil du nie heiraten durftest, soll ich es auch nicht?" Ottilie war jetzt stehen geblieben und drehte sich zu Liese-Lotte um, so dass Lotte und Tilly ihr Gesicht nicht sehen konnten. Ob sie jetzt so richtig sauer werden würde? Doch Ottilie machte einen weiteren Schritt und umarmte Liese-Lotte, die nun zu weinen begann. Schluchzend sagte sie: „Es tut mir leid. Das wollte ich nicht sagen." Ottilie tätschelte Liese-Lotte den Rücken. „Schon gut, schon gut, meine Kleine. Natürlich gönne ich euch euer Glück. Und ich gebe ja zu, dass Richard nicht der schlechteste Kerl ist. Aber versprich mir, dass du keines eurer Kinder nach ihr benennst." Sie löste sich wieder aus der Umarmung und hob den Zeigefinger. „Auch nicht mit Zweitnamen. Diese grässliche, alte Hexe hat immer nur eins im Sinn, die Geschichte so zu verbiegen, dass die kleinen Leute auch ja nicht auf die Idee kommen, ihr Schicksal sei nicht gottgegeben. Wenn es nach ihr ginge, gäbe es bis heute noch Leibeigene und ehrlich gesagt behandelt sie ihre Hausangestellten auch keinen Deut besser. Diese Frau will, dass sich nichts ändert. Aber die Zeiten ändern sich, schau dir die Frauen von heute an, sie studieren, sie machen Wissenschaft. Eines Tages werden sie nicht mehr ihren Mann um Erlaubnis fragen müssen, wenn sie arbeiten gehen wollen. Aber sie müssen wissen, dass sie dafür kämpfen mussten, sie müssen wissen, dass man sich Rechte erkämpfen kann. Wenn nur die Gewinner die Geschichte schreiben, wird verloren gehen, wer wir sind und warum wir wurden, was wir heute sind. Geschichte wird sich lesen, als sei es eine Abfolge von Geschehnissen, die so vonstattengehen mussten. Aber es gibt immer einen Grund. Es sind wir Reisende, die verlorenes Wissen wiederfinden können, es wiederbringen können, auch wenn es in keinem Buch mehr steht." Liese-Lotte umarmte Ottilie kurz. „Aber Tantchen, glaubst du wirklich, dass all deine Erziehung spurlos an mir vorbei gegangen? Ich werde die Gabe weitergeben und ich werde es mit Bedacht tun. Die nächste Reisende wird uns alle Ehre machen." Ottilie lachte. „Jetzt klingst du aber ganz schön pathetisch, meine Liebe. Nun gut, dann heirate diesen Adeligen, der kein Adeliger mehr sein will. Meinen Segen habt ihr." Die Erinnerung brach ab.

Tilly bemerkte zuerst Melanie, die etwas entfernt stand und sie beide beobachtete. Ihr Blick war irritiert. „Oh, hi Melanie.", sagte Lotte, als sei nichts gewesen. Es musste schon sehr seltsam ausgesehen haben, wie Lotte und Tilly wie versteinert an der Pumpe gehangen hatten. „Was habt ihr da gerade gemacht? Umarmt ihr als Nächstes Bäume?", sagte Melanie. Es sollte witzig klingen, aber aus Melanies Stimme klang die deutliche Befürchtung, dass sie es hier mit zwei durchgeknallten Personen zu tun haben könnte Lotte lachte herzlich, wenn auch etwas unnatürlich. „Ach was, das ist ein Spiel. Ich habe Tilly gerade gesagt, sie solle die Pumpe berühren und sich vorstellen, wie es hier damals war." Melanie schien von der Antwort nicht ganz überzeugt. „Das mache ich durchaus auch manchmal, aber mir hat die Pumpe noch nichts über ihre Vergangenheit verraten." Tilly merkte, wie ihr heiß im Gesicht wurde. Wahrscheinlich wurde sie gerade rot. Mit etwas belegter Stimme flötete sie. „Ach, das ist nur eine Frage der Fantasie und der Übung. Lotte und ich machen das voll oft und dann erzählen wir uns, was wir gesehen…" sie stockte. „…ich meine natürlich, uns vorgestellt haben." Ihr Kopf wurde noch heißer. Wie lange hatte Melanie sie wohl beobachtet? Wie lang waren sie in der Erinnerung gewesen? Doch anscheinend reichte Melanie die Erklärung einigermaßen. „O.K., ich war nur etwas irritiert, wie ich euch da beide hab stehen sehen, wie versteinert an der Pumpe. Aber vielleicht sollte ich es auch einfach noch mal versuchen. Jetzt mit dem Gartenbuch weiß ich ja, wie es früher hier ausgesehen hat. Wollt ihr noch was trinken oder seid ihr mit dem Bild noch nicht fertig?" Tilly schüttelte mit dem Kopf. „Ich glaube ich mache doch lieber ein Foto mit dem Smartphone und zeichne es zu Hause ab. Hier sind mir zu viele Krabbeltiere." Sie trat einen Schritt zurück, zückte ihr Smartphone und machte mehrere Fotos. „Was zu trinken wäre toll. Ich hab nen wahnsinnigen Durst.", sagte Lotte und lief hinter Tilly und Melanie her.

Sie hatten noch etwas mit Melanie zusammengesessen und sich das Gartenbuch angeschaut. Tilly hatte einige Personen, die sie zuvor durch die Pumpe gesehen hatte, wiedererkannt. Melanie war begeistert von dem Buch und hatte alles abfotografiert. Als sie sich schließlich verabschiedeten und zum Auto liefen war Tilly froh, dass sie gingen. Es war für sie anstrengend gewesen sich nicht zu verplappern.

-23- ALLE WEGE FÜHREN NACH FRIEDBERG

„So richtig weiter hat uns das jetzt aber nicht gebracht, oder?" Lotte nickte. „Melanie hat etwas zu früh nach uns geschaut. Ich wäre gern noch mal gereist, vielleicht hätten wir noch etwas erfahren. Das mit Richard und Liese-Lotte ist komisch. Ich hatte schon mal im Internet geschaut und keinen Richard von Stolze gefunden." Tilly schaute sie erstaunt an. Lotte verzog das Gesicht. „Ja, auch ich kann das Internet bedienen, stell dir vor. Nur weil ich nicht so ein neumodisches Telefon habe, heiß das noch lange nicht, dass ich modernere Technik komplett ablehne." Tilly verkniff sich zu sagen, dass das Internet ja nicht gerade eine moderne Erfindung sei. „Er hieß ja dann wohl auch Richard Stolze, also ohne das „von". Vielleicht hast du ihn deshalb nicht gefunden.", sagte sie stattdessen und erntete einen genervten Blick. Sie kamen zum Auto, stiegen ein und fuhren los. Tilly holte ihr Smartphone hervor und suchte nach Richard Stolze. Richtig fündig wurde sie nicht. Lotte überlegte. „Weißt du was, manchmal muss man halt doch altmodische Wege gehen. Wie haben noch einigermaßen früh. Wenn du willst, besuchen wir mal meine Mama. Vielleicht kann die sich noch an was erinnern." Tilly kannte Lottes Mutter nicht, aber sie hatte nichts dagegen, noch einen kleinen Abstecher zu machen. Nach etwas mehr als einer Stunde hielten sie vor einem alten Jungendstilhaus. Nicht dass Tilly das so ohne weiteres erkannt hätte, aber Lotte hatte schon auf der Fahrt davon geschwärmt und als sie dort ankamen stellte Tilly fest, dass das Haus wirklich recht hübsch war. Sie klingelten und eine ältere Frau, ziemlich lässig gekleidet öffnete ihnen. Sie freute sich sichtlich ihre Tochter zu sehen, war aber wenig begeistert, dass Lotte nicht zumindest kurz vorher angerufen hatte, um sie zu warnen, dass noch weiterer Besuch mitkommen würde. Mit einem Blick auf Tilly sagte sie, sie hätte sich dann noch was anderes angezogen. Lotte erklärte, dass genau das der Grund gewesen war, warum sie eben nicht angerufen hatte. „Und außerdem siehst du doch prima aus!", lachte sie. Lottes Mutter reichte Tilly die Hand. Als sie jedoch den strengen Blick ihrer Tochter sah, zog sie sie sogleich zurück. „Schon gut, schon gut, ich weiß. Macht man heute nicht mehr. Soll ich ne Maske aufziehen?" Die Frage war wohl eher provokativ gemeint. „Hallo, ich bin Lottes Mutter und du musst Tilly sein. Meine Tochter hat mir schon viel von dir erzählt.", sagte sie. Und etwas leiser zu Tilly: „Ich hoffe sie ist mit dir nicht genauso streng, wie sie es mit mir ist. Ich weiß nicht, ich kann mich nicht erinnern, dass ich früher so streng mit meinen Töchtern umgegangen bin." Dann wieder lauter: „Aber kommt doch rein. Kuchen hab ich jetzt natürlich nicht, aber nen Kaffee könnte ich machen. Und natürlich Tee oder Wasser." Tilly fragte, ob sie Sprudelwasser hätte und tatsächlich fand sich noch eine angebrochene Flasche im

Kühlschrank, die jedoch zu Tillys Bedauern nur noch spärliche Reste von Sprudel enthielt. Aber kalt war das Wasser zumindest. Lotte bat um einen Kaffee. Als alle mit Getränken versorgt waren und am Küchentisch Platz genommen hatten, fragte Lotte: „Sag mal, Mama, erinnerst du dich noch an Till, meine Patentante?" Ihre Mutter schaute sie konsterniert an. „Sag mal, Tochter, erinnerst du dich noch an Lisa, deine Freundin?" Und dann zu Tilly gewandt: „Manchmal glaube ich, sie hält mich für alt und senil." Lotte schaute etwas genervt. „Als ob du nie was vergessen würdest." Ihre Mutter lächelte verschmitzt und sagte: „Vergessen? Nicht dass ich mich erinnern könnte." Tilly musste lachen. Die alte Frau war ihr irgendwie sympathisch. Lottes Mutter zwinkerte ihr zu und sagte dann zu ihrer Tochter gewandt: „Jedenfalls, um deine Frage zu beantworten. Natürlich erinnere ich mich an deine Patentante, wir waren schließlich lange befreundet. Warum?" „Weißt du noch, wie der Vater von Till hieß?" „Klar weiß ich das." Lotte und Tilly schauten sie gespannt an. „Ihr Vater hieß Richard, Richard Stolze. Ich hab ihn kennengelernt auf der Beerdigung von Tills Mutter. Da war er aber schon ein ziemlich alter Mann, so um die Neunzig." Liese-Lotte hatte also wirklich Richard von Stolze geheiratet. Lotte schien verwirrt. „Aber wie kann das sein?", fragte sie ihre Mutter. „Till hieß doch mit Nachnamen nicht Stolze. Oder?" Ihre Mutter lachte. „Später natürlich nicht, das war ja nach ihrer Heirat, aber mit

Mädchennamen schon. Und von ihrer Mutter hast du ja deinen Namen. Liese-Lotte. Als du geboren wurdest, wählte Till deinen Namen aus. Und Liese-Lotte fand ich auch gar nicht so schlecht." Tilly versuchte in ihrem Kopf all das Erfahrene zusammenzusetzen. Marie hatte auf dem Schiff Liese-Lotte mit Hilfe von Ottilie auf die Welt gebracht und Ottilie hatte ihre Patenschaft übernommen. Liese-Lotte hatte später Richard geheiratet und eine Tochter bekommen, die sie nach Ottilie benannte, Till. Till hatte sich mit Lottes Mutter angefreundet und als Lotte geboren wurde, ihr den Namen ihrer Mutter weitergegeben. Jetzt schloss sich der Kreis. Aber wie hatte Till Lottes Mutter kennengelernt. Es gab keine direkte Verbindung zu den beiden. Das konnte doch kein Zufall gewesen sein. Lotte schien einen ähnlichen Gedanken zu haben. „Darf ich dich fragen, wie du Till kennengelernt hast?" Ihre Mutter nickte. „Ach das weiß ich noch genau. Ich war in Friedberg bei meinem Onkel, Otto." Tilly erinnerte sich an seinen Grabstein. Er und seine Frau hatten die Blümchen bekommen. „Es war Winter und irrsinnig kalt. Nach unserem Besuch in der Kaiserstraße, als wir gerade am Gehen waren, hing sie am gusseisernen Tor, als wäre sie dort festgefroren. Als ich sie ansprach, erzählte sie mir von einer Lehrerin, die wohl in dem Haus unterrichtet hatte und nach der sie wohl ihre Mutter benannt hatte. Ich habe damals schon gedacht, wie man um Himmelswillen sein Kind Ottilie nennen konnte. Der war schon in den 30er Jahren furchtbar altmodisch." Sie schaute ihre Tochter vorwurfsvoll an und danach etwas verschämt zu Tilly. „Entschuldige, war nicht so gemeint." Tilly lachte und sagte. „Ach was, mittlerweile mag ich den Namen." Sie erntete dafür einen ziemlich verständnislosen Blick. „Jedenfalls wurden wir Freundinnen und als ich mit dir schwanger wurde, fragte ich sie, ob sie nicht deine Patentante werden wolle. Da sie selbst keine Kinder hatte, war sie sofort begeistert. Leider ist sie ja dann sehr früh gestorben. Ihr hättet sie gemocht." In Lottes Gehirn schien es zu rattern und auch Tilly versuchte die Puzzlestücke in ihrem Kopf zusammenzusetzen. „Aber sie war doch ein ganzes Eck älter als du, oder?", fragte Lotte. Ihre Mutter spitzte die Lippen und wackelte mit dem Kopf hin und her. „Ach, so viel älter auch wieder nicht. Sie war Jahrgang 1936. Also 8 Jahre älter. Aber Geschichten konnte sie erzählen. Ich sag euch. Ich bin immer an ihren Lippen gehangen, wenn sie erzählte. Fast hätte man glauben können, sie wäre überall mit dabei gewesen." Sie lachte herüber zu ihrer Tochter. „Na und irgendwie hast du das ja auch von ihr geerbt. Erstaunlich, wo du sie doch kaum kanntest."

Tilly und Lotte saßen wieder im Auto. „Du hast deiner Mutter nie erzählt, dass du eine Reisende bist?", fragte Tilly Lotte, die sich gerade anschnallte und aus dem Fenster zum Abschied ihrer Mutter zuwinkte. „Gott bewahre!", stieß Lotte hervor. „Meine Eltern hatten es eh schon schwer genug mit mir. Ich war noch im Kindergarten, als meine Mutter mich zum Aufräumen meines Kinderzimmers zwingen wollte. Wenn man den Legenden Glauben schenken will, stellte ich mich daraufhin vor sie, und sagte: „Aber Mama, du musst dich jetzt doch mal langsam entscheiden, ob du ein ordentliches oder ein kreatives Kind willst." Was will man als Mutter zu so ner kleinen Rotznase sagen. Sie entschied sich für das kreative Kind, worunter Harry bis heute zu leiden hat." Lotte lächelte in sich hinein und Tilly konnte sich des Eindrucks nicht erwehren, dass Harry wohl jetzt nicht gelächelt hätte. „Als ich dann merkte, dass ich Reisen konnte, erzählte ich ihr davon. Sie hielt es für eine Ausgeburt meiner Fantasie. Ich glaube wir standen kurz vorm Kinderpsychologen, als ich mich entschied meine Geschichten vielleicht besser für mich zu behalten." Tilly war es völlig unverständlich, dass man so was seiner Mutter verheimlichen konnte. „Aber jetzt, du könntest es ihr doch jetzt erzählen." Lotte schüttelte mit dem Kopf. „Ach, ich glaube, sie ahnt was. Ich glaube sie hat es auch bei Till geahnt. Aber du hast sie ja gehört. Für sie waren es immer spannende Geschichten. Also sollen es spannende Geschichten bleiben. Ich lasse eh lieber sie erzählen, wenn wir zusammen sind. Warum sollte ich ihr erzählen, was früher war? Nur manchmal erzähle ich ihr, was ich rausgefunden hab, und dann merkt man oft, wie unterschiedlich Erinnerungen sein können. Das merkst du ja auch bei Lisa und mir." Sie schwiegen. Tilly dachte an ihre beiden Freundinnen. „Wann hast du dich entschieden es Lisa zu erzählen?", fragte sie plötzlich in die Stille. Lotte lächelte. „Als wir so gut befreundet waren, dass es anstrengender war, ihr nicht davon zu erzählen, als endlich die Wahrheit zu sagen. Ich meine, mit Lisa war das so ähnlich wie bei meiner Mutter. Sie ahnte eh schon was. Du hast ja die Reaktion von Melanie gesehen. Ewig fallen einem keine guten Erklärungen ein, wenn man andauernd erwischt wird, wie man an alten Gegenständen klebt." Tilly verstand, was sie meinte. Deshalb vermied sie es zu reisen, wenn eine ihrer Freundinnen dabei war. „Und Harry? Wann hast du es ihm erzählt?" Es war das erste Mal, dass Tilly sie nach Harry fragte. Lotte lachte. „Ach bei dem ließ es sich nicht mehr vermeiden, als wir zusammen in meiner Studentinnenbude hausten. Und hausen ist wirklich ein guter Ausdruck dafür, wie es bei mir aussah. Harry mag es eher übersichtlich und versuchte mich irgendwann zu überzeugen, mich doch von all dem alten Krims-Krams zu trennen. Als ich ihm zeigte, welche Erinnerungen der alte „Krims-Krams" für mich bereithielt, verstand er zumindest, was es mir Wert war. Wir haben dann die Lösung mit dem alten Haus im Odenwald gefunden. Seitdem hat er zu Hause seine Ordnung und ich mein kleines Reich im Odenwald." Wieder ein Lächeln. „Aber hat er dir gleich geglaubt?" fragte Tilly. „Eigentlich war er nicht einmal überrascht gewesen. Ich glaube für ihn war es eine durchaus plausible Erklärung für mein Verhalten und er hört mir bis heute gern zu, wenn ich ihm von meinen Reisen erzähle. Ist manchmal besser als Fernsehen!"

Sie waren im Hemshof angekommen. Und Lotte parkte ihr Auto. Sie klingelten und betraten die Wohnung. Harry war schon da und sie hörten schon von weitem, dass sich Lisa und Harry unterhielten. Lisa hatte sich ein Weinglas eingeschenkt und Harry hatte eine Bierflasche in der Hand. Sie wurden freundlich begrüßt. „Na da sind ja unsere Abenteurerinnen.", sagte Harry und prostete Lotte zu, die sich gleich sein Bier schnappte und davon trank. Auch Tilly holte sich ein Wasser aus dem Kühlschrank. Kaltes Wasser mit richtig viel Kohlensäure. Harry eroberte sich sein Bier zurück und sagte. „Na da hält das alte Mädchen euch ja ordentlich auf trapp. Wie alt wäre Ottilie heute, würde sie noch leben?" Tilly rechnete: 2022-1869. „Hundertdreiundfünfzig" sagte sie. Harry pfiff durch die Zähne. „Stolzes Alter." Lisa nahm ihre Tochter in den Arm. „Und, wisst ihr jetzt, wie alles zusammenhängt?" Tilly holte tief Luft. Durch die etwas ungewohnte Anwesenheit von Harry fühlte sie sich ein bisschen wie bei einem Schulreferat. Aber irgendwie war sie auch stolz zu erzählen, was sie herausgefunden hatten. „Also!", fing sie an und ihre Stimme klang etwas greller als normal. „Ottilie hat doch auf der Reise nach New York die Frau von Stolze und deren Sohn Richard kennengelernt." Harry schaute Lotte fragend an. „Das war die grässliche alte Dame, von der du erzählt hast. Von der ihr vermutet, dass sie auch eine Reisende war, oder?" Lotte nickte und schnappte sich irgendeinen Zettel, der auf dem Regal über dem Küchentisch rumflog. Es war ein gebrauchter Briefumschlag. Sie schaute Lisa fragend an. Die nickte. Lotte kritzelte die Namen und die Daten von Ottilie, Liese-Lotte, Till, Lotte und Tilly auf die leere Rückseite des Briefumschlags und verband die Namen mit Pfeilen.

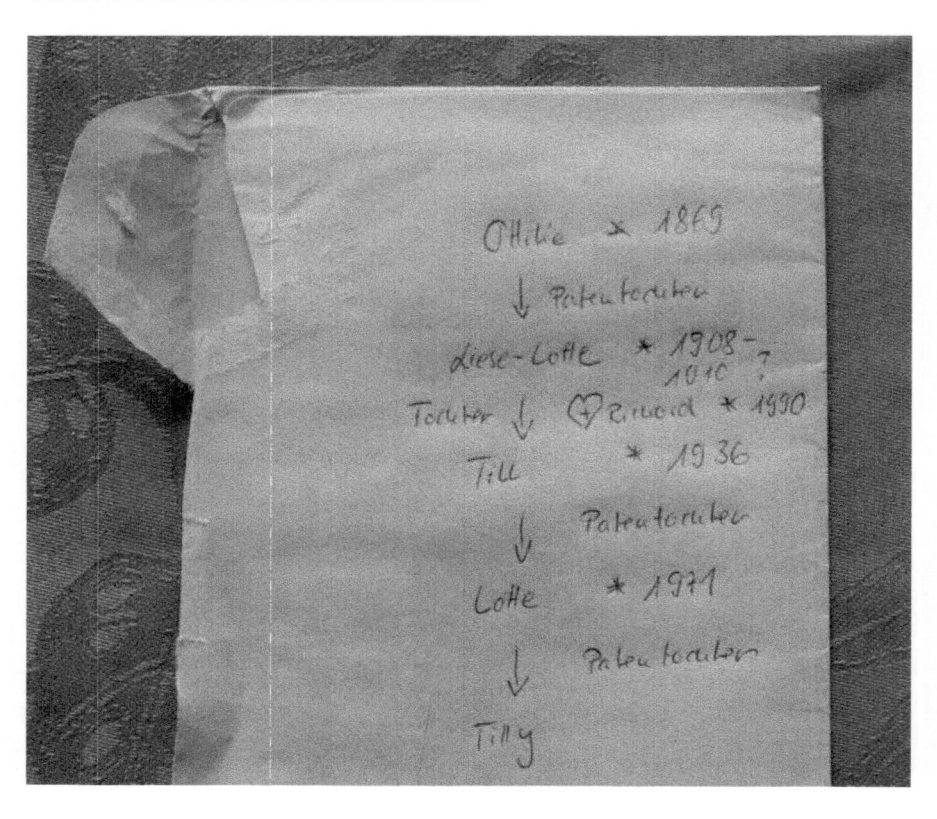

Tilly erzählte weiter. „Auf der gleichen Reise wurde auch Liese-Lotte geboren. Das muss so um 1910 gewesen sein, oder Lotte?" Lotte nickte wieder. „Vielleicht auch etwas früher." „Jedenfalls wurde Ottilie so die Patentante von Liese-Lotte, die damals noch mit ihrer Mutter in New York wohnte. Irgendwie hat Richard dann nach Liese-Lotte gesucht und sie auch gefunden. Eine enge Brieffreundschaft entstand. Als Liese-Lotte dann nach Deutschland kam haben sie sich dann das erste Mal live gesehen und sich ineinander verliebt. Und obwohl Ottilie nicht so begeistert war, haben beide dann geheiratet. Liese-Lotte hat ihre Tochter dann Ottilie genannt und ihr so die Gabe weitergegeben. Diese Ottilie, das ist Till, die Patentante von Lotte." Harry schüttelte mit dem Kopf. „Aber woher kannte Lottes Mutter Till?" Lotte sprang ein. „Über das Haus in Friedberg. Till muss dort gewesen sein, um ein paar Erinnerungen an die Patentante ihrer Mutter aufzuspüren. Vielleicht hat sie auch nach dem Ring gesucht. Ihre Mutter hat ihr bestimmt davon erzählt." Lisa rollte mit den Augen. „Also ehrlich gesagt ist mir das alles zu verwirrend, zu viele Ottilies, zu viele Liese-Lottes. Ich bin raus" Tilly lachte. „Aber Mama, das ist doch eigentlich nicht so schwer. Ottilie hat Liese-Lotte den Namen vererbt. Liese-Lotte und Richard, haben ihre Tochter Ottilie getauft. Diese Ottilie nannte sich später Till und wurde die Patentante von Lotte und Lotte ist meine Patentante. Was ist daran jetzt so kompliziert?" Harry musterte Tilly und

Lotte mit einer Mischung aus Bewunderung und Amüsement. „Und ihr seid dann also zwei Super-Reisende, so ne Kreuzung aus von Stolzes und dem Ottilie-Liese-Lotte-Klan?" Lotte knuffte ihn in die Seite. „Sehr witzig. Ich glaube die beiden Superreisenden haben einen Bärenhunger. Was gibt's eigentlich zu essen?" Lisa hob stolz den Deckel eines Kochtopfs hoch. „Ich dachte Spaghetti Mirácoli. Hast du bestimmt schon lang nicht mehr gehabt, Lotte.", sagte sie und zwinkerte Lotte zu.

Nach dem Essen saßen sie noch lange zusammen und ihre Mutter erzählte lustige Geschichten aus der Zeit, als sie mit Lotte zusammen in einer WG gelebt hatte und es wohl recht oft Miràcoli gegeben hatte. Schließlich hatte ihre Mutter sie zu Bett geschickt und da Besuch da war, weigerte sich Lisa ihr noch etwas vorzulesen. Deshalb krabbelte Tilly unter ihre Decke und holte ihr Kästchen hervor, in dem all die Erinnerungsstücke lagen, die Lotte ihr geschenkt hatte. Ihr Blick viel auf das verschrammte Spielzeugauto, mit dem sie damals zu dem Jungen gereist waren, der sich auf die Hand gepinkelt hatte. Sie griff danach und sah sogleich den Jungen, der am Sandhaufen mit dem Auto spielte. Tilly beobachtete ihn. In welcher Zeit sie sich wohl befanden? Sie erinnerte sich nicht mehr, ob Lotte ihr die Zeit genannt hatte. Aber wie beim ersten Mal fiel ihr die schäbige Kleidung auf, die der Junge trug. Außerdem war er ziemlich dünn und schmächtig. Der Junge hob den Kopf und es schien, als würde er sie ansehen. Unwillkürlich verbarg sich Tilly hinter einem kleinen Busch. Plötzlich fing der Junge an zu sprechen: „Ich kann dich sehen! Wer bist du, wo kommst du her?", sagte er. Tilly ließ vor Schreck das Auto fallen. Die Erinnerung brach ab.

NACHWORT

Ottilie Wiechard, Bertha, Martha, Emmy, sie alle haben wirklich gelebt. Ich stolperte über sie, als ich in einer alten Kiste mit Briefen und Postkarten stöberte, die ich von meinen Eltern mitgenommen hatte. Bertha, Martha, Emmy, so fand ich heraus, waren meine Ur-ur-Großmutter, meine Ur-Großmutter und Ur-Großtante, also Verwandte von mir. Von ihnen hatte meine Mutter sogar Fotos. Aber wer war diese Ottilie? Ich fand eine beachtliche Menge an Postkarten von ihr, an sie, an ihre Eltern aus der ganzen Welt, alle vor oder kurz nach der Jahrhundertwende bis hinein in die sechziger Jahre. Doch anders als bei meinen Verwandten änderte sich bei ihr im Laufe der Zeit weder der Nachnahme noch die Anrede „Fräulein Ottilie Wiechard". Sie hatte also nicht geheiratet und war trotzdem durch die halbe Welt gereist. Allein in den USA muss sie mehrere Male gewesen sein. Es gibt Postkarten vor der Jahrhundertwende, kurz später aus Paris, Rom, London. Dann wieder aus den USA. Die Postkarten waren auf Deutsch, auf Englisch auf Italienisch und Französisch. Alles Sprachen, die sie wohl konnte. Wie konnte das sein? Der Groschen fiel, als ich auf einer Postkarte die Anrede „An die Lehrerin Fräulein Ottilie Wiechard" las und mich wunderte, dass es in dieser Zeit überhaupt Lehrerinnen gegeben hatte, die Fremdsprachen unterrichteten. So stieß ich auf das Lehrerinnenzölibat und meine Neugierde wuchs. Um die Jahrhundertwende sammelten viele Leute Postkarten aus aller Länder. Martha war eine davon und hat wohl die Karten von und an Ottilie von ihr geschenkt bekommen. Es gibt genau eine Postkarte, die Ottilie Wiechard direkt mit meiner Familie verbindet, sie ist von 1936 aus den USA und da wünscht sie sich inning, dass es keinen Krieg geben möge und dass Erika, Marthas Tochter, sie doch mal in den USA besuchen solle.

Dass sie Emmy und Martha vielleicht unterrichtet haben könnte, ist lediglich eine Idee und frei erfunden. Dennoch müssen sich beide Familien gekannt haben, denn der Ton ist warm und herzlich. Und obwohl ich den Namen Ottilie zunächst furchtbar fand, wuchs auf einmal ein Bild in mir von einer schönen, klugen und selbstbewussten, aber auch mutigen Frau, wie sie es damals wohl nicht so oft gab. Vielleicht war sie nicht so schön, wie ich es mir vorstelle, aber sicher war sie faszinierend, denn nicht wenige Postkarten sind von jungen Männern, die ihren Kontakt suchten und die sie offensichtlich im Ausland kennengelernt hatte. Aus dem Internet erfuhr ich, dass Ottilie 1936 endgültig in die USA nach New York ausgewandert war. Das letzte, was man über sie findet ist, dass sie wohl in den USA an der Universität von New York bei einer Übersetzung geholfen hat. Dann verliert sich ihre Spur.

Auch die Orte in der Geschichte gibt es wirklich. Die Mikwe, die Gärten an der Seewiese, die Kaiserstraße. Nur ob Martha und Bertha wirklich im Hof der Kaiserstraße spielten, weiß ich natürlich nicht. Dass sie in den Gärten waren, weiß ich jedoch, da es Fotos von ihnen dort gibt.

Die von Stolzes gibt es nicht, aber es gibt viele stolze Vons und mir war wichtig, dass man kein „von" im Namen braucht, um auf seine Familie oder Freunde stolz zu sein.

Erinnerungen sind etwas Kostbares. Sie vergehen, wenn die Oma oder der Opa oder die alte Nachbarin von nebenan sterben. Man muss frühzeitig beginnen sie einzusammeln, sonst sind sie für immer verloren.

Erinnerungen entsprechen nicht der Wahrheit. Menschen können das gleiche erleben und sich doch an verschiedene Dinge erinnern. Das muss man immer im Kopf behalten, wenn man sich die Erinnerungen anhört. Aber Zuhören hilft zu verstehen, woher wir kommen, was früher war. Sie sind wie ein großes Puzzle, das mit der Zeit zu einem Bild wird. Ich wünsche euch viel Freude beim Ausquetschen eurer Großeltern oder Großonkeln oder Großtanten oder eben derer, die sich ausquetschen lassen.

Und zum Schluss noch eine Bitte: Wer weiß, wer ihr seid und wo ihr euch in den nächsten Jahren so rumtreibt. Aber solltet ihr etwas über meine so verehrte Fräulein Ottilie Wiechard in

Erfahrung bringen, schreibt es mir bitte an: <ottilie.wiechard@gmx.de>.

Und vielleicht gibt es ja ein Widersehen mit Ottilie, Tilly, Lotte und den anderen. Den Grundstein habe ich ja gelegt. 😊

Und hier die Eckdaten zu Ottilie Wiechard, falls ihr selbst recherchieren wollt:

Ottilie Wiechard wurde 1869 in Friedberg geboren, als Tochter von Heinrich Friedrich Justus Emil Wiechard (auf den Postkarten „Emil"), geb. 27. März, 1821, gestorben 1911 in Friedberg und Anna Katharina Bechstein, geb. 18. Juni 1826, gestorben 11. Mai 1900 in Friedberg.

Sie hatte wohl zwei Schwestern, Anna Maria und Luise Henriette, und einen Bruder, namens Ludwig Ferdinand.

Und hier noch ein paar Originalpostkarten an und von Ottilie. Die Mittlere ist von Michael.

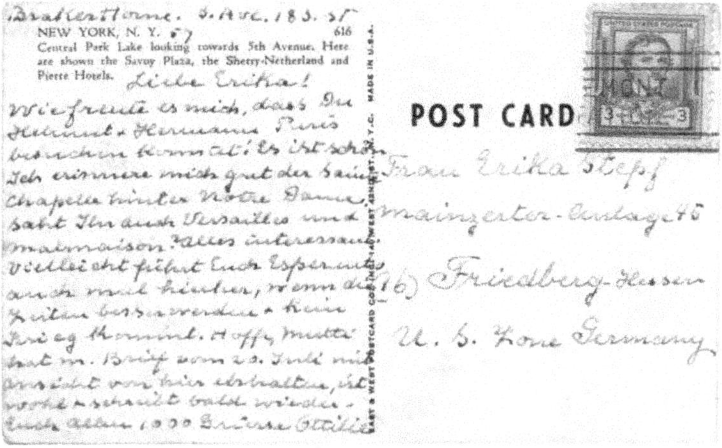
NEW YORK, N. Y. 616
Central Park Lake looking towards 5th Avenue. Here are shown the Savoy Plaza, the Sherry-Netherland and Pierre Hotels.
Liebe Erika!
POST CARD
Frau Erika Stepf
Mainzertor-Anlage 45
(16) Friedberg-Hessen
U. S. Zone Germany

Christchurch
Blackwater Ferry
My dear Ottilie, Many loving thanks for your kind wishes for my birthday. I hope your dear ones are all well. Have you begun teaching again yet? When are you coming

VICTORIA SERIES
POST CARD.
FOR INLAND POSTAGE ONLY THIS SPACE MAY NOW BE USED FOR COMMUNICATION.
THE ADDRESS ONLY TO BE WRITTEN HERE
Fräulein O. Wiechard.
Kaiserstrasse.
Friedberg i.
Hessen.
Germany.
FRIEDBERG
6.5.04